AF345918

AMBROSE HALE

RED EYES

LA MALEDICTION DU CHASSEUR

TOME 1

AVERTISSEMENT :

Red Eyes est une romance fantastique homo-
sexuelle. Elle contient de nombreuses scènes explicites,
pouvant heurter la sensibilité des personnes les plus sen-
sibles. Elle est à ce titre, destinée à un public majeur et
averti. Conscient de ce fait, je vous souhaite une agréable
lecture en compagnie de Raphaël et de Théodore.

TOME 1
PARTIE 1

PROLOGUE

Rien ne peut l'arrêter.

Arme chargée contre son torse, il plisse les yeux pour discerner le moindre mouvement à son approche. Entouré de ses hommes, il avance dans la nuit, zigzaguant entre les troncs massifs de la forêt. Les bruits que font les loups à une trentaine de mètres d'eux échauffent Ugo qui arbore un sourire victorieux.

Ils vont mourir, ce soir.

Son corps tremblant, ivre de ces sensations tant connues, il se laisse aller par ce regain d'énergie. Son sang pulse dans ses veines, prêt à sauter sur le groupe d'individus qu'il a en visuel. Il sent son cœur battre d'une vitesse effrénée. Il régule sa respiration et calme son anticipation. Le plan risque de tomber à l'eau si, à la hâte, il cède à ses pulsions meurtrières. Les sourcils froncés, il place le viseur de son fusil de chasse à hauteur des yeux et perçoit des mouvements entre les arbres.

Il garde son objectif en tête, celui de massacrer ces bêtes

immondes. Ugo fait un geste insonore à ses hommes qui se déploient en demi-lune. Bien que les arbres ne facilitent pas leur visibilité, chacun trouve sa place. Ils sont cinq et ils comptent bien en finir avec la menace de cette meute qui pèse sur Clearwater.

Les ennemis sont au nombre de quinze et avec un peu de sérieux, Ugo est persuadé que son groupe va réussir à les éliminer avec une simplicité enfantine. Les yeux rivés vers le camp de fortune, il prend son mal en patience. Ces bêtes pathétiques lui filent la gerbe, bien malgré lui, il doit garder son calme. À une vingtaine de mètres de là, son cœur fait un looping dans sa poitrine.   C'est le moment. Il sent la tension monter à mesure que les secondes s'écoulent.

Soudain, le vent se lève.

L'un des loups, le plus proche d'Ugo, flaire l'air. Les poils hérissés, il se tourne vers le chasseur. Celui-ci fronce les sourcils, étonné par le comportement du lupin. Ugo sait que la bête a pris trop de temps pour réaliser qu'il se tenait derrière lui. L'aboiement du loup alerte la meute. Ils commencent à japper, grognant contre les masses qui ne bougent pas d'un poil.

C'est le signal.

Les premiers tirs font décamper le groupe, une réaction qui n'appartient pas à une meute habituelle. Rageur, Ugo mitraille trois fuyards tandis que Carl, son bras droit, en tue deux autres. Le visage crispé, il reste quelques instants figés, observant les dernières touffes de poils disparaître dans la nuit noire.

— Patron ? murmure l'un des chasseurs.

— Rangez les affaires, nous en avons terminé ici.

Ugo est perplexe par ce qu'il vient de se passer. Il jette un œil aux quatre chasseurs qui n'ont pas l'air de s'interroger. A-t-il fabulé ? Il garde la bouche fermée, soupirant. Ugo passe une main sur son arme afin d'enclencher la sécurité, se faisant interpeller par l'un de ses subordonnés.

— Moche, pas vrai ?

Ugo toise les trois cadavres, le visage crispé de dégoût.

— Comme toutes les abominations.

Ugo s'approche du monstre et s'accroupit. Lorsque sa main touche le poil dru du métamorphe, il réprime sa surprise par une toux. Le poil est rêche. D'ordinaire, il ne doit pas l'être, car un loup-garou est doux et soyeux. Ils sont bien souvent dans leur forme humaine et ils s'intègrent avec les gens, copiant leurs manières, hygiène incluse. Avec le temps, leur fourrure s'est adoucie, ressemblant à des chiens sortant d'un toilettage. Un paradoxe déroutant pour des monstruosités pareilles.

Les membres disproportionnés, longilignes et calleux, bloquent la respiration d'Ugo. Ce n'est pas simple de tuer cette espèce. Atteignant plus de deux mètres, ils possèdent pour chaque meute une marque spécifique. Ça permet aux chasseurs de les reconnaître sans trop d'effort, répertoriant les marques dans un bestiaire. Pourtant, aucune marque n'est représentée sur ce loup-garou. Ugo vérifie sur les autres, mais rien.

Songeur, il glisse sa main sur l'une des nombreuses blessures et ôte la balle incrustée dans la chair encore chaude. Les doigts ensanglantés, Ugo contemple la cartouche en argent et arbore un sourire lorsqu'il constate que toute la plante à l'intérieur a été injectée dans cette bête. Il jubile. Ça a fonctionné.

— C'est un bijou de fabrication, murmure-t-il.

— Ugo ?

Il se tourne vers l'homme qui le surplombe, fronçant les sourcils lorsqu'un canon froid se pose contre son front. Qu'est-ce qu'il fout cet idiot ? Ugo regarde son collègue, la gorge sèche. C'est lui, le traître.

— Je peux savoir ce que tu fous ?

— Il faut que je passe un message clair, tu sais.

Il est bien décidé à tuer Ugo ce soir. Le leader hausse un sourcil, pas inquiet pour le moins du monde. Cette trahison dégoûtante, ça lui pend au nez depuis des années. Ugo se demande même comment cela se fait qu'il ait attendu autant de temps pour agir.

— Je suis l'unique.

Une brise froide le fait frissonner. Il ne regrette pas. Il part l'esprit libre. Sans qu'il ait le temps d'ouvrir la bouche, sa tête est propulsée en arrière. Les yeux ouverts, des bouts de chair et de crâne explosent, s'effondrant sur le sol boueux de la forêt de Clearwater.

CHAPITRE 1

THÉODORE

J'ai horreur du café.

C'est, à mon humble avis, dégoûtant. Je pourrais faire des efforts, mais à peine le liquide dans ma bouche que je veux tout recracher.

Le lait au chocolat devant moi, légèrement parsemé de cannelle et de chantilly, est l'une des boissons que je préfère. Bien que cet élixir hautement sucré soit un enfer pour certains, ce n'est pas mon cas. J'aime ça. C'est doux, chaud et agréable. Lors des sorties occasionnels, les garçons insinuent à une féminité cachée par cette simple conclusion. Avoir un palais sucré veut tout de suite dire être féminin. Mon physique malingre et petit n'est pas en ma faveur. Une maladresse inconfortable pour moi, ils tentent de m'impressionner, voulant me plaire par des conversations ennuyeuses, des cadeaux ridicules ou des démonstrations inénarrables. Ils m'achètent et prennent soin de me considérer comme une personne vide de sens.

Je jette un regard discret à Samuel qui essuie sa bouche avec une serviette, dégageant ses longs cheveux blonds qui traînent devant son visage. Je laisse un sourire se dessiner aux coins de mes lèvres, lui, c'est l'exception. Il ne cherche pas ma compagnie pour satisfaire une curiosité malsaine et je l'en remercie. Droit, fier et détonnant, mon meilleur ami ressemble à un mannequin. Sa grande taille longiligne est parfaite. Sa teinte porcelaine, sa bouche en cœur et ses yeux verts d'eau étincelants sont une combinaison terrible. Samuel est le genre d'homme sur qui l'on se retourne lorsqu'on le croise dans la rue.

Comparativement à lui, moi, je suis d'un banal.

Nous sommes opposés l'un à l'autre, avec des caractères bien différents, j'ai cette intime conviction que nous nous sommes rapprochés grâce à ces différences. Peut-être même que c'est bien plus que ça. Notre première rencontre est gravée dans mon esprit au fer rouge. Je ne sais pas comment je me suis retrouvé dans cette position, coincé dans un filet, suspendu dans le vide. C'est la première fois que je me suis éloigné du territoire, grand mal m'en a pris. À ce moment-là, nous avons été autorisés à quitter les alentours. Je remercie mon père pour ça, car je ne serais pas là, avec Samuel, dans ce café du Wild Flour. Quand il est apparu, tel un chevalier sur son fier destrier, m'aidant à redescendre, j'ai su que nous aurions une belle amitié.

C'est bien plus tard qu'il m'a avoué faire tout son possible pour gâcher la chasse de son père. Ugo Nore est un chasseur redouté par ma meute, j'ai vite fait le rapprochement avec son nom de famille. Nous avons toujours eu cette crainte par rapport à cette famille, autant par son comportement que par les codes qu'ils ont instaurés. Cela fait des siècles qu'ils ravagent nos terres, massacrent nos loups et chassent notre bétail. Mes ancêtres ont préféré cacher la meute dans cette petite parcelle de forêt, loin de cette civilisation. Cela ne fait qu'à peine trois ans que nous sortons, pour le lycée et le travail, mais aussi pour les vivres que l'on peut rapporter de la ville.

En comprenant nos réticences, il est vite parti parler à sa mère qui a émis l'idée d'une protection aux abords de nos terres grâce à leur magie. Zachary, alpha de la meute Greed, mon père, a craint une attaque de la part de cette famille puissante. Entre les chasseurs virulents et la sorcellerie, il a demandé de placer un rituel qui peut tuer les deux sorciers, si trahison il y a. L'accord de paix entre les sorciers et la meute Greed a vu le jour.

Grâce à l'amitié que j'entretiens avec Samuel, la meute est en sécurité dans l'enceinte de la forêt. Nous avons même été épargnés par les chasseurs qui ne rôdent plus près de nos terres. Merci, Rose, pour sa force de persuasion.

— Mon père doute de la fiabilité du traité, murmure distraitement Sam.

Je stoppe mon geste vers ma tasse et jette un regard paniqué vers lui. Ce n'est pas bon. Le chef des chasseurs remet en doute notre code d'honneur, notre bon sens. Si Ugo doute et qu'il en vient à rompre les accords, notre meute ne sera pas assez puissante pour le repousser. Je calme mon cœur affolé, prenant ma tasse de chocolat chaud, en avalant une lapée. Je remets mes idées en place.

— Ce n'est pas possible, nous avons respecté le traité.

— D'après lui, une meute s'est installée du côté ouest de la ville, il est parti en chasse hier.

— Hier ? Samuel, nous fêtons ma transformation.

Samuel relève sa tête d'une vitesse folle, le sourire aux lèvres. Ce n'est pas comme ça que je voulais le lui annoncer, mais ça va faire l'affaire.

— C'est vrai ?

— Une transformation complète, avec les poils et le museau, ricané-je.

— Félicitations mon pote !

Une tape derrière l'épaule me bouscule à peine, ça me fait rire. Il me demande davantage d'informations sur la transformation.

— C'est comme ce qu'on m'a raconté depuis gamin, c'est un Nouveau Monde, un monde que seuls mon loup, la meute et moi comprenons. C'est…

— Magique ?

— Exactement, soufflé-je.

C'est étrange, au début c'est comme des fourmillements qui démarrent de la plante des pieds jusqu'au sommet de la tête. Les bouffées de chaleur sont désagréables, ça me fait suer à grosses gouttes. C'est le signal pour retirer mes vêtements, car après ça, viennent les premiers craquements. Ça a toujours été une crainte pour moi, les os qui se brisent. Je sais que nous avons besoin de ça pour permettre au corps de s'étendre, aux muscles de prendre la forme d'un animal, d'un loup. Les premières fois sont désagréables. Ils se cognent, se disloquent, prennent de l'ampleur. L'élargissement de la masse osseuse me gèle sur place, m'obligeant à rester à terre pendant plusieurs minutes. La transformation est complète quand la forme de loup est entière, mais aussi lorsque l'on se sent en symbiose avec lui. Plus massifs et plus dangereux qu'un simple loup, nous avons la possibilité d'entendre les pensées des membres de la meute. C'est pratique, si l'un de nous est en danger, nous pouvons l'entendre.

Cet événement a été célébré joyeusement pendant deux jours par ma famille et je soupçonne mon père d'en être soulagé. Pendant des années, il a craint une régression lors de ma croissance, pensant que jamais je ne me transformerai durant la période propice du loup. En réalité, je n'ai eu qu'un retard de croissance en fin de compte. À dix-huit ans, me voilà enfin en un loup complet. Il faut dire qu'un oméga mâle est rare et la transformation complète est un risque dangereux pour nous. Ce rang, dans la hiérarchie des loups-garous, est le plus faible et bien généralement, ce sont des femmes. Louise, la sœur de ma grand-mère et oméga femelle, m'a expliqué qu'un oméga mâle avait plus de chance de mourir lors des stades importants de sa vie que les homologues féminines. Pendant ces stades, nous avons la naissance du loup, sa transformation, son accouplement, la grossesse et sa mort. Lors de la période de la transformation qui débute dans les alentours de quatorze ans, les loups-garous entrent dans la découverte des accouplements. Ça aide la meute à s'agrandir.

La meute Greed ne fait pas exception à la règle.

Samuel laisse apparaître ses dents blanches et alignées, ça me fait rougir. Le souvenir de mes pattes contre le sol boueux, du vent glacial, les odeurs de la nature me reviennent en mémoire. C'est un autre monde, de nouvelles sensations, une porte qui s'est ouverte et dont je ressens encore les effets. C'est grisant et mon loup me pousse à vouloir se transformer pour goûter à nouveau à cette enchanteresse. Je l'ignore. Ce n'est pas le moment, ce soir, nous aurons le temps, quand nous serons protégés par le territoire. Un grondement dans le fond de mes poumons me rend tout drôle, c'est agréable.

— Pour en revenir à ton père, il n'y a pas moyen que ce soit ma meute, ils étaient tous présents sur le territoire après la transformation.

— Donc, il y a une possibilité pour qu'une autre meute soit arrivée en ville, conclut-il.

— C'est certain, papa réunit les sentinelles assez souvent en ce moment et ils sont sur le qui-vive.

Une serveuse nous interrompt en posant une brioche devant moi. Je lui souris et la remercie. Sur son téléphone, Samuel fronce les sourcils. Je mords dans ma viennoiserie tandis qu'il se lève et s'excuse. Je jette un coup d'œil aux allées et venues, mon dos reposé contre la chaise. Je déguste ma boisson et trouve le temps long. J'avise mon ami et, troublé par ce que j'aperçois, je me lève.

Samuel tremble, la tête baissée, il joue avec ses pieds. Une profonde tristesse me bouffe les entrailles. La gorge nouée, je patiente. Il range son téléphone et se dirige vers moi, les yeux rouges. Il se laisse retomber sur sa chaise, les mains dans les cheveux, il commence des exercices de respiration. Lorsqu'il se calme, Samuel lève son visage et les yeux humides, il prend la parole.

— Mon père est mort.

Sa voix étranglée coupe ma respiration. L'annonce fracasse mes idées. Mon meilleur ami couvre son visage de ses mains, tremblant. Le souffle coupé, je me redresse, m'accroupit devant lui et encercle mes bras autour de son corps. Samuel se laisse aller par mon étreinte, son corps en proie à des soubresauts. Il a fallu plusieurs minutes pour qu'il se calme. Ma chemise trempée de larmes, je pose mon front contre le sien, mon loup hurlant pour le protéger. Il renifle, passe sa main sur ses joues humides et murmure.

— Maman l'a su cet après-midi, la police a dit qu'il a été victime de lacération avant de mourir. Ils ont émis l'hypothèse des loups.

Je garde mes bras autour de lui et le berce. Mon père a sans doute trouvé la raison pour laquelle il y a de plus en plus de meurtres. Rien de bien inquiétant pour la ville de Clearwater, mais c'est suffisant pour que mon père enquête. Avec la mort d'Ugo Nore, ça va faire bouger les forces de l'ordre et sans aucun doute la meute. Je soupire et laisse ma main faire des cercles sur le bras nu de Sam.

— Maman a aussi contacté Raphaël.

En voilà un que je ne connais pas.

Samuel ne me parle pas de sa famille et pour peu que je sache, c'est une famille de chasseurs. Samuel et Rose, eux, sont des sorciers. Dans toute cette histoire, je ne suis pas certain que Raphaël soit plus jeune que Sam, car j'aurais eu l'occasion de le voir à maintes reprises.

— Ça fait des années que nous ne l'avons pas vu, depuis la dispute avec mon père d'ailleurs.

— Et qu'est-ce qui te tracasse ?

Je me redresse et prends une chaise pour m'asseoir en face de lui. La cafetière se met en route, Samuel patiente que les bruits s'arrêtent. Il jette un regard agacé vers la serveuse qui s'excuse, mal à l'aise.

— C'est un chasseur, lui aussi.

Un frisson me parcourt l'échine, je joins mes mains moites. Un autre chasseur en ville va faire du bruit. Je crains que cet homme rapporte des problèmes non désirés. Voilà que le chef des chasseurs de la Coalition Anti-Loup-Garou est mort et qu'un nouveau chasseur arrive en ville.

— Raphaël est une personne brutale, que ce soit en parole ou en action. Quand il a quitté la maison, il a juré ses grands Dieux qu'il mettrait à nouveau les pieds ici quand père sera mort.

Ma respiration coupée, mon corps se crispe. Cette promesse me fout la trouille, comment peut-on dire ça de sa famille ? Des gens que l'on aime, qui nous protègent. D'un père, d'une référence, d'un guide, d'un mentor. Samuel semble comprendre mes pensées, il me sourit.

— Raphaël avait de bonnes raisons de dire ça, il n'a pas vraiment été gâté par père et il le lui rendait bien.

— Ce n'est pas une raison, dis-je indigner.

En tant que loups-garous, nous avons des codes à respecter. Que ce soit au niveau de l'attitude et des gestes, nous devons une totale obéissance à notre alpha et aux supérieurs hiérarchiques. Je suis un oméga et je suis dans l'obligation de me soumettre à tous les membres de la meute. C'est ainsi depuis que je suis enfant et je ne peux pas concevoir manquer de respect envers mon père ou toutes autres personnes de mon entourage. Ma nature d'oméga me l'interdit, ce genre de comportement n'est pas toléré. La simple idée de me rebeller me fout la trouille. J'ai toujours été ainsi.

Je me rends compte que les autres familles ne sont pas comme nous, aussi à cheval sur le respect des uns et des autres. Ça me fait bizarre de l'entendre.

— Nous n'allons pas nous disputer pour ça, soupire Samuel. Il faudra que tu fasses attention à lui, lorsqu'il sera là.

Je veux lui dire que de toute façon, je me méfie de chaque chasseur de cette ville. Je me tais, je ne veux pas lancer une polémique, ce n'est pas le moment de parler de ça. La tristesse étouffante de Samuel me coupe l'envie de m'échauffer sur le manque de respect évident de Raphaël Nore envers son père. Des éclats de rire me laissent le temps de souffler.

— Pourquoi ?

— Il a les loups-garous en horreur et il n'est pas au courant de la trêve que mon père a installée sous ordre de maman. Il faudra que vous vous fassiez discret le temps qu'on lui explique.

C'est logique. Impossible de sortir en ville alors que ce chasseur peut à tout moment nous tuer parce qu'il croit que c'est dans l'ordre des choses. Je n'apprécie pas cet homme, je le sens, au fond de mes tripes qu'il faut que je sois vigilant. Je n'aime pas être menacé et mon loup est d'accord avec moi. Un frisson courbe mon échine, ça me fait trembler. Calme-toi, il n'est pas là pour l'instant.

J'inspire.

J'expire.

Samuel baisse la tête, jouant avec une mèche de cheveux. Il est adorable, cherchant ses mots pour tenter de me dire quelque chose qui lui tient à cœur. À nouveau un réflexe que j'ai appris à déchiffrer à mesure des années passées en sa compagnie.

— Je souhaiterais que tu viennes avec moi, pour l'enterrement.

Ces mots ont été prononcés avec une voix si basse que, même avec ma faculté auditive, je peine à entendre.

— Je ne veux pas être seul…

— Je ne suis pas sûr d'être une si grande aide, mais je veux bien.

Le visage illuminé de mon ami me détend. Si ça lui permet d'affronter cette épreuve avec un ami sur qui il peut compter, c'est le principal.

— Je vais rentrer, maman doit avoir besoin de moi et…, murmure Samuel.

— Je comprends. Viens à la maison si tu n'arrives pas à gérer seul.

Une étreinte et un salut plus tard, me voilà seul. Je n'ai aucune idée de comment faire pour gérer cette situation. Je pense qu'en parler avec l'Alpha peut être un bon début, lui expliquer ce qui s'est passé est un avantage pour nous. Le sujet « Raphaël » est aussi à mettre sur la table. Il arrive bientôt et je dois impérativement mettre en garde la meute. Mon instinct protecteur me hurle de courir le leur annoncer.

Samuel subit une mauvaise passe et je me dois de le

soutenir. Les choses commencent à bouger dans cette ville et je ne peux m'empêcher de craindre une invasion d'une meute ennemie, ainsi que du chasseur à la gâchette facile.

Ça ne va pas être de la tarte.

CHAPITRE 2

RAPHAËL

Être adulte, ça craint.

J'ai eu la vie dure et l'habitude de tout prendre sur moi, d'être fort et de ne jamais me plaindre s'est installé. Pour mon père, je ne suis qu'un moins que rien et un faible de bas étage. Je n'ai jamais eu l'occasion de lui prouver qu'il se trompait lourdement sur mon compte. Pour finir, je sais mieux que quiconque qu'une famille n'est qu'une bande d'hypocrites, pompant tout ce qu'ils peuvent amasser sans le moindre scrupule. Ils me dégoûtent, tout autant qu'ils sont.

J'ai commencé à me battre à l'âge de cinq ans, mon père cherchait à tout prix une sorte de guerrier et Rose, ma mère, n'a jamais imposé l'arrêt de toute cette folie. Que ce soit parce qu'elle ne m'aime pas ou qu'elle se fout de ce qui peut m'arriver, une partie de moi ne cesse de la haïr.

J'ai été relégué à devoir protéger mon petit frère au péril de ma vie, sans la moindre considération de sa part, sauf un regard méprisant. Mon père, malgré sa maladresse, m'a poussé à devenir plus fort.

Puis, les années sont passées et le désir de la paix est devenu mon principal objectif. C'était une bonne raison pour arrêter tout ça, à présent, il m'arrive de me demander si ce n'est pas fait exprès.

Tout me tombe sur la gueule.

Pour commencer, mon meilleur ami est porté disparu. Tom, ce petit gringalet de vingt-trois ans, incapable de faire du mal à une mouche, a été enlevé il y a trois semaines. Je l'ai rencontré dans un restaurant, il bredouillait des excuses à la serveuse, car il n'avait pas de quoi payer l'entièreté de ce qu'il avait consommé. En bon prince, je n'avais pas hésité à régler la note et, en sortant de l'établissement, une nouvelle amitié avait vu le jour.

Je ne pensais pas que ma situation puisse s'aggraver, cependant, un appel venant de ma mère bouleverse tout.

Mon père est mort et je dois rentrer à la maison. Si m'éloigner de Clearwater avait été une bénédiction, revenir dans cet endroit devient une putain de malédiction. Le message a eu du mal à être digéré. Je suis resté plusieurs minutes l'esprit vide, incapable de parler, d'y penser. La situation est ironique. Je me suis souvenu de la promesse faite à mon père il y a des années de ça, comme un flash. Je ne sais pas si je dois rire ou pleurer.

Je dois donc abandonner les recherches, laissant Tom derrière moi. Je suis anxieux à mourir, incapable d'ignorer cette boule au fond de mes tripes qui me hurle de continuer les investigations.

C'est donc l'esprit voilé de pensées négatives que j'ai pris le premier vol pour la Colombie-Britannique. Au début, j'ai pensé pouvoir gérer la pression. C'est un stress que je connais depuis longtemps et je suis conscient que les gens meurent tous les jours. Il a fallu que je m'en fasse une raison. Ce n'est pourtant pas la même chose lorsque ça touche quelqu'un de son entourage.

J'en suis là maintenant.

Debout dans cette chambre miteuse, à quelques kilomètres de la ville, j'y jette un regard circulaire. Elle est banale, composée d'une couchette, d'un bureau et d'une étagère. C'était suffisant pour cette nuit, ça m'a permis de reprendre des forces après le long voyage parcouru. Je passe une main lasse dans mes cheveux et en détournant le regard, je fais attention aux messages qui s'affichent sur mon téléphone portable.

Rose - c'est aujourd'hui pour midi, dépêche-toi.

Ignorant le message, je range mon téléphone d'un geste distrait dans ma poche arrière et je m'étire. Il ne m'a fallu que cinq minutes pour quitter ce motel, mes sacs me sciant la peau, accentuant ma carrure déjà imposante. Longeant la grande route reliant Kamloops à Clearwater, j'inspire l'air frais et boisé si commun de la région. Ça n'a rien à voir avec la Californie, j'habite à Santa Monica et le cadre est totalement opposé à ma ville natale. Ça me fait bizarre de revenir. Après sept ans, ça n'a pas bougé.

Mon téléphone vibre une première fois, je n'y prête pas attention. Une seconde fois puis une troisième consécutive me font soupirer. Je saisis l'objet et grommelle lorsqu'il se remet à vibrer dans ma main. C'est Samuel, il m'envoie toute une flopée de messages ridicules, tous remplis de smileys et de cœurs. Ce gamin de dix-huit ans n'a pas changé. Je pince les lèvres en l'ignorant royalement. Il semble impatient de me voir. J'ai bien fait d'avoir refusé sa proposition de venir me chercher au motel, j'ai besoin d'un peu de temps pour me préparer à revoir ma famille. Après autant d'années, une certaine angoisse viscérale commence à poindre. Je sais qu'avec Samuel, je n'aurais pas bénéficié de cette solitude bienvenue. Il m'aurait agacé aussi vite que son visage serait apparu devant moi. J'ai besoin de réfléchir, de mettre au point une parade qui me permettra de survivre à cette rencontre.

J'ai envie de vomir, je ne veux pas être là.

J'ai envie de geindre, de taper les pieds au sol et de râler contre le monde entier. Fuir mes responsabilités, prendre les jambes à mon cou et ne jamais fouler les routes de cette ville maudite.

Mon père est mort ?

Grand bien lui fasse, moi, j'ai refait ma vie loin de lui et je me porte très bien. Je ne veux plus avoir cette obligation d'endosser un rôle que je n'apprécie pas. Voir des crétins qui miment un malaise inexistant, très peu pour moi. Ça va être un combat de coqs. Des hommes et femmes avides de pouvoirs et de gloire, des gens qui n'ont même pas le quart du respect que je peux avoir pour mon père. C'est dire à quel point j'estime les chasseurs de cette association.

Un soupir à me fendre l'âme me laisse pantois. Que puis-je faire de toute façon ? Si je pars, Samuel me ramènera ici par la peau du cul. Je connais un tant soit peu cet énergumène et je suis certain qu'il remuera ciel et terre pour me faire venir. De toute façon, je suis persuadé qu'il ne croira pas à ce mensonge. La raison de ma présence ici ne m'aide pas à vouloir être plus subtil et il va d'instinct me débusquer. Je hais les sorciers et leurs stupides troisièmes œil. C'est une sorte d'intuition. Ils sont agaçants.

En grommelant dans ma barbe, je change les sacs lourds d'une épaule à l'autre, l'œil attentif aux voitures qui roulent à une vitesse démesurée, à quelques mètres de moi. Je pourrais simuler un malaise. La nouvelle m'a perturbé d'une manière si forte que j'ai fini par m'écrouler dans le lit du motel. Ainsi, je vais pouvoir dormir pendant quelques semaines, puis partir lorsque je serai certain que l'on ne m'attendra plus. J'ai des idées loufoques.

Je pense avoir trouvé. Ce n'est peut-être pas ce que je veux, mais ça va faire l'affaire pour l'instant. Je vais assister à l'enterrement, écouter les mièvreries des gens et pour finir, vérifier si mon frère n'est pas au bord du suicide pour mieux partir ensuite. C'est peut-être expéditif, n'englobant même pas Rose dans mon équation, mais j'ai mieux à faire que de m'éterniser ici. Tom est sans doute en train d'agoniser quelque part et j'ai peur pour lui.

L'enterrement est imminent.

Shootant dans un caillou, je réalise que je suis en train de faire un tri dans ma vie. Pas que ce soit véritablement important, les seuls amis que je me suis faits sont soit morts, soit porté disparu. Il faut dire que j'ai passé toute mon enfance dans une espèce d'atmosphère douteuse, liant mon avenir avec celle de mon père d'une manière que je ne comprenais pas à l'époque. Ugo m'a permis d'être plus fort. Je ne peux donc pas me permettre de me poser des questions sur mes relations inexistantes, qu'elles soient amicales ou intimes, au vu de mon passé. De toute façon, les relations amoureuses ne m'intéressent pas. En général, j'essaye un maximum de m'en éloigner. Les liens que j'ai pu entamer ne sont jamais concluants. Est-ce parce que je ne me donne pas entier à la personne ou bien parce que je m'ennuie vite ? Je n'en sais rien. Les gens sont si imbus d'eux-mêmes que je n'ai pas envie de m'encombrer d'une futilité barbante. C'est sans aucun doute le plus gros problème et je suis conscient que rien ne peut me faire changer. Blesser les gens n'est pas vraiment mon but, mais si je le fais, je m'en fous. J'ai passé l'âge de me justifier sur mes choix et mes envies. Je suis ce que je suis, je n'ai pas l'envie de m'épuiser par des échanges inutiles.

Traînant jusqu'à la pompe à essence, je profite de cette fraîcheur. J'essaye de retarder cette rencontre. C'est peut-être à cause de cette angoisse qui me tiraille le ventre, je mentirais si ce n'était pas ça. Je suis dans un inconnu et comme d'habitude, je tente d'analyser, programmer et fouiller le moindre écart. Si quelque chose se passe mal, je l'ai anticipé. Je me prends sans doute trop la tête, mais la crainte de ne pas savoir comment réagir me fout la trouille. La confrontation avec ma mère va être épique, elle n'aime pas avoir tort et je pense que je suis son plus grand échec. Avec un peu de chance, je vais réussir à passer outre ces interrogations et me faufiler à travers ses yeux revolvers. Cette appréhension reste au fond de mon bide pendant un moment, décidé, je me dirige vers la supérette, répondant d'un signe de tête au salut d'un inconnu que je dépasse.

Ôtant les sacs de mes épaules, je déambule quelques instants dans les rayons. Je porte mon choix sur une barre chocolatée et sur une boisson énergisante. Dans la manœuvre, un rictus s'installe sur mes lèvres. Mon régime alimentaire est passablement douteux et avec un peu de chance, mon père se retourne à l'instant dans sa tombe. Tout était contrôlé. Ugo a réfréné une bonne partie de mes envies, inspectant mes fringues, mes livres, mes relations jusqu'à ma nourriture. Tout passait sous l'œil aiguisé de mon père. Je n'avais pas le droit d'écouter de la musique, jouer dans notre cabane, rire avec mon frère. Toujours sérieux, droit et froid. La frustration d'une vie creuse et vide de sens empoigne mon ventre. Ce n'est certainement pas l'avenir que je souhaite à mes enfants, si j'ai la chance d'en avoir. Ingurgiter ça, c'est comme une défiance, une preuve que jamais je ne me laisserais faire par mon père. Il avait trop d'emprise, encore à l'heure actuelle. Il y a des actes que je commets qui me rappellent mon père. Ça me fout les boules, rien que d'y penser. Haussant les épaules, je jette un coup d›œil vers les journaux et fronce les sourcils face au gros titre.

Une bête rôde à Clearwater.

Dans la petite ville de Clearwater, au nord de Kamloops, un chasseur a été retrouvé mort. D'après les autorités locales, la victime aurait été tuée par un loup, ce qui est très fréquent dans la région…

C'est une certitude, les massacres venant d'animaux dangereux ne sont pas exceptionnels. Il y en a une dizaine par an et les habitants y sont habitués. Pour une personne étrangère à cette atmosphère, ça peut faire peur. Ce n'est cependant pas rare qu'un animal tue des randonneurs et chasseurs dans la forêt. Je me souviens que nous avions dû rester à la maison pendant plusieurs semaines parce que des ours se sont approchés des habitations. Je me rends compte que les médias jouent sur la ville, comme une espèce bizarre à dresser.

Je paye mes achats et je reprends la route. Clopin-clopant, j'ouvre ma barre tout en essayant de glisser ma canette dans la poche avant de mon pull. Un hurlement strident me hérisse les poils, arrêtant la marche, manquant de m'étouffer. J'avale avec peine le morceau, tentant d'avoir une respiration stable. Je me tourne vers la forêt, comptant sans m'en apercevoir les sons similaires qui se succèdent. Il n'y a pas de doute possible, je suis bien à Clearwater. Après plusieurs années à me terrer à Santa Monica, je redécouvre ma vie d'autrefois.

Ça me fout la chair de poule.

Selon les cris, il doit y avoir à peu près huit loups. Je peux me tromper, mais ça me laisse une approximation de combien de métamorphes je dois tuer. Étonnant que le clan n'ait pas déjà descendu cette meute. Les bruits qu'ils produisent ont une résonance bien plus grave qu'un canidé sans capacité de métamorphose.

Ça va être un séjour difficile.

Mon cœur bat à une vitesse effrénée dans ma poitrine, je sens l'adrénaline poindre. Pas le temps pour ces conneries. Je ferme les yeux quelques secondes avant de me décider enfin à rentrer. J'arrête de flâner, ignorant la nausée qui monte. Il va bien falloir que je l'affronte un jour ou l'autre, cette femme aussi folle que tyrannique. Ma canette énergisante dans les mains, je l'ouvre et chasse la bile dans le fond de ma gorge par une grande gorgée. Un éclat de lumière dans les yeux me fait ronchonner. Le soleil est bas en ce mois de novembre et les journées se raccourcissent, le froid s'installe. Les nuits d'hiver sont angoissantes ici. Par cette forêt dense, mais aussi cette ville pauvre en bâtiment. Clearwater a un côté mystérieux qui attire l'œil. Il y a de quoi, car avec les années, personne ne tente de redorer son image. À croire qu'ils aiment le spectacle, gardant une réserve sur ce qu'il se passe ici. Les villageois défendent ce patrimoine glauque, gonflant parfois l'économie de cette ville par des légendes que les passants avides tentent d'élucider par de l'argent.

Malgré tout, j'apprécie ce paysage et cette ambiance folklorique. Les reliefs des montagnes vertigineuses, affublées de leurs neiges éternelles, semblent tout droit sortis d'un conte imaginaire. Ce sont bien les seules choses que j'apprécie ici. Les gens qui la composent font tache dans le décor. Une chance que je ne reste pas.

Je traverse la ville sans m'arrêter, retarder l'inévitable ne sert à rien. Il me faut une vingtaine de minutes pour rejoindre la maison de mon père. La maison familiale se situe à proximité de l'école élémentaire, à l'est de la ville. Les arbres encerclent les maisons, parfois il faut passer par des petits chemins boueux pour rejoindre les habitations. Pour celle de mon père, c'est identique à celle des voisins. Les hauts arbres longeant la grande route, rendant la visibilité compliquée. Un chemin sinueux peut tout juste laisser passer une voiture. J'emprunte le sentier, soudain, le chemin s'élargit pour laisser place à un grand espace terreux.

La maison de mon enfance, fière, est dressée devant moi.

Un tremblement frénétique me cloue sur place, la respiration sifflante, je fais de mon mieux pour ne pas m'écrouler. Une vague de souvenirs, tous plus déplorables les uns que les autres, me frappe d'une violence inouïe. Je me laisse divaguer par les différentes images qui me viennent en tête. Je connais chaque détail de cet endroit ; par où passer pour atteindre la petite maison perchée dans l'arbre, le raccourci que je peux prendre pour atteindre plus facilement le centre-ville, à quelle étagère se trouve la clef de la réserve d'arme de mon père…

Rien n'a changé. J'ai espéré pouvoir affronter mon passé, mais c'est à croire que le ciel est en colère contre moi. Il ne se passe pas une seule seconde, depuis que je suis ici, sans que je sois confronté à ce qui me pend au nez depuis des années. C'est-à-dire reprendre la relève de mon père. Maintenant qu'il est mort, il va falloir que je règle ses merdes avant de repartir.

Sans que je ne puisse le contrôler, un profond sentiment d'appartenance gonfle dans mon thorax. Malgré ma joie d'être à nouveau en face de cette maison, je grince des dents. Gardant mon éternel visage froid et dur, je m'évertue à ne pas montrer mes sentiments. Comme un mantra, je me répète que je ne peux pas être faible, il faut que je sois fort, dur et ferme. Trouvant de la force grâce à ses mots, je m'avance lentement, les sacs toujours accrochés à mes épaules.

La maison est simple, de deux étages, elle est faite de bois et s'intègre avec l'environnement. Elle a du charme et une allure chaleureuse, les sapins l'encerclent comme un cocon apaisant. J'entre et laisse un soupir m'échapper à mesure que la senteur de la lavande s'intensifie. Rose adore la lavande. Papa n'aime pas cette odeur, à croire qu'elle a vite fait d'en parfumer la maison, maintenant qu'il n'est plus là. En regardant autour de moi, ma respiration se bloque alors qu'un cadre accroché sur le mur à ma droite dévoile la famille Nore.

Un rire coincé sort de ma bouche.

Ugo, droit, arbore une expression ferme, tandis que Rose a un tout autre visage, elle est tout simplement resplendissante. Sam est devant elle, il sourit également de toutes ses petites dents blanches. Il ne doit pas avoir plus de cinq ans sur cette photo. Mon regard glisse sur moi-même, gamin, devant mon père. La main du paternel serre l'épaule du jeune garçon, le regard de celui-ci est neutre, dénué de sentiment.

Cette photo reflète cruellement la réalité.

Un psychanalyste peut vite trouver ce qui cloche sur ce cliché. L'enfant ne veut clairement pas être là, patientant le moment où il peut enfin bouger. C'est ce que j'ai ressenti, plus jeune, avec cette famille qui a pour but d'être une famille parfaite devant des inconnus. Je sais que rien n'a changé. Même avec la mort de mon père, Rose a pris l'habitude d'être une femme fausse, incapable de m'aimer comme elle le fait avec Samuel. Mon comportement dur et distant va agacer Rose, j'en suis persuadé. Sam va sans aucun doute faire semblant de rien, essayant de ne pas être affecté.

Que je déteste ma famille.

Ce sera bientôt terminé, je ne vais pas rester longtemps ici. Je ne peux pas. Mon travail, en tant que garde du corps, m'attend. Il est suspendu le temps de cette mascarade. De plus, allonger ces congés de plus d'un mois serait me tirer une balle dans le pied. Je vais en finir avec ces conneries et tout sera réglé. Il y a Tom, c'est important.

Posant sur le sol mes bagages sans me préoccuper du bruit que je fais, je retire mes chaussures, bousculant d'autres paires par la même occasion. Une pointe de stress serre mon estomac.

Ordre.

Discipline.

Sang-froid.

Ce sont les trois mots-clés qui ont bercé toute ma vie. Les premiers mots que j'ai réussi à prononcer, hormis Rose et père. Avec cette conviction en tête, j'entre dans la pièce principale et découvre les visages vieillis de ma famille. Je n'ai pas de mal à reconnaître Samuel qui sourit à Rose, saisissant une tasse de café qu'elle lui tend. Rose ne m'a pas remarqué, dos à moi.

— Tu as réussi à avoir des nouvelles de ton frère ? grommelle-t-elle.

— Il ne répond pas.

Mâchoire serrée, je croise les bras contre mon torse, me collant contre le chambranle de porte. Je ne sais pas si ma présence est désirée. Rose n'a pas l'air de me vouloir dans cette maison, manque de chance, mon père n'a sûrement pas dû laisser grand-chose à cette femme.

— Je suis là.

Un battement entre ma prise de parole et leur temps de réaction est long. Samuel se lève et encercle ses bras autour de moi. Bloquant ma respiration, j'essaye de me détendre, en vain.

— Raph, murmure Rose.

Je jette un coup d'œil à ma mère qui se pétrifie. Rose me regarde de la même manière qu'elle le fait avec mon père. Ce regard de terreur et d'appréhension, ça me fout en rogne.

— Tu es là…, continue-t-elle.

J'ignore la femme, portant mon attention sur Samuel.

L'odeur de caramel de ses cheveux châtains me fait sourire, c'est sans doute son après-shampoing. Je resserre ma prise avec douceur. Je me rends compte que Samuel m'a manqué, plus que je ne veux bien l'admettre.

— Ça fait bizarre de te revoir, dit Rose, s'occupant les mains avec un chiffon.

Elle essaye de faire bonne figure, comme d'habitude. Rose n'a pas changé, elle a toujours été ainsi avec moi. Méfiante, presque mal à l'aise, parfois hautaine et méchante. Elle a vraiment changé le jour où j'ai tué un loup devant elle. De toute façon, j'ai pris l'habitude de n'avoir qu'un regard en biais et des paroles mâchées, bredouillant des sons incompréhensibles. Je ne m'attends pas à ce qu'elle se jette dans mes bras, notre rencontre se déroule exactement comme je l'ai imaginé.

Comme des inconnus.

— Tu as maigri.

— Mon poids n'a pas bougé, Rose.

Elle recule, comme frappée par mes paroles brutales. Je ne vais pas commencer à changer pour cette femme. Mes épaules tendues, j'essaye de me calmer. En craquant ma mâchoire, je continue sur ma lancée.

— Tu n'as pas besoin de faire semblant de t'intéresser à moi, ce ne sera pas la première fois que tu m'ignores.

C'est cruel, mais je n'ai connu que ça.

Parler ainsi à la femme qui m'a donné la vie n'est sûrement pas quelque chose de commun pour une personne extérieure à cette famille. Ce n'est pourtant pas anodin. Autant, j'appelle mon père "papa" que cette femme m'inspire de la froideur et du mépris. Ça doit être parce qu'elle n'a jamais pris la peine de veiller sur moi, comme l'a fait mon père.

— Veux-tu une tasse de café ? demande-t-elle.

— J'ai déjà bu avant de venir.

Ma voix bourrue fait soupirer Samuel qui part s'asseoir sur le canapé. Ignorant avec superbe le regard torve de Rose, je prends la parole.

— À quelle heure commence l'enterrement ?

— Dans une demi-heure, murmure Samuel.

— Bien, je vais ranger mes affaires, puis nous prendrons la route.

J'ai déjà tourné le dos à ma famille, emportant avec moi mes sacs au passage. En montant les escaliers, je jette des coups d'œil furtifs sur les murs décorés de diverses photographies. À l'étage, j'ouvre la première porte à ma gauche et balaye mon regard distraitement. Ma chambre n'a pas bougé. Les poussières ont été faites, je soupçonne mon père d'entretenir cette pièce. Une couverture pliée et un coussin posé sur celui-ci au pied du lit sentaient le bois de santal, l'odeur préférée de mon père. Il utilise cette senteur pour ses vêtements, s'amusant à rendre Rose dingue. Ça a toujours été un sujet de discorde entre eux, puéril, mais je ne peux m'empêcher d'être de l'avis de papa. Déposant sur mon lit les sacs, je range les vêtements dans les armoires. Lorsque c'est fait, je me donne du courage. Essayons d'être courtois et agréables, je peux peut-être essayer de parler en monosyllabe, ça va m'éviter des longues conversations inutiles. On peut toujours espérer.

Samuel est déjà prêt alors que Rose fouille dans son sac à main. Tandis que j'enfile mes chaussures, l'un d'eux pose une main sur mon épaule. Samuel prend la parole.

— Il faut que tu saches que les choses ont changé ici.

Je retiens un soupire. Pourquoi ça ne m'étonne pas ? Évidemment, ça ne peut pas être aussi simple. Qu'est-ce que j'espérais ? Un long fleuve tranquille où il n'y aurait que des larmes et des jérémiades à en vomir ? Conneries. Encourageant mon frère à continuer, il mordille sa lèvre inférieure.

— La meute Greed et les chasseurs de cette ville ont fait une trêve, moi et maman protégeons le territoire.

Pause. Il n'y a pas de whisky ? J'inspire, j'expire. Une boule de colère commence à apparaître dans le fond de ma gorge, prête à surgir d'une seconde à l'autre.

— Le meurtre de papa a été orchestré par des loups, mais Théodore, l'un de cette meute, m'a confirmé qu'ils n'ont rien à voir avec ça.

— Que veux-tu me dire Samuel ? claqué-je.

— Ils ne sont pas responsables, ils fêtaient un événement important.

— Abrège.

— S'il te plaît, ne brise pas les accords.

Nous y voilà. Pourquoi papa a-t-il accepté ça ? Au fond, la meute Greed est toujours restée discrète, elle est à Clearwater depuis la création de la ville et avec les chasseurs tout se passe bien. Sauf quand les loups débordent dans le territoire.

— C'est tout ce que tu as à me dire ?

— Mon… meilleur ami, Théodore, vient avec nous.

Ami avec ces choses ? Je ne sais pas vraiment comment réagir. En réalité, tant que ce chien ne me parle pas et qu'il se tient à carreau ça me va. Peu importe, dans quelques semaines je ne serais plus là, ils font ce qu'ils veulent, loin de moi. Pour réponse, je hausse les épaules et sors de la maison.

Peut-être que je peux toujours simuler un malaise…

CHAPITRE 3

THÉODORE

Je ne suis là que pour mon meilleur ami.

Cette phrase, je me la suis répétée une bonne centaine de fois. Les menaces ont vite fait de me faire trembler. La crypte des chasseurs se trouve en territoire neutre, cependant, un loup ici est considéré comme une profanation pour les chasseurs. Ces hommes et ces femmes aux allures austères me foutent la trouille. Leurs menaces et regards assèchent ma gorge.

Je suis là pour lui.

Je vais finir par en faire une comptine. Ce qui m'angoisse le plus, c'est que je vais voir Raphaël. Un frisson me traverse de la base de mon crâne, jusqu'à mes orteils. Je n'ai pas envie d'être là. Bon sang, comment faire pour ne pas m'évanouir alors qu'il peut à tout instant me tuer ? Déjà pour venir jusqu'ici ç'a été une vraie galère. Je n'ai pas pu rejoindre Samuel chez lui, il doit parler de la meute à Raphaël pour éviter qu'il ne me saute dessus. Pour m'égorger, bien entendu.

L'épaisse forêt qui encercle le cimetière n'est pas facile d'accès.

Logan, mon cousin et bêta m'a aidé à arriver jusqu'ici. Il a ignoré ma demande de rester. Il faut dire que Logan n'est pas du genre à se mêler des affaires des autres. C'est agréable de ne pas avoir affaire à un pot de colle. De plus, le fait que nous le voyons peu souvent nous éloigne l'un de l'autre. Il a rencontré une jolie jeune fille appartenant à une meute voisine et il part dans quelques heures.

De toute façon, je ne sais pas si je vais avoir assez de courage pour faire face à Raphaël et tous les chasseurs. Je joue avec la boue accrochée à mes chaussures et relève la tête lorsqu'une voiture se gare à côté des autres. Je peux entendre de là où je suis des voix, celle de Samuel, Rose, mais aussi une inconnue.

Je n'ai jamais entendu une voix aussi chaude, mais froide à la fois. C'est comme du papier doux, mais rêche. Un paradoxe exaltant. Un frisson bloque ma respiration, ébranlant mon corps qui vacille. J'ai envie de voir le visage associé à cette vibration qui me fait trembler. Il n'y a aucun doute là-dessus. J'ai envie de croire que c'est un homme entre deux âges, bien trop vieux pour me plaire, bien trop vieux pour susciter de tels sentiments en moi. Il faut que je me fasse une raison, Raphaël ne peut simplement pas être un vieux monsieur, c'est le frère de Samuel, un jeune homme. Ce serait trop beau d'y croire, d'y penser.

Une plainte sort de ma bouche lorsque le conducteur sort de l'habitacle. Il est divin, cet homme est à couper le souffle. D'ailleurs, il me faut me concentrer pour reprendre une respiration stable. Les yeux rivés vers Raphaël, je ne peux m'empêcher de détailler chaque mouvement qu'il fait. Ses cheveux blonds en bataille, ses muscles ronds, cette carrure, j'ai l'impression de tourner de l'œil.

— Théo !

L'appel de Samuel me fait sursauter. Raphaël me regarde d'un drôle d'œil, passant son regard sur mon corps, j'ai le feu aux joues. Samuel me fait une accolade que je lui rends, distrait.

— Merci d'être là.

— C'est normal, murmuré-je.

— Tu fricotes avec les loups Raphaël ? tonne une voix tremblante.

Un vieil homme, que je ne connais pas, s'avance vers nous un rictus aux lèvres. Il semble connaître Raphaël. Je me tourne vers lui et il pose sa main sur l'épaule de l'inconnu.

— Crois ce que tu veux Carl, j'ai passé l'âge d'expliquer mes moindres faits et gestes.

Je n'aime pas Carl. Il dégage quelque chose de plus vicieux que Raphaël. Samuel m'a prévenu que son frère est une personne difficile, mais Carl ne me donne pas confiance. C'est d'instinct, s'il faut choisir, c'est vers Raphaël que porte mon choix.

— Ton père serait déçu de toi, assène Carl.

— Mon père a toujours été déçu de moi.

Carl se crispe et s'éloigne de Raphaël d'un mouvement brusque.

— Il faut qu'on parle de l'héritage.

— Pas la peine, je pars dans pas longtemps, répond Raphaël du tac au tac.

— Donc tu peux signer les papiers ?

Les épaules de Raphaël se tendent. Une brûlure dans le creux de mon ventre me fait mal, c'est désagréable. Une envie de le prendre dans mes bras, de le rassurer, se fait plus intense. Parler de ce genre de chose en ce moment n'est clairement pas la meilleure chose à faire. Carl a l'air de s'en foutre royalement et il patiente une réponse.

— Nous en parlerons plus tard.

Carl n'a pas l'air d'être content, mais Raphaël fait un signe à Samuel et Rose pour qu'ils entrent dans la bâtisse en pierre grise. Il se tourne vers moi et pose sa main sur mon dos pour me pousser vers la porte de la crypte. Le sol me paraît plus attirant, gêné par la chaleur de la grande main du chasseur, je baisse la tête. Alors que je descends les escaliers, Raphaël saisit mon coude et le serre sans me faire mal.

— Fais attention, c'est glissant.

Je hoche la tête, mais soudain, mes pieds glissent contre une pierre luisante de mousse et de boue. Alors que je pars vers l'arrière, Raphaël peste et tire mon buste vers lui, mon dos percutant son torse. Tout contre cet inconnu, je prie pour me sortir de cette situation au plus vite.

— Je t'ai dit de faire attention, bordel, est-ce que tous les loups sont aussi empotés ou tu es l'exception ?

La respiration hachée par la frayeur que je viens de me faire, je ne réponds pas. Ça doit me faire réagir, mais l'adrénaline qui parcourt mes veines bourdonne mon crâne. La main de Raphaël contre mon ventre enflamme mes reins alors que son odeur musquée me fait tourner la tête. Je ferme les yeux et je me concentre sur les tremblements de mon corps. Je sursaute lorsque le souffle de Raphaël caresse mon cou.

— Est-ce que l'empoté sait marcher, ou faut-il que je l'aide à descendre ces foutus escaliers ?

Je mords ma lèvre avec violence et je tente de calmer la frénésie intérieure de mon loup. Le feu de mes reins se propage dans tout mon corps, cherchant un maximum de chaleur. Mes fesses touchent une partie bien plus chaude et sensible de l'anatomie de mon sauveur. Ma respiration coupée, je m'éloigne de lui au même moment que la voix de Samuel résonne contre les murs.

— Tout va bien ?

— On arrive, dis-je.

C'est gênant, affreusement gênant. J'ai envie de me cacher, comme une petite souris. Lorsque nous sommes dans les couloirs humides de la crypte, je m'accroche au bras de Samuel. Raphaël, enfin derrière moi, je me permets de relâcher mon souffle bloqué dans mes poumons. Pourtant, je peux sentir son regard lourd dans mon dos, si bien qu'il me faut un certain temps pour m'y habituer.

Ça fait des années que l'entretien de cette fosse mortuaire n'a pas été nettoyé. Entre la moisissure, les insectes et la saleté, ça ne donne pas envie de s'y recueillir. Froids et humides, les murs sont trempés, parsemés de mousses. Les épines des sapins de la surface s'embourbent, ce qui par endroit forme des amas brunâtres glissants. Ce lieu me fout la trouille. Nos morts à nous sont enterrés dans la forêt, c'est une image loin de celle qu'on se fait d'un cimetière traditionnel. La meute veille à ce que nous rejoignions un endroit de paix et de calme.

Alors que nous dépassons les différentes chambres funéraires, je peux y lire brièvement les noms de famille des chasseurs morts. C'est tellement en opposition avec ce que nous faisons de nos morts dans la montagne, là où le soleil reflète la forêt. Ça me fend le cœur de voir des hommes, femmes et enfants enfermés dans ce sous-sol sans la moindre brise de vent. L'illumination de leurs âmes ne sera pas guidée dans cet espace étouffant.

La crypte ressemble à une cave qui ne se finit jamais, avec trois passages qui mènent à des couloirs sombres. Toutes ces personnes, hommes et femmes, chuchotent par groupe, me jetant des œillades menaçantes. La chambre des leaders a cinq cercueils, sans compter celui d'Ugo qui se trouve au milieu de la pièce. Raphaël s'intègre avec les autres et nous laisse seuls.

— Il ne reste pas ?

Samuel hausse les épaules, presque indifférent à la froideur de son frère. Je pense que je n'y habituerais jamais.

— Je ne comprends pas, Raphaël ne semble pas être un homme aussi menaçant que les autres chasseurs, dis-je distraitement.

— Sans doute, il a bien changé, depuis le temps.

Nous restons en retrait. Rose dépose une main délicate sur l'épaule de son fils et part vers un homme qui la prend dans ses bras. Je regarde les clans qui se forment sans jamais le mentionner à Samuel. Il est plongé dans ses pensées et cette réflexion est complètement ridicule. Notre meute a toujours pensé que la coalition était un groupe de chasseurs soudés. Mais en cet instant, avec le cercueil au milieu de la pièce, j'ai la sensation qu'ils sont divisés.

Je porte mon attention sur Samuel qui n'a pas l'air d'être aussi triste. Lors de l'annonce de la mort de son père, il était dévasté. Ce changement de comportement est radical.

— Qu'est-ce qu'il s'est passé ?

— De quoi ? murmure Samuel en tirant sur sa chemise.

— Avec ton père, tu n'es pas aussi mal que Rose.

Il reste muet. Je patiente et lui laisse le temps de rassembler ses idées. Entre-temps, je passe en revue la pièce, les chasseurs parlent, assez bas, mais ce n'est pas suffisant pour moi. Raphaël a le visage crispé, il bouge ses lèvres.

— Je ne suis pas responsable de ça.

— Quand même, un loup Raph, ton père ne-

— Mon père a accepté ce traité.

— Mais il est mort, tu vas reprendre la succession donc tu-

— On ne touche pas à ce loup, Clara, coupe à nouveau Raphaël.

Une chaleur irradie mon thorax, ça me fait sourire comme un idiot. Il prend ma défense, certes parce que Samuel lui en a parlé, mais c'est déjà un bon début. D'ailleurs, il prend la parole.

— Maman s'est occupée de moi depuis que je suis né et Ugo n'a jamais pris soin de moi comme il le faisait pour Raphaël. Finalement, Raphaël avait père tandis que moi j'avais maman. Il y a eu beaucoup de jalousie quand nous étions enfant, mais au final nous avons parlé et ça s'est arrangé. Maman et père faisaient tout pour nous éloigner l'un de l'autre, c'était un vrai calvaire.

Je comprends mieux. Bien que la dispute entre Raphaël et son père reste floue, je cible mieux les problèmes de la famille Nore. Ce n'est pas simple lorsque les adultes englobent les enfants dans leurs disputes.

La cérémonie commence, le cercueil d'Ugo s'ouvre ce qui crée un silence étouffant dans la pièce funéraire. Raphaël s'avance à la hauteur du défunt, fais un signe de croix avant de revenir vers nous, le visage indéchiffrable.

— Fait un dernier adieu à papa Sam, nous allons rentrer.

Mon ami se tend, hoche la tête et répète les mêmes gestes que Raphaël. Lorsqu'il arrive à mes côtés, la tête baissée, il prend la parole d'un murmure.

— Ne me laisse pas…

Mes bras contre lui, j'embrasse son front. Je le guide à travers dans les couloirs, Raphaël en tête. Je me tourne pour vérifier si Rose nous suit, elle n'est pas là.

— Rose ne vient pas ?

— Elle reste près de Frank, l'amant de mon père, grommelle Raphaël.

Je n'aime pas cette situation. Je me sens inutile pour Samuel, je ne suis qu'un étranger. Je n'ai jamais eu à faire face à un décès, c'est une scène que je n'arrive pas à transposer sur mes propres sentiments. Ce qui, j'en suis certain, c'est que je n'apprécie pas ce froid qui gèle mes os. Samuel monte les escaliers, la tête basse, tandis que je soupire. Il va falloir un temps avant qu'il ne s'habitue à cette perte, et ce, même si sa relation avec son père n'était pas au beau fixe. Je suis triste pour lui et je souhaite de tout mon cœur le libérer de cette peine qu'il tente en vain de cacher.

CHAPITRE 4

RAPHAËL

Je vais mourir.

Les tremblements frénétiques de mon corps ne s'arrêtent pas, mon cœur palpite à mesure que les secondes s'écoulent. Comme terrassé par la terreur, je prends une profonde inspiration et m'encourage. Ce n'est qu'un cauchemar. Je vais me réveiller. J'ai beau me pincer les bras aussi forts que je veux, comme quand j'étais enfant, rien ne fonctionne. Je ferme les yeux une dizaine de fois, mais à nouveau, ça ne marche pas. Soudain, une branche craque sous mon poids, accélérant ma respiration. Le bruissement des feuilles autour de moi n'aide pas.

J'ai peur.

C'est étonnant que je ne me sois pas déjà enfui. Je sais ce qu'il va se passer, mais je veux faire face. Je reste là, jusqu'à ce qu'il arrive.

Red Eyes.

C'est ainsi que je l'ai nommé, le monstre. L'horreur de ma jeunesse. J'avale avec difficulté ma salive. Un autre bruit sec derrière moi me fait frissonner. Le monstre arrive à pas de loup, vicieux. Je dois me contrôler afin de ne pas détaler comme un lapin. Mon sixième sens me hurle de fuir. Il faut que je tienne bon, mais je sais qu'il est là, quelque part, tapi dans l'ombre à m'observer. Cet être de manipulation aime jouer avec moi depuis mon plus jeune âge.

J'observe les alentours quand soudain, une masse noire et imposante s'approche. Je ne peux rien faire, je suis paralysé. Une goutte de sueur glisse le long de ma tempe, un bref mouvement de la bête est le signal pour moi de m'élancer à son opposé.

Je n'entends pas le monstre me suivre, je sais que c'est une ruse. Red Eyes est comme ça, c'est un être rempli de manipulation et de sadisme, jouant avec moi depuis mon plus jeune âge. Alors que les branches des arbres me fouettent le corps durant ma course effrénée, je perçois du coin de l'œil la lune ronde, lumineuse. Je ne peux pas me déconcentrer, il faut que je sorte de cette forêt.

Je ne veux pas mourir.

Les minutes deviennent des heures et je crois dur comme fer que cette course dure depuis une éternité. Les poumons en feu, je tente d'inspirer, mais la douleur dans ma cage thoracique m'en empêche. Mes jambes sont rongées par la fatigue, je m'oblige à surpasser la douleur.

Le ruisseau du côté est de la forêt émerge d'entre les arbres. Je bloque ma respiration. Je suis déjà passé par là, il y a cinq minutes. Je m'arrête d'épuisement et me tourne pour regarder et écouter mon environnement. Le vent siffle entre les branches, le clapotis de l'eau l'accompagne. Mes entrailles se contractent lorsque les animaux ne font plus aucun bruit et j'ai la certitude que les feuilles vont dévoiler ma position.

Le vide assourdit mes pensées, tambourine mon crâne. Plus ça avance, plus la pression m'assomme. Dans ma tête, la cacophonie se transforme en un bourdonnement vibrant. Soudain, la voix rauque et sèche de mon père me fait frissonner.

— Sais-tu que les animaux ont un instinct de survie ?

La vision trouble, j'essaye de reprendre mon souffle. J'écoute d'une oreille distraite mon hallucination auditive. Ça peut me sauver la vie, je le sais, je le sens au plus profond de mes tripes.

— Lorsqu'un animal sent le danger, il ne dit et ne fait plus rien. Il craint l'arrivée d'un prédateur. C'est de l'autodéfense fils, sans bruit, le chasseur ne peut pas traquer sa proie.

C'est ça. J'ai la solution à mon problème. Je ne dois pas faire de bruit, sans quoi, Red Eyes risque de me trouver. Je reste plusieurs minutes contre un arbre, à guetter les environs. Je fais de mon mieux pour ne pas émettre le moindre bruit.

Alors que ma respiration se contrôle, je me rends compte que j'ai oublié quelque chose. L'odeur. La bête n'est pas qu'un simple prédateur, il possède des sens démultipliés. Les tremblements frénétiques de mon corps ne s'arrêtent pas, ils s'amplifient à mesure que l'animal s'approche. Je sens sa présence derrière moi, un frisson de terreur me paralyse. Je me risque à tourner. Les yeux rouges du monstre s'illuminent dans le noir, j'émets un cri. Je recule, trébuche. Le prédateur bondit et ouvre avec puissance sa gueule vers moi.

Je me redresse comme un pantin et je hurle.

Perdu, je tremble comme une feuille dans mon lit. Les draps collés contre mon corps nu, je m'empêche de me dégager de la chaleur étouffante du matelas sous moi. Je passe rageusement ma main contre mon front, décolle mes cheveux mouillés et les plaque en arrière. Dans le même mouvement, je ferme les yeux et fais disparaître les larmes qui ont coulé. Je régule ma respiration.

Ce n'est qu'un cauchemar.

Je frissonne, le froid ankylose mes membres. Je grince des dents lorsque je tente de me redresser. Je sens mauvais.

La forte transpiration que je dégage me pique à la gorge. Ce n'est vraiment pas agréable. Une bonne douche s'impose.

Je me bats avec ses draps pour me redresser. Sans attendre, je pousse les tissus et je pose les pieds sur le sol de ma chambre. Un grognement et des étirements plus tard, j'entre dans la cabine de douche et active l'eau. L'eau glacée me fait sursauter, mais je la laisse couler.

Voilà deux jours que papa est enterré. Deux jours que je dors mal, deux jours que je ne parle pas. Je crains de perdre les pédales, d'exploser. Je sais pourtant que je ne peux pas me le permettre. C'est comme un gouffre profond, qui me bouffe de l'intérieur. Je m'active, terminant de me laver, de m'essuyer et de m'habiller. Mon reflet dans le miroir brouillé par la vapeur me fait soupirer. Des marques bleues soulignent mes yeux, ceux-ci ont une couleur écarlate, faute du manque de sommeil. Mon teint livide et mes lèvres gercées craquellent, ça me fait saigner par endroit. Je n'hésite pas à les humecter sommairement et grimace de douleur. Je me fais penser à un malade. Peu importe.

Je ne sais pas à quelle heure je me suis réveillé, mais le soleil commence seulement à pointer le bout de son nez. Il doit être dans les alentours de six heures. Pris d'une envie soudaine, je commence à fouiller dans les armoires de la cuisine afin de faire le petit déjeuner. Œufs, bacon et pâte à crêpes, je me mets au fourneau sans faire attention à ce qui m'entoure. C'est bien une chose que j'apprécie, faire à manger. Ça me détend plutôt bien. Alors que je verse une belle louche dans la crêpière, je sens un regard dans mon dos. Mon sixième sens me dit que ce n'est pas un membre de ma famille. Théodore, à coup sûr, c'est lui.

Ce gars est le meilleur ami de Samuel.

Il est bizarre depuis que l'on s'est vu. Il se comporte comme une mère poule et il cherche à être là pour tout le monde. Théodore a bien vite compris que ça m'agace et il reste loin de moi. C'est mieux comme ça. Je n'ai pas la patience de rassurer ce mec, qui plus est un loup.

— Tu es déjà réveillé ? murmure-t-il.

— À l'évidence.

C'est une bonne méthode, rester loin de lui. J'ai des facultés que peu de chasseurs ont, ces dons me permettent de ressentir des choses que d'autres ne voient pas. Cette malédiction semble toucher les chasseurs de ma famille, car mon père avait les mêmes capacités. Celle de savoir si une personne est un être surnaturel, sentir les odeurs d'une manière remarquable et surtout, comprendre les sentiments des personnes qui nous entourent.

L'excitation montante que Théodore ressent pour moi m'étouffe, comme une violente gifle. Je me fais discret, pour ne pas l'encourager dans la démarche de faire de moi son compagnon. Les loups sont tellement fleur bleue que ça m'écœure. Je me déplace lorsque je sens la présence de Théodore à quelques centimètres de moi. C'est qu'il peut se faire discret ! Je retiens un soupir et mets en route la machine à café en collant mes reins contre le plan de travail.

— J'aimerais savoir ce que je t'ai fait.

Théodore a l'air de vouloir faire la causette. Qu'est-ce qu'il m'a fait ? Le simple fait qu'il existe me ronge. J'entreprends de mettre du café chaud dans un mug et l'ignore. Je bois une gorgée avant de rediriger mon attention sur le loup. Il claque son pied sur le sol, les bras contre son torse. Je jubile, il a l'air agacé. Un sourire taquin sur mes lèvres, j'avale une seconde gorgée. Je décide de mettre fin à ces souffrances.

— Tu demandes à un chasseur ce qu'il a contre un loup, Théodore ?

Ma voix est basse, mais je suis certain qu'il m'a entendu. Je peux même apercevoir son grain de peau frissonner. Les poils de ses bras dressés, il reste silencieux, se tortillant sur place.

Je l'ai mouché, un point pour moi.

Sérieusement, il s'attendait à quoi ? Que j'ouvre mes bras grands ouverts et que je l'accepte dans cette famille branlante ? Il peut en faire partie, tant que ça ne me concerne pas. Enfin, c'est ce que j'essaye de me faire croire. Je retourne la crêpe, patiente qu'elle cuise de l'autre côté et je la pose sur la montagne d'autre. C'est enfin la dernière. Je sécurise derrière moi et je mets les ustensiles dans l'évier. Je termine mon café.

— C'est plus ciblé que ça, soupire Théodore.

— Qu'est-ce que tu veux dire ?

— Tu as été gentil avec moi, il y a trois jours, contrairement à tous les autres chasseurs qui eux, n'ont pas hésité à me montrer que je n'étais pas le bienvenu.

C'est donc ça. S'est-il entiché de moi juste parce que j'ai été un minimum courtois avec lui ? Bordel, soyez compréhensif et voyez ce qui vous tombe sur la gueule. Des sentiments d'amour dégoulinants.

— Je ne suis pas gentil, celui qui t'a mis ça dans la tête devrait retourner sept fois sa langue dans sa bouche avant de débiter des âneries pareilles.

— Et bien, je n'ai pas cru Samuel quand il m'a dit que je devais faire attention à toi.

J'ai envie de rire. Samuel a l'art et la manière de me présenter à ses amis. Je ne m'attends pas à grand-chose.

— Tu aurais dû l'écouter.

— Non, tu m'as aidé.

Un soupir à fendre l'âme sort de ma bouche. Il a envie de croire que je suis un prince charmant, prêt à l'aider et le protéger. Théodore se fourvoie complètement. Ça me fait presque de la peine.

— Donc, commence-t-il en prenant une crêpe, je sais qu'une part de toi est bienveillante.

Un sourire niait sur ses lèvres, il tartine la crêpe de chocolat pour mieux engouffrer une bouchée dans sa bouche. Les joues barbouillées de pâte à tartiner, il mange de bon cœur. Il me fait penser à Samuel, lorsqu'il était plus jeune. Un gamin totalement insouciant, qui mange son déjeuner d'une rapidité phénoménale pour pouvoir jouer à l'extérieur. Comparativement, j'étais toujours nickel, mangeant doucement, sans tâche. Mon père ne voulait pas que je me salisse et que je me rende malade. Deux façons d'élever un enfant différemment, nous sommes à l'image de l'un de nos deux parents, Samuel pour Rose et moi pour mon papa.

— Samuel a dit que nous irons en ville aujourd'hui.

— Samuel dit beaucoup de choses, il me semble, dis-je.

Théodore fait une moue indignée et finit son lait. Ils ont le toupet de m'intégrer dans leurs projets qui ne m'intéressent pas. Samuel et ce loup n'ont vraiment aucune politesse. Je ne peux pas être en colère et même si je me concentre, ça ne vient pas. Je lui jette une œillade agacée et fronce les sourcils. Il n'agit pas comme un loup normal. Les métamorphes gardent leur comportement animal quand ils sont humains et en y regardant de plus près, Théodore n'a pas les mêmes réflexes et gestes qu'un loup commun.

La hiérarchie des loups-garous est sans doute la plus complexe de notre monde. Plus nous montons dans la pyramide, plus l'individu a de l'importance dans le groupe. Par exemple, le bêta, un combattant aguerri, possède plus de voix lors des décisions d'attaques. Ils se trouvent juste en dessous de la position de l'alpha, aux côtés des gammas, les défenseurs de la meute. Les gammas protègent la meute des attaques externes, ils donnent parfois l'illusion d'être une centaine et sont partout à la fois. Cette illusion permet aux bêtas d'ouvrir une brèche et de vaincre leurs ennemis. En étroite collaboration, ils travaillent main dans la main et guident l'alpha sur les plans stratégiques. En ce qui concerne les deltas, ils ont une place de gardien, d'instituteur ou de soigneur. Un vieux loup peut endosser ce rôle, donnant aux plus jeunes des conseils, racontant leurs expériences.

Théodore n'a aucune prémisse d'un comportement de leader, ni d'attaquant ou de défendeur. Il n'a pas assez d'expérience pour être un delta. Soudain, j'avale avec difficulté ma salive. Un oméga. Il ne peut être qu'un oméga. J'ouvre ma bouche, mais Théodore me devance.

— Nous serons en sécurité avec toi, avec ce qu'il se passe en ce moment, notre accès à la ville est restreint.

Je ferme les yeux, les frottes et soupire.

— Il y a des raisons pour ça, la possibilité de mourir est relativement importante, ce n'est pas un jeu.

Il garde la bouche fermée. Ces joues gonflent, je rêve où il boude ? J'ai envie de sourire, mais je reste de marbre.

Est-il à ce point lâche pour ne pas argumenter ? Non. Ce n'est pas ça. Il est plus malin que ça. Il agit comme-ci, il allait faire son coup en douce. Alors que je m'apprête à prendre la parole, Samuel entre dans la cuisine.

— Bon matin, murmure-t-il.

Théodore se désintéresse de moi et demande s'il a bien dormi. À croire qu'il le fait exprès. Agacé, je termine ma boisson et commence à faire la vaisselle. D'une oreille distraite, j'écoute leurs conversations.

— On passe à la bibliothèque ? J'ai un bouquin à prendre pour le cours d'histoire, demande Théodore.

— Tu es en groupe avec qui ?

— Le nouveau, Charlie Peeters.

— Ah oui, il est intéressant.

Je plains ce Charlie, il doit avoir du courage pour rester des heures durant avec Théodore. Peut-être qu'il est de la même trempe que lui, aussi bizarre et stupidement attachant. Peu importe, ces pensées risquent de me rendre fou. Pas besoin d'accélérer le processus.

— Au fait Raph', s'exclame Samuel, tu fais quoi cet après-midi ?

— Je vais faire du tri dans les affaires de papa.

Je ne lui demande pas pourquoi il me pose cette question. Je sais qu'il veut m'emmener dans la ville faire je-ne-sais-quoi. Hors de question de lui laisser cette chance.

— Après, je compte couper du bois. J'ai remarqué que les réserves s'amenuisent.

Samuel reste quelques instants sans prendre la parole, puis il sourit.

— S'il te plaît, je veux passer du temps avec toi, gémit-il.

C'est insupportable.

— Prenez une arme, elle vous protégera mieux que moi.

Je ne sais pas ce que je fous là, dans cette foutue bibliothèque, à attendre que Théodore choisisse son foutu livre. Samuel nous a fait faux bond lorsqu'en passant devant le skate park il a croisé un vieil ami. Un vampire. Je me rends compte que Samuel s'est ouvert au monde avec plus de rapidité que moi. Il accepte toutes les personnes atypiques qu'il rencontre avec naturel et compréhension. Chose que je ne sais pas faire.

Bordel.

Théodore saisit un livre, regarde d'un œil critique la couverture avant de lire la quatrième de couverture. Après plusieurs minutes d'une lecture assidue, il reste quelques instants sans réaction avant de le reposer sur l'étagère. Après une dizaine de livres, j'explose.

— Tu vas te décider oui ou merdes ?!

Il sursaute. J'ai été trop fort ? Il inspire avant de tirer sur ses doigts et se tourne vers les livres. Son regard piteux assèche ma gorge. Merde. Il doit être habitué à mes remarques, non ? Je ne veux pas commencer à parler avec lui comme je le ferais avec un gosse ! À croire que c'en est un. Plusieurs personnes réclament le silence. Je me renfrogne et m'approche de Théodore qui est reparti à la recherche de son livre.

Insupportable.

— Tu cherches quoi ?

— Des documents sur la ville, sa création et des événements importants.

Théodore se dandine sur place pour prendre un livre posé sur une étagère trop haute pour lui. Je pouffe de rire et saisis le livre et colle sans prendre garde mon corps contre lui. Le flash de notre rencontre s'interpose. Sa chaleur, son odeur, les mouvements imperceptibles de son corps. Il tremble, s'appuie contre moi et soupire de manière indécente. Je mets fin à cette mascarade en lui donnant le livre qu'il hésite à prendre.

— Terminons ici, je n'ai pas que ça à faire.

Je me décolle de lui et je patiente qu'il choisisse le livre qu'il lui faut. Samuel arrive à l'instant même que nous sortons, accompagnés d'une jeune femme. Encore une nouvelle personne. Je serre les poings et ne lui prête pas la moindre attention. Samuel compte sans doute me faire connaître la totalité de cette fichue meute Greed. Je ne peux pas m'empêcher de comparer Théodore à cette louve. Il possède un effluve doux, de bois et de sucre. C'est une odeur que je refuse d'inspirer, mon self-contrôle est toujours en contrôle perpétuel et ça me frustre. Cette femme sent mauvais. Une senteur âcre, de brûler. Ça pique et mon nez se contracte lorsqu'une brise me balance cette immondice à la gueule.

— Raphaël, je te présente Alice Greed, la luna de la meute Greed et la tante de Théodore.

Je hoche la tête. C'est bien, mais ça ne m'intéresse pas. Cette sortie commence à m'énerver. J'ignore le geste que cette sotte tente vers ma direction et me concentre sur les passants. Il fait plutôt beau et les gens profitent des derniers jours de soleil. Je tourne mon regard vers Théodore qui s'approche d'elle et lui fait une brève accolade avant de lui montrer le livre qu'il a choisi.

Nous arrivons à Wild Flour, ce restaurant aux rondins de bois brut qui ressemble aux autres et qui se fond dans la masse. Ce bâtiment possède une terrasse aménagée qui est ouverte pendant les températures estivales, comme c'est le cas aujourd'hui. Ce n'est pas aussi populaire que le reste de la ville. J'ai l'impression que les gens détournent le regard lorsqu'ils s'y approchent.

Le symbole du papillon aux ailes torsadées y a été peint il y a des années que cela. Les êtres dépourvus de pouvoirs ne peuvent y entrer, ressentant un malaise lorsqu'ils arrivent dans le périmètre. Ce n'est pas plus mal d'avoir un tel rassemblement. Grâce à ça, nous, les chasseurs, avons un œil sur les nouvelles têtes qui entrent et qui sortent de la ville. C'est un point de rencontre pour toutes ces personnes atypiques.

L'intérieur est grand, dans le même esprit que la flore extérieure. C'est un espace naturel appréciable et l'odeur de brioche et de chocolat gargouille mon ventre. Nous avons pris une commande et nous nous asseyons autour d'une table, plus éloignée des autres clients.

Je ne prends pas part à la conversation qui s'anime, bien décidé à ne pas dialoguer avec des loups. J'ai suffisamment parlé avec Théodore pour toute une vie, pas besoin de rajouter d'autres loups à la liste.

— Quand tu plonges sur la proie, elle a déjà été marquée au préalable par les bêtas qui sont secondés par le couple alpha, explique Alice en faisant un plan réduit avec des cacahuètes disposées stratégiquement sur la table.

Théodore fronce les sourcils et mord sa lèvre inférieure.

— Mais alors, comment font-ils lorsque la proie s'échappe par ce côté? demande-t-il en montrant une faille.

— La proie ne peut pas s'échapper, dis-je, elle sera bloquée soit par un environnement compliqué, par exemple des arbres trop denses ou une falaise ou une rivière, ou par l'un des cinq sens touchés ou par un affaiblissement corporel.

Je prends plusieurs cacahuètes et les places en demi-lune sous les yeux surpris d'Alice et moqueur de Samuel.

— Ce marquage permet au chasseur, quels qu'ils soient, d'encercler par l'extérieur la proie. Quand tu regardes bien, c'est une demi-lune, elle peut s'étendre sur des kilomètres à la ronde.

Théodore a l'air de s'intéresser davantage aux stratégies et aux déplacements des chasseurs. Je regrette d'avoir dévoilé la manière la plus classique qu'un chasseur puisse utiliser lors d'une traque. C'est une idée stupide, mais peut-être que les prochaines traques seront plus gratifiantes si ces bêtes sauront à quoi s'attendre.

L'une des souriantes serveuses nous apporte la commande et reçoit des remerciements de toutes parts. Papotant, riant et mangeant, je ne me sens pas à ma place. J'ai l'habitude du silence et de la propreté, là, je suis entouré de trois personnes qui ont un comportement opposé aux miens. À la fin du repas, je me lève et débarrasse la table. Les adolescents derrière moi, j'annonce que je rentre. Des protestations fusent.

— Tu ne veux pas rester ? Nous allons au skate park, tout le monde sera là, s'exclame Samuel.

— J'ai le bois à couper Sam, on se voit à la maison.

Je ne lui laisse pas l'occasion de se plaindre que je pars sans me retourner. Je ne comprends pas l'intérêt de traîner en ville pour ne rien faire, cependant je peux comprendre qu'ils sont jeunes et qu'ils ont besoin de se défouler. Ce n'est pas des activités qui me plaisent, même lorsque j'avais l'âge de Samuel. À dix-huit ans, je chassais, j'étudiais et je faisais de mon mieux pour rendre fier mon père dans tout ce que j'entreprenais. C'est simple, je n'avais aucun ami pour échanger des idées ou vivre avec simplicité.

Me voilà donc à préférer chasser, couper du bois, faire de la musculation. Toutes les choses qu'un homme aime en général. Ma conception d'un homme est probablement faussée, par mon père en grande partie, mais aussi par les chasseurs du groupe. Samuel, par exemple, n'est pas du tout cette espèce d'homme viril tant recherché par la majorité des hommes de cette ville. Trop efféminé par ses habits excentriques et ses mouvements inutiles, il est mal vu par bon nombre des habitants. Heureusement, mon frère a réussi à vivre avec le jugement et il a trouvé des parades pour amplifier cet aspect non conformiste. Il s'amuse à narguer les esprits vieillots de cette ville.

CHAPITRE 5

THÉODORE

Il est parti.

Pourquoi cette boule à la gorge m'empêche-t-elle de respirer ? J'ai cette affreuse sensation d'avoir avalé quelque chose qui me rend malade. Il est parti sans me regarder. C'est stupide, mais j'espère encore le voir entrer par cette porte et qu'il revienne vers moi. Sa présence est réconfortante et d'une manière que je ne comprends pas, j'ai du mal à le laisser partir. Je peux admettre que mon loup a vu en lui une sorte de bouée de sauvetage, ma conscience me souffle que je me fourvoie, que cet homme n'est pas fait pour moi.

Je suis conscient que Raphaël est en quelque sorte une brute. Il use de cynisme et de dérision, même une personne stupide le verrait. Assis sur un banc, Samuel et Alice s'approchent de moi, tout sourire. Skate sous le bras, chacun semble pétiller. Ils ont une idée derrière la tête.

— J'ai une question, commence Samuel, qu'est-ce que tu penses de Raphaël après plusieurs jours passés à la maison ?

Le séjour aux côtés de la famille Nore s'est passé calmement. Rose n'est pas réapparue depuis l'enterrement de son mari, tandis que Raphaël est resté la bouche fermée. Sauf aujourd'hui. Son parfum me monte à la tête et si je n'étais pas déjà assis je m'effondrerais.

— Je ne sais pas, dis-je.

— Menteur ! Je n'ai vu qu'un court instant vos réactions et vous étiez sans cesse en train de vous regarder.

Les divagations d'Alice me fatiguent. Je ne veux pas espérer, car ça va finir par faire la même chose qu'avec Paul. Tout va bien se passer, ensuite il va profiter de moi une fois qu'il comprendra que je l'apprécie. Je ne veux pas reproduire la même erreur. Je veux prendre mon temps, sans être forcé par qui que ce soit.

— C'est un chasseur et je dois rester loin de lui.

Samuel pouffe de rire et pose ses fesses à côté de moi.

— Sois pas aussi dramatique, je reconnais que mon frère a bien changé.

Je reste soufflé par ce qu'il vient de me sortir. C'est lui qui m'a demandé de faire attention à Raphaël, bien que je l'aie écouté sommairement, et maintenant il me dit de ne pas dramatiser ?

— C'est l'hôpital qui se fout de la charité !

Alice s'assied sur sa planche et ricane. Même à trente-deux ans, cette femme agit comme une enfant. Je n'arrive jamais à la prendre au sérieux, sauf quand elle a son rôle de Luna. Elle a une place importante parmi la meute.

— Théo, ça se voit que toi et ton loup êtes attirés par ce mec aux gros muscles, commence Alice, et ce n'est pas un drame. Bon, pour ton père je n'en sais rien, mais pour moi, sache que tu as mon approbation.

— Je n'ai pas besoin de ton approbation pour être attiré

par Raphaël.

— Enfin, un aveu, s'empresse de dire Samuel, avoue que mon frère est à tomber.

Je ne dis rien. Que dire dans ces cas-là ? Ils vont tout faire pour que j'espère une possible relation avec un homme qui ne me regarde même pas. Je l'ai bien vu, ce matin, son regard parle pour lui. Il n'a pas arrêté de bouger lorsque je me suis approché de lui et même à la bibliothèque il m'a semblé contrarié.

— Ses beaux cheveux blonds, son regard perçant, ses lèvres charnues et sa mâchoire virile. Sans parler de sa stature puissante et imposante, de sa voix sensuelle et de son cul rond et ferme, divague Alice.

La description qu'elle fait de lui reflète bien la réalité. Un poids au fond de ma poitrine me fait mal, je suis jaloux. Jaloux de ma tante, terrifié à l'idée que Raphaël puisse être attiré par elle. Si Alice apprécie le corps de Raphaël, alors il ne va pas résister longtemps si elle se met à le draguer. Une bouffée de panique me fait trembler.

— Rêve pas Alice, Raphaël n'est pas du tout de ce bord-là, annonce Samuel.

Comme un ange descendu du ciel. Mon meilleur ami prêche la bonne parole, rassurant mon être et mon loup d'une simple phrase. J'ai envie de l'embrasser pour ce qu'il a dit.

— Tu ne connais pas le pouvoir de ce corps, ça se voit.

C'est dans des moments comme celui-ci que je n'aime pas mon statut d'oméga. Je veux gronder, pousser des cris, hurler que Raphaël m'appartient, mais je ne peux pas, je n'y arrive pas. Alice a l'art et la manière d'être une garce, usant de son pouvoir sur moi pour faire et dire n'importe quoi. C'est ainsi qu'elle a réussi à devenir la Luna. Mon père a laissé cette femme le manipuler, écoutant ses plaintes concernant mon statut et mon incapacité à diriger la meute.

Sur ce point, je suis d'accord avec elle, pour que je puisse prétendre la diriger, il me faut un compagnon bien plus fort que moi. Elle a compris que Raphaël est l'homme que mon loup convoite et va tout faire pour se l'approprier.

Les cris des skateurs me permettent de souffler. Cette pression que je me fais n'est pas bonne pour mon mental.

— Je lance le pari, jamais tu n'auras mon frère dans ton lit.

Mon regard se fane. Pourquoi fait-il une connerie pareille ? Je ne connais pas Raphaël, mais je sais que ça ne va pas lui plaire. Le sourire d'Alice s'amplifie. Il peut éviter ce genre de chose, mais il a le chic pour créer des situations compliquées.

— Je tiens le pari ! Si je réussis à l'avoir dans mon lit, Théodore devra s'engager à ne pas avoir de compagnons et pour être certain de sa bonne parole, c'est toi, Samuel, qui fera le rituel.

Je blanchis. Ça va trop loin là. J'ai le temps de jeter un coup d'œil à Samuel qui titube, mais garde la face. Un sourire crispé sur le visage, il hoche la tête.

— J'accepte Alice, mais si tu ne réussis pas dans les trois mois à venir et que c'est Théodore qui le met dans son lit, cette conversation sera rapportée à l'Alpha.

Cette fois, c'est Alice qui devient livide. C'est trop tard. Une lueur blanche et chaude s'illumine contre nos trois poitrines, le sort est scellé. Nos vies, à Alice et moi, viennent d'être enfermées par la magie de Samuel.

— Et si nous ne réussissons pas ? demande froidement Alice.

— Ma magie me fera mourir, mais sache que si je meurs, ma mère aura accès à mes souvenirs.

Ce sont des sujets que je ne maîtrise pas, la sorcellerie est un art ouvert aux clairvoyants. Quand Samuel dit quelque chose, généralement c'est vrai et ça se réalise. Un peu comme la promesse qu'a faite Raphaël à son père. C'est flippant.

— Non, mais en fait je rigolais, débite Alice.

— Tu aurais peur ? se moque Samuel.

Elle ne dit rien et s'en va, ce qui fait rire Samuel aux éclats alors qu'il joue avec sa planche à roulettes. Je reste quelques instants silencieux. Sincèrement, je m'attends à quoi ? Je n'ai même plus le droit d'avoir une vie si elle réussit à avoir Raphaël. La honte me monte, mal à l'aise avec le fait que l'on utilise Raphaël.

— Ne t'inquiète pas, mon frère ne la mettra pas dans son lit.

— Qui te dit que moi j'y arriverai ?

— Tu es bien parti pour, il n'a pas regardé une seule fois Alice quand je lui ai présenté.

— Ça ne change rien Samuel, il va croire qu'on joue avec sa vie sentimentale, ce n'est pas correct !

— Raphaël n'a jamais parlé à un loup, jamais. Et voilà qu'il te rencontre et qu'il t'adresse la parole en formant des phrases complètes.

— Ça ne veut rien dire.

Samuel a l'air certain de ce qu'il avance, pourtant je ne peux pas m'empêcher de douter. Alice aime ce genre de situation. Déjà que j'étais plus jeune, elle s'amusait à m'engueuler ou me mettre dans des situations délicates. Je me souviens d'un jour où elle m'a attachée par les pieds, suspendue dans le vide pendant toute une nuit. Quand papa m'a détachée, je ne lui ai pas dit que c'était elle, j'avais trop honte. Elle est manipulatrice et je sais que jamais Raphaël ne va s'intéresser à moi, tant qu'Alice est dans les parages.

— Pourquoi tu fais ça ? soufflé-je.

— Elle est persuadée de pouvoir contrôler ta vie et je n'aime pas son comportement.

Samuel jette un regard vers le skate park. Je soupire.

— À part pour me bouffer tout cru parce qu'il ne m'aime pas, ce sera tout ce qu'il fera.

— Vous êtes fait pour être ensemble.

Les joues en feu, je mordille ma lèvre inférieure sans oser répondre. Bien que Samuel accepte cette possibilité, moi, je doute. Je ne dois pas me faire d'illusions, comme avec mon ex, car je risque de tomber des nues. Il faut que je me prépare à vivre dans une solitude bien amère, alors que Raphaël et Alice vivront le parfait amour, dans la meute.

Cette image me donne un coup dans le ventre, je ne peux pas accepter ça. Je ne suis pas indifférent au charme ravageur de Raphaël et ça me tue, ma condition d'oméga, de loup, ne me permet pas d'avoir une relation avec lui. C'est ça le fond du problème.

Je suis un loup et pour ça, j'ai envie de pleurer.

— Rentrons, murmuré-je.

Le trajet s'est fait en silence. Samuel n'a plus osé ouvrir la bouche, trop peur de faire une boulette. Je l'en remercie. Je peux lui en vouloir de sa connerie, mais à quoi ça sert ? Il n'y a plus rien à espérer, à tenter. Lorsque nous arrivons dans l'allée de la maison Nore, je m'arrête. Alice aguiche Raphaël et il semble totalement plonger dans cette mascarade. Samuel à mes côtés se tend, ébahi par ce qu'il voit. La gorge sèche, je baisse la tête. Les rires dégoûtants et agaçants de la garce me font grincer des dents. Le cœur battant, l'estomac lourd, je me dépêche pour rentrer. Une voix me fait arrêter tous mouvements.

— Théodore, prends-la avec toi, elle me gave depuis tout à l'heure.

Les joues écarlates l'envie de hurler ma joie, je me tourne dans la direction de Raphaël. Il a le visage sérieux, les sourcils froncés, une hache à la main. Alice s'est calmée, le visage contrarié. J'ouvre la bouche, mais ce n'est pas ma voix qui sort de ma gorge, Alice me devance, elle coupe mon élan.

— Mais Raph, pourquoi tu agis comme-

— Ne m'appelle pas comme ça.

Elle le regarde sous ses yeux papillotants. Le fait qu'elle a été interrompue ne semble pas l'arrêter. Elle essaye de le faire sourire, en vain. Ça m'agace, cette mascarade doit cesser. Un pied frappé contre le sol, elle croise les bras contre sa poitrine.

— Tu lui trouves quoi sérieusement ?

— Trouver quoi à qui ?

— Théodore, tu lui trouves quoi ? J'ai essayé de te faire la conversation et toi, tout ce que tu trouves à faire s'est parlé à Théodore ?

Raphaël a les yeux grands ouverts, un sourire moqueur au coin des lèvres. Je ne veux pas entendre ça, je me tourne, mais le bras de Samuel me retient.

— Ce que je lui trouve ? Tu te prends pour qui au juste ? s'offusque Raphaël. Je ne te connais pas.

— Ce n'est pas comme si tu connaissais Théodore !

— Contrairement à toi, lui ne me fait pas chier à essayer de savoir qui de vous deux je préfère.

Samuel a un immense sourire plaqué aux lèvres. Je suis censé remarquer quoi au juste dans cette phrase ? Je mordille mes lèvres par la réflexion et je ne fais pas attention à Raphaël qui s'est approché de moi. Je prends conscience de sa présence lorsqu'il saisit mon menton avec douceur. Il approche son visage à un demi-centimètre du mien. Le souffle coupé, je ne bouge plus. Je tremble comme une feuille. J'ai peur. Bordel, qu'est-ce qu'il me veut ?

— Je me suis trompé, je crois, dit Raphaël d'une voix forte. Je sais qui je préfère, au final.

Alice s'approche à une vitesse hallucinante et encercle ses bras contre le biceps de Raphaël et accole sa poitrine dégoûtante contre lui. Raphaël se tourne vers elle, le visage contrarié.

— C'est lui que je veux, Alice. N'essaye plus de vouloir jouer avec mes relations, c'est quelque chose qui m'insupporte.

Je suis tétanisé. Ce n'est pas ce que nous avons fait il y a quelques heures ? Un profond malaise comprime mon torse. La tête bourdonnante, je ne fais pas attention à Raphaël qui tire sur mon bras.

— Vous pouvez me dire ce qu'il se passe ?

— Alice est une louve qui n'aime pas beaucoup Théodore et elle fait tout pour l'emmerder, explique simplement Samuel.

Samuel nous a suivis ? Je n'ai pas fait attention. Les yeux rivés vers le sol, je joue avec mes pieds. Qu'est-ce que je peux rajouter à ça ? Samuel a tout dit. Je n'aime pas vraiment étaler mes problèmes à la vue de tous, mais Raphaël semble différent, il ne se fait pas facilement influencer. J'espère qu'il va croire son frère. Mon cœur gonfle. Il ne m'a pas rejeté.

— Je ne vais pas chercher des réponses qui, de toute façon, ne m'intéressent pas. Essayez de ne pas vous attirer d'ennuis, d'accord ?

Un hochement de tête synchronisé, Raphaël monte les escaliers une fois qu'il a l'air satisfait. Samuel se tourne vers moi, un sourire immense aux lèvres. Je n'aime vraiment pas quand il fait cette tête. Ça signifie qu'il a raison et que j'ai tort.

— Pitié, ne me dis pas "je te l'avais dit", dis-je en interrompant Samuel qui trépigne.

— Je te l'avais dit.

Une chance que je lui ai dit de ne pas le dire.

— Il est en total kiff sur toi mon pote ! Faut fêter ça, absolument.

Laissant mon meilleur ami dans ses divagations, je mets dans l'ordre mes idées sur le sujet Raphaël. Un gars froid et cynique me parle d'une manière courtoise, il fait de son mieux, et en plus de ça, il n'est pas tombé dans les bras de cette garce d'Alice. C'est plutôt une bonne nouvelle, moi qui espère, un tout petit peu, qu'il s'intéresse à moi. Je peux essayer de cacher ça pendant longtemps, ça ne va pas me faire avancer. La jalousie évidente que je ressens ainsi que les grondements de mon loup possessif ne trompent personne. Ça ne fait que quatre jours que je le côtoie et je suis déjà obnubilé par lui.

Je me déteste, moi, ma condition d'oméga et mon cœur tendre.

CHAPITRE 6

Une semaine s'est passée et je me suis fait chier. C'est vrai, Santa Monica n'a rien à voir avec Clearwater. Il y a bien plus d'activités à faire et surtout, je travaille là-bas. Ici, je m'emmerde comme un rat mort.

Assis devant Frank Hartley, le meilleur ami de mon père, je baille à m'en faire décrocher la mâchoire. Frank est quelqu'un de simple, attentif aux autres et surtout c'est une personne fidèle. Dans la salle de réunion, nous attendons depuis une vingtaine de minutes nos collègues-chasseurs. Un groupe plus loin est déjà arrivé, reclus dans une bulle plus distante.

Cet endroit est le bureau de la coalition. Situés au sud de la ville, nous avons l'autorisation d'exercer notre activité selon les règles de la chasse. C'est évidemment ce que les habitants pensent.

— Mauvaise nuit ?

— Toujours ce cauchemar.

Frank fronce les sourcils. Ces rides d'inquiétudes me font presque rire. Pour Samuel et moi, Frank est comme un second père. Un homme fort, avec les mêmes valeurs que mon père, mais largement plus compréhensif et doux.

— Tu devrais en parler à ta mère.

— Pour lui dire quoi ? Que je suis un mec fragile et qui a peur de m'endormir le soir ? Elle va me rire au nez.

Frank soupire et passe une main dans sa barbe hirsute.

— Elle t'aime Rapha.

Je ne dis rien. À quoi bon ? Il peut me le répéter des milliers de fois, je n'y crois pas. Je n'y crois plus depuis bien longtemps. Un gobelet en plastique dans les mains, je ne bronche pas lorsque la chaleur me fait mal aux doigts. Je le porte à ma bouche et en bois une gorgée.

— Je peux lui en parler à ta place, ce n'est pas facile pour elle en ce moment.

Ouais. Elle vient de perdre mon père. Malgré leurs discordes incessantes, elle l'a aimé. Enfin, je pense. Je soupire, frotte mes yeux et étire mon dos.

— De toute façon, ce n'est pas le sujet.

— Effectivement, le sujet est de savoir si la chasse de ce soir est toujours d'actualité, dit Frank.

Je m'apprête à répondre, mais la porte de la salle de réunion s'ouvre sur Clara, Dan et Carl. Clara s'approche de moi et me tape brutalement sur l'épaule en s'exclamant.

— Ver de terre ! Ça fait un moment que l'on ne t'a plus vu, tu vas bien ? Et ta maman ? Et Sammy ? Tu es prêt pour la chasse ? Au fait, il paraît que bon nombre d'hommes ne vont pas chasser, depuis la mort de ton père, ils n'ont plus le cœur à partir en forêt. Comme c'est trop récent, ils vont plutôt faire une simple battue de daim, mais pas de loup.

Clara a le chic pour parler beaucoup, c'est une pile électrique. Souriante et pleine d'entrain, il me faut rassembler mes pensées pour suivre ce qu'elle vient de me dire. Je la connais depuis que nous sommes aux berceaux, nous avons vécu toutes sortes de choses, notamment la chasse et les réunions des chasseurs. Avant que tout ne se gâte pour moi, nous nous amusions à faire semblant de faire à manger avec de la boue, des feuilles et des vers de terre. À croire que ce surnom revient à toutes les sauces. Ça me décrédibilise. Durant sa tirade, Dan s'est assis à côté de Frank, tandis que Carl s'installe en face de moi. Clara est à mes côtés, presque sur mes genoux tant elle s'agite sur sa chaise.

— Nous sommes combien alors ? dis-je.

— Dix, environ, dit Carl.

Je lève les yeux sur lui et je le surprends à me regarder avec hargne. Lorsqu'il s'en rend compte, il me fait un sourire indéchiffrable. Je ne me pose pas plus de questions lorsque Dan prend la parole.

— C'est vers seize heures que nous nous réunissons ?

— Plutôt vers quinze heures trente, le temps de faire un check-up sur les consignes de sécurité, mais aussi pour savoir dans quelle zone on va chasser. Ainsi, vers seize heures vingt, nous pourrons commencer la battue, propose Clara.

Ce bout de femme semble décidé à parler beaucoup, d'ailleurs, je me demande comment elle fait pour respirer. Aucun des chasseurs ne s'est opposé à sa proposition, c'est décidé.

— J'aimerais savoir, qui reprend la coalition ? demande un homme moustachu.

— Ce n'est pas le sujet, dis-je.

— C'est vrai Raphaël, il n'a pas tort. Depuis que ton père est mort, nous ne savons pas quoi faire et la trêve avec la meute n'est plus valide depuis qu'il est enterré, explique Clara.

Je regarde les visages fermement et décèle chez chacun d'entre eux une véritable jubilation.

— Qu'est-ce que vous me faites là ?

— On veut avoir un leader, commence Carl, et si tu n'es pas disposé à le faire, moi je le suis.

Dan et plusieurs des gars approuvent, tandis que Clara soupire et Frank murmure dans sa barbe. Carl joue bien son coup, maintenant que la trêve entre les loups et les chasseurs est obsolète, ils ne vont pas hésiter à attaquer le moindre loup qui s'approche trop près de nos terres. Sans cette trêve, Théodore est en danger. Je soupçonne les gars de connaître ma tolérance face à la meute Greed et ils vont profiter de cette occasion pour me faire choisir entre deux propositions totalement dégueulasses. Soit ma liberté ou le massacre de toute une famille innocente. Alors certes, ce sont des loups que j'ai en horreur, mais dans le tas, il y a cet énergumène, le meilleur ami de Samuel. Si je choisis de partir maintenant, ça laissera le champ libre aux chasseurs d'enfreindre tous les codes, dont la plus importante, ignorer les ordres d'un héritier ou d'un chef de clan. N'étant pas chef de clan, mais l'héritier de la coalition, je peux me permettre de donner l'ordre de n'attaquer aucun loup-garou, mais ils ne vont pas obéir indéfiniment.

— Alors ? s'impatiente l'homme moustachu.

— Je prendrai ma décision demain matin, après notre chasse de ce soir.

Un brouhaha assourdissant s'élève, ça me tape sur le crâne. D'un pas pressé, je rejoins la voiture. La radio m'accompagne durant le trajet et par moment, je n'entends que les grésillements incessants. La soirée va être intéressante et le couvre-feu a été levé il y a trois jours. Nous pouvons à nouveau sortir, mais les habitants doivent rester vigilants. Comme-ci ça change quoi que ce soit.

Arrivée à la maison, je range la pièce d'arme de mon père et rassemble mes affaires pour ce soir. Je vérifie toutes les pièces et constate que personne n'est à la maison. Mon gros sac sur le dos, les sourcils froncés, je prends mon téléphone et appelle Samuel qui décroche.

— Sam, où es-tu ?

— Chez Théo avec maman, on renforce les protections, pourquoi ?

— Restez-y, ce soir nous avons une grosse chasse et les gars ne rigolent pas. Le moindre loup dans les parages et ils tirent.

— Je préviens la meute, au fait Raph.

— Oui, dis-je.

— Fais attention à toi.

Je ne réponds pas et raccroche. Mon sac dans le coffre, je contourne la voiture pour prendre la place conductrice. Arrivé dans la zone nord-est de la forêt, je me gare à côté des autres véhicules. Clara et Frank parlent bruyamment. Je m'approche et demande ce qu'il se passe, Frank répond.

— Carl pose des pièges anti-loups partout, il est en pleine paranoïa, il pense que la meute Greed pourrait sortir.

— Il avait donc bien l'intention de tuer les loups-garous, murmuré-je.

— Écoute mon ver de terre, je ne sais pas ce qu'il se passe et je te suivrai, peu importe ce que tu comptes faire, mais une majorité des chasseurs trouve que tu n'es pas un vrai leader. Des rumeurs commencent à me faire peur.

— Clara, j'apprécie ton angoisse, mais je suis grand et je sais me débrouiller seul.

— Ça ne dépend pas que de toi, assène-t-elle. Le meilleur ami de ton frère est la cible de Carl, il veut cet oméga pour lui. Il compte y arriver et avoir le pouvoir de la coalition lui permettra de faire cc qu'il voudra.

Merde. Autant Théodore m'exaspère, autant le savoir entre les mains de Carl me dérange. Il ne faut pas être devin pour savoir que Théodore est un oméga. Son comportement ne reflète pas du tout celui des autres races de loups. Je me souviens qu'Andros Nore, un ancêtre de la famille, a écrit un livre sur toutes les particularités des loups-garous. C'est devenu une obsession pour lui, si bien qu'il est mort, une plume à la main, encre sur un parchemin tacheté. Enfin du moins, c'est ce que mon père m'a raconté. Andros a écrit sur les omégas et ce dont je me souviens c'est qu'il n'y a, logiquement, que des femelles. Le seul oméga mâle qu'Andros a rencontré était en gestation, de là, je ne sais pas grand-chose. Peut-être qu'un oméga mâle est suffisamment rare pour intéresser Carl et si Théodore a la même capacité de procréation en plus d'un pouvoir qu'il convoite, ça risque de faire des dégâts. Un poids dans mon estomac me rend malade. Je ne peux pas accepter que cette merde touche à Théodore. Les autres loups, rien à battre, mais l'énergumène maladroit certainement pas.

— Je peux vous faire confiance, ou je vais devoir compter que sur moi-même ?

Clara s'emballe directement. Elle m'assomme de mièvreries toutes plus ridicules les unes que les autres, prônant une amitié à toute épreuve. Je jette un coup d'œil à Frank qui n'a rien dit jusqu'à maintenant. Il semble gêné, grattant l'arrière de son crâne.

— Je suis l'amant de ton père, mais je sais que pour toi ça ne compte pas. Je ne peux pas te faire la même promesse que Clara, car je hais les loups. Mais, je t'aime suffisamment pour te considérer comme mon fils, alors si tu as besoin de moi pour faire valoir tes choix, je serai là.

Je reste pantois face à la sincérité de Frank, sans m'en apercevoir, nous sommes l'un contre l'autre et nous échangeons une étreinte musclée. C'est étrange, mais avec Frank, c'est une habitude que j'ai dû prendre, adolescent. Si je dois transposer le plan familial, Frank est Rose. Frank est une maman, cette présence rassurante que je n'ai jamais eue avec Rose. Ugo était l'autorité, c'est certain, mais avec la compagnie de Frank à ses côtés, il était bien plus clément que lorsqu'il était avec Rose. Une image de Frank et mon père l'un contre l'autre se glisse dans mes pensées. Un sourire léger étire mes lèvres.

J'approuve cette image.

— Il me faut votre soutien. Théodore est la priorité, si vous deviez choisir entre lui ou moi, sauvez-le.

Une flopée d'exclamations me fait soupirer. Je n'écoute rien. Je sors mon sac de la voiture, j'ignore les larmes de Clara et le visage grave de Frank. Il s'approche de moi, les bras croisés.

— Tu ne penses pas ce que tu dis, n'est-ce pas ?

— Je suis bien conscient de ce que j'avance Frank, promet-le moi, dis-je.

Après plusieurs minutes de réflexion, Frank soupire

et accepte. Le soleil décline, plongeant la forêt dans une nuit angoissante. La première battue a déjà commencé, mes collègues éclatant avec exubérance leur joie. Depuis la conversation avec Frank et Clara, mon corps tremble. Aucun sentiment de joie ni d'excitation dans mes mouvements n'est visible. Je veux partir et rejoindre Samuel, prendre des nouvelles de Théodore.

C'est étrange à quel point la présence de Théodore me donne un second souffle. Je veux mettre ça sur le compte de son visage attrayant, mais je sais que ça n'est pas la seule raison. Son comportement, sa manière d'être et de s'exprimer sont gravés en moi. Il me tarde de le voir. Alors que je m'avance lentement vers un arbre qui débouche sur une allée dégagée, mon téléphone vibre dans ma poche. Je ne fais pas attention à l'objet, trop concentré dans ma recherche d'un animal qui n'est ni un grizzly ni un loup. À nouveau, mon téléphone vibre, mais plus longtemps cette fois. Je reste concentré sur ma ligne d'horizon et je sors mon téléphone pour décrocher sans regarder le nom du gêneur.

— Allô ? chuchoté-je.

— Raph ? Bordel, tu ne sais pas répondre quand on t'appelle ?!

Ma carabine collée contre mon épaule, plusieurs détonations me coupent la respiration. C'est passé super proche de moi. Un cri de douleur et le hurlement d'un ours noir me pétrifient. Est-ce que l'un des gars a été touché ?

— Sam, je dois te laisser je-

— Non, écoute-moi, Théodore a disparu !

Mon être se fige, ma respiration se bloque.

Pause. Trente secondes. On arrête tout. Théodore n'est pas là où il doit être. Théodore est en danger. Putain. J'inspire, je ferme les yeux, puis je relâche mon souffle. D'une voix froide et menaçante, je prends la parole.

— Et je peux savoir où il se trouve ?

— J'en sais rien, il ne m'a rien dit ! J'te jure Raph, j'ai prévenu tout le monde…

La voix paniquée de mon frère me suffit à garder les

pieds sur terre et ne pas m'élancer à travers la forêt. J'avale ma salive et dégage la sueur qui perle mon front. Un mouvement du coin de l'œil me fait devenir blanc. C'est lui. Il est là. Il court entre les arbres, nu, un ours derrière lui. Je lâche mon téléphone, vise et tire sur la bête qui manque de griffer violemment Théodore sur le dos. Des chasseurs hurlent qu'un loup est dans la forêt. Ça me retourne l'estomac. Je ravale la bile coincée dans ma gorge et je m'élance dans la direction de Théodore.

CHAPITRE 7

Les balles sifflantes me font lâcher des cris de terreur. Je baisse la tête et par moment j'ose jeter un coup d'œil derrière moi. L'ours ne me poursuit plus. C'est une bonne chose.

Quel con !

Bordel, j'y ai cru, j'ai tellement cru qu'il… Stop ! J'ai arrêté d'y croire au premier chasseur rencontré. Il m'a menti, il n'a jamais voulu me voir, c'est uniquement pour me faire tuer. Je me suis trompé, il n'est pas une exception.

Raphaël Nore est un putain d'enfoiré.

J'évite les arbres de justesse. Les branches me frappent avec violence. La respiration haletante, je m'arrête quelques secondes, le temps de vérifier l'état de ma blessure. Je pose une main tremblante sur ma cuisse sanglante, dans ma nudité la plus totale, j'extrais la balle de ma chair. Le cœur battant au niveau de la plaie, j'inspire plusieurs fois pour l'oublier. Une large main couvre la moitié de mon visage. Paniqué, j'essaye de m'extraire de cette forte poigne, vainement. Puis cette voix, cette voix que je ne veux plus entendre me chuchote de me calmer. Pourquoi dois-je me calmer alors qu'il m'a mis dans cette merde ?! Je me dépêtre de sa poigne quand soudain, Raphaël me lâche. Je manque de tomber, mais un arbre derrière moi m'aide comme appui.

— Je peux savoir ce que tu fais là ? gronde Raphaël.

— Tu te fous de moi ?

Je n'ai pas l'occasion de lui cracher ma colère qu'un ricanement me fait sursauter. Je n'ai pas entendu l'homme arriver, c'est Carl.

—Voyez-vous ça, on dirait un couple transit, se crêpant le chignon.

Raphaël me colle contre le tronc d'arbre, il me tourne le dos et surplombe son corps massif devant moi. Mon regard est fixé sur le cou puissant de Raphaël, mes yeux descendent sur ses larges épaules, ses bras musculeux, sa taille étroite et bordel, le galbe parfait de ses fesses. Le souffle coupé, je détourne les yeux de Raphaël et prie tous les Dieux pour ne pas laisser mon loup et mon instinct me pousser tout contre lui. Son odeur me fait tourner la tête et je remercie stupidement l'arbre de me maintenir debout.

— Donne-moi ce loup Raphaël.

— Touche-le et tu finiras par ramper pour t'excuser.

Je ne peux pas voir le visage de Carl, mais je peux deviner qu'il n'est pas content. Raphaël me protège. Il se met en travers d'un chasseur pour me protéger. Je mâchouille ma lèvre, soudain je doute. Il s'intéresse à moi ? Je fronce les sourcils, colle mon front contre le milieu du dos de Raphaël. Je ferme les yeux. Je ne comprends pas cet homme. Il est paradoxal et ça me fait peur.

— J'ai une proposition à te faire, dit Raphaël.

— Et quelle est-elle ?

— Tu laisses partir Théodore, en échange tu auras la coalition. Je resterais près de toi, je signerais les papiers et je te seconderais.

La chaleur corporelle de Raphaël m'irradie. En cet instant, je peux sentir une bulle de protection, fine, imperceptible effleurer ma peau. C'est suffisant pour que je puisse la deviner. C'est salé et doux. Elle ne pique pas. Son odeur de rose détend mes muscles noueux.

— Très bien, souffle Carl.

Raphaël hoche la tête et se tourne vers moi. Il sort de sa poche des clefs qu'il me dépose dans la main. Les yeux troublés, je tente de comprendre ce qu'il veut me dire. Raphaël lâche un soupir et ferme mes doigts contre le trousseau froid. Tétanisé, je réalise à quel point il est magnifique quand il sourit. Il ôte sa veste chaude qu'il me dépose sur les épaules.

— Pars aussi vite que tu peux, la voiture est aux abords de la forêt, tu la trouveras facilement. Rentre sur le territoire et ne te retourne pas.

Alors que je veux protester, il dépose ses lèvres contre mon front avant de me pousser. Le sifflement d'une balle me fait détaler comme un lapin, le cœur battant, les joues rouges, la veste de Raphaël sur moi. J'essaye de me repérer avec les odeurs, mais la panique m'empêche de me concentrer. Alors que je tourne à droite, un coup de feu m'affole. Je me précipite du côté gauche, près d'un fossé. Deux autres coups de feu me font crier de peur. Des bruits de pas lourds sur le sol mouillé me font trembler comme une feuille. Je m'arrête tout juste devant la fosse, je manque de tomber la tête la première.

Deux bras me saisissent par les hanches et me soulèvent. Je me tourne, les joues noyées de larmes, et découvre le visage blessé de Raphaël qui se jette dans la cavité. La pente n'est pas raide, ça permet à Raphaël de glisser aussi vite qu'il le peut. Les bras encerclés autour de son cou, je cache mon visage dans son cou, j'ai hâte que tout se termine. À nouveau, des détonations me font geindre, Raphaël me murmure des paroles réconfortantes sans s'arrêter. Nous débouchons sur une zone plus dégagée, là où les voitures sont garées. Raphaël prend le trousseau de mes mains et entre dans la voiture. Il me garde contre lui, démarre la voiture et part en trombe, creusant dans le sol boueux. Assis sur ses jambes, je reste silencieux et tremblant. Moi qui ne voulais plus être avec lui, c'est raté.

Après plusieurs minutes de silence, les bras autour de son cou, mon corps contre lui, je bâille. La main de Raphaël contre mes reins me caresse. Je me détends et apprécie sa respiration contre mon visage.

— Bon sang, qu'est-ce qui t'a pris de venir en forêt ce soir ?

Je ne sais pas quoi lui répondre. J'essaye de remettre mes idées en place. Soudain, le visage d'Alice apparaît. Je ne peux pas lui dire, il va tout découvrir, il va me haïr.

— Pas ce soir, s'il te plaît, murmuré-je.

Raphaël grommelle, mais accepte de me laisser tranquille. Je le remercie et je m'endors dans ses bras, bercé par sa respiration et les vibrations de la voiture.

Raphaël n'a plus donné de nouvelles depuis le soir de la chasse. Trois jours sans savoir s'il va bien. Un profond soupir fait tourner Samuel, qui fronce les sourcils. À mes côtés, Charlie me jette un coup d'œil intrigué. Charlie est un ami et mon binôme en histoire. Ça fait plusieurs fois que nous déjeunons ensemble et j'avoue que je l'apprécie. Le professeur d'histoire explique son cours d'une voix monocorde, ça me fait bâiller. J'ai du mal aujourd'hui, Charlie cogne son coude contre mes côtes pour attirer son attention.

— Tu vas bien ? murmure-t-il.

Assis sur la chaise devant nous, Samuel se penche et

tente d'entendre la conversation. Le curieux. Il ne peut pas s'empêcher de vouloir tout savoir.

— Oui, juste… Quelqu'un me manque.

Le dire à voix haute est étrange. Ça sonne comme un désespoir. Je racle ma gorge et je jette un coup d'œil aux garçons qui sourient.

— Et comment est-il ? demande Charlie. Je ne l'ai jamais vu.

— Qui te dit que c'est un homme ? dis-je interloqué.

— Tu as placardé partout son prénom, sur tes feuilles de cours, ta farde et même ton agenda, se moque Samuel.

Je baisse les yeux sur mes affaires et le rouge commence à apparaître sur mes joues. Par ailleurs, j'ai oublié que Charlie est dans la confidence quant à mon attirance pour Raphaël. Je passe les bras devant moi pour cacher les méfaits, mordillant ma lèvre inférieure.

— Tu es amoureux de mon frère, ça se voit, pas besoin de le cacher. J'en deviens jaloux, tu sais ? Tu viens à la maison rien que pour le voir.

Samuel fait une moue boudeuse, Charlie ricane tandis qu'il pose son bras autour de mes épaules.

— Ne te prends pas la tête avec ça, tu aimes et c'est fantastique. J'aimerais tant vivre le grand amour.

Le visage rêveur de Charlie me fait sourire. Je rends son étreinte maladroitement. Le professeur nous rappelle à l'ordre tout en continuant son cours ennuyeux. À la fin de la journée, nous nous séparons de Charlie qui nous salue, en rejoignant son père qui l'attend, appuyé contre sa voiture. Côte à côte, nous nous dirigeons jusqu'au territoire. Quelques minutes plus tard, il prend la parole.

— Le sortilège a disparu.

— Quoi ? dis-je paniquer.

— Il a été réalisé.

Mon cœur rate un battement, ma vue se brouille et mes jambes ne tiennent plus.

— Ça fait trois jours, Théo, sourit Samuel.

— C'est pas possible, il n'a pas pu faire ça, dis-je d'une petite voix.

Samuel mord sa lèvre et finit par rire en encerclant ses bras autour de mes épaules. Imaginer qu'Alice puisse être dans les bras de Raphaël me donne la nausée. La gorge nouée et les jambes tremblantes, je niche ma tête dans le cou de mon meilleur ami.

— Tout va bien, Alice n'a jamais vu Raphaël de la journée ni de la nuit. Il t'a trouvé dans la forêt, tu te souviens ?

Je hoche la tête, la vision brouillée.

— Peut-être qu'il s'est passé quelque chose à ce moment-là et que tu ne te souviens pas ? propose-t-il.

— Samuel, le deal c'était de coucher avec lui, je pense que je m'en souviendrais.

Cette histoire va finir par me tuer. Si Raphaël n'a pas vu Alice, alors qu'est-ce qui s'est passé ? Raphaël a-t-il joué avec mon corps pendant que je dormais ? C'est considéré comme un viol, non ? Je n'étais pas conscient, donc… Je n'en sais rien ! Croire qu'il aurait pu me toucher de cette manière, sans me demander mon avis et pire, sans être conscient me fait mal. Je veux tout ressentir, être présent.

— Nous essayerons de comprendre ce qu'il s'est passé, en attendant, trouvons Raphaël.

Je hoche la tête et Samuel semble bien décidé à démêler le vrai du faux. Moi, j'ai la trouille. Je veux me souvenir d'une nuit d'amour avec Raphaël, je ne veux pas avoir ce sentiment de trahison. Je ne veux pas être victime d'un viol. La tête basse, je suis Samuel, le cœur battant à une allure inhumaine.

CHAPITRE 8

RAPHAËL

Lorsque je suis arrivé sur le territoire, les loups ne m'ont pas accueilli de manière très cordiale. La masse endormie contre moi m'a aidé à assagir les loups-garous. L'alpha de cette meute, Zachary, ressemble à s'y méprendre à cet acteur, Luke Evan. Droit et implacable, il ne semble pas vouloir rire. Le parfait leadership, celui qu'on veut suivre. Sauf moi, pour suivre un caniche, je préfère suivre mon instinct.

La masse chaude contre moi m'apaise. Sa nudité protégée par ma veste me fait trembler. Je regrette de ne pas l'avoir prévenu assez tôt. En vérité, l'idée de faire passer en priorité Théodore me titille. Lui avant tout le reste. Ça me paraît grotesque, un chasseur protégeant un loup, cependant, il ne me suffit qu'une pensée vers lui pour accourir.

La maison principale de la meute apparaît devant moi, imposante. Elle ressemble à un immense chalet. Elle peut abriter une dizaine de personnes en son sein. De plus petites maisons éparses complètent le tableau, comme un petit village reclus dans la forêt. La magie de ma mère empeste chaque centimètre de la végétation, me coupant la respiration.

Rose ne ment pas lorsqu'elle dit qu'elle protège un endroit.

Des petites lucioles de magies imperceptibles à l'œil nu planent dans le bosquet. Je peux les voir, ces petites particules chaudes. Elles goûtent chaque présence dans cette forêt, prête à réagir si l'un souhaite recourir à la violence. J'en ai déjà vu dans ma chambre lorsque mes cauchemars devenaient trop intenses, ça n'a jamais fonctionné. Néanmoins, leurs effluves sont différents des sorciers qui pratiquent la magie. La lavande est omniprésente dans toute la clairière, symbole de Rose. Un fond d'odeur de madeleine me fait penser à Samuel. Les senteurs plus sucrées sont toujours associées aux sorciers débutants, ça devient plus subtil et sophistiqué à mesure de la pratique. Je remarque du coin de l'œil que l'alpha tend l'oreille lorsque je soupire une fois le pied à l'intérieur de la grande maison.

— Où est sa chambre ? dis-je.

— Je vais le prendre, maintenant.

Je colle un peu plus Théodore contre moi, insensible au grondement du loup-garou. Il peut tenter de faire ces grands airs, ça ne va rien changer. Je vais le porter moi-même dans son lit, que ça plaise ou non à monsieur l'Alpha.

— Au moindre écart et ta tête se retrouvera à dix mètres du reste de ton corps.

Que des menaces. Je l'ignore et décide de gravir les escaliers. Il pense vraiment que je vais blesser Théodore alors que je lui ai sauvé la vie ? Je veux bien croire que mon statut de chasseur ne plaide pas en ma faveur, mais tout de même. Je perçois Rose me suivre et sans un mot, elle me guide à travers le couloir. Elle ouvre la porte, je hoche la tête pour la remercier et découvre l'intimité de

Théodore. Son odeur est partout, c'est agréable. Son lit à moitié défait ainsi que plusieurs livres qui traînent sur le sol et sur son matelas me font sourire. C'est donc ça, son passe-temps. J'ai pu m'en douter, à la bibliothèque où il a pris une plombe pour choisir un livre. Rose m'aide à retirer les couvertures pour le glisser à l'intérieur tout en bougeant les livres par la même occasion.

— Tu peux aller me chercher une bassine d'eau chaude avec du produit pour le nettoyer ?

Elle part de la chambre sans un regard tandis que je m'assis sur le bord du lit. Je place ma veste sur ses hanches, je ne veux pas que ma mère le voie de cette manière. C'est si intime. Les loups-garous n'ont pas, a priori, de pudeur, mais moi j'en ai. Rien que le fait de savoir que le tissu que je porte tous les jours est sur cette partie sensible de l'anatomie de Théodore me file des frissons.

Mon regard s'égare sur les paupières fermées de l'endormi. Elles bougent et tremblent. Ses longs cils foncés se posent sur sa peau, un soupir de bien-être lâché, je sens ses membres se détendre. Il a l'air bien, là, dans son lit moelleux, inconscient de mon regard que je pose sur lui. Je me penche, glisse ma main dans ses cheveux que je caresse avec mon pouce son front. Je reste plusieurs minutes à produire le même geste, sans faire attention à Rose qui, bassine dans les mains, entre en souriant.

— Tu l'aimes, n'est-ce pas ?

Je ne dis rien. Pourquoi commencer à me confier à cette femme qui n'a jamais voulu de moi ? Je ne comprends pas. Il a fallu que mon père meure pour qu'elle s'ouvre un peu à moi, c'est d'un ridicule.

— C'est normal, d'aimer. Quand nous nous sommes rencontrés, avec ton père, il agissait comme toi. Il ne savait pas s'il devait montrer ses sentiments ou les éteindre. Il a fait ce que son père lui a dit, il n'a jamais rien dit sur ce qu'il ressentait. Puis Frank est arrivé dans la coalition, murmure Rose en déposant la bassine sur le sol.

— Que s'est-il passé ?

— J'ai vu ton père éprouver des sentiments pour un

homme, Raphaël.

Ma respiration coupée, je me tourne vers Rose qui sourit, résignée.

— J'étais enceinte de toi, j'allais accoucher. J'ai pris conscience qu'il m'appréciait, mais qu'il ne m'aimait pas comme il le voulait. Puis tu es arrivé et j'ai vu qu'il désirait une vie avec Frank et toi. Je lui ai demandé une dernière chose, avant de le laisser partir.

Sa voix tremblante d'émotion m'empêche d'avaler correctement ma salive. Un poids dans le fond de ma gorge m'en empêche.

— Je lui ai demandé un autre enfant, un bébé qui pourrait m'aimer sans condition, un bébé que je pourrais aimer sans avoir peur d'un rejet. Samuel est arrivé et je savais que j'avais perdu ton regard. Ton père n'est pas quelqu'un de mauvais, il a simplement éprouvé ce que tout humain peut ressentir. L'amour, mon ange, l'amour te font faire des choix parfois égoïstes.

Je vois ma mère debout, le visage baissé, pleurer silencieusement. Les yeux troublés, je me lève et encercle mes bras autour d'elle.

— Je suis désolé, je suis désolé de ne pas avoir pu être la mère que tu aurais voulu avoir.

Je ferme les yeux et me concentre pour ne pas pleurer. Les mains tremblantes, je serre les épaules de la femme qui m'a porté, un poids immense envolé. Elle n'a pas eu vraiment le choix que de me laisser partir, elle a su très vite que mon père voulait une famille avec Frank et il n'a jamais eu l'intention de compter Rose dans la sienne. Cette femme, que j'ai appris à ignorer, à simplement accepter de ne pas être aimé en retour. Elle a accepté de me laisser partir avec mon père pour ne pas le blesser, pour qu'il puisse avoir un héritier. Je m'en veux tellement de ne pas avoir pu connaître la vérité plutôt.

— Je t'aime mon fils, peu importe ce que tu penses, de moi, peu importe ce qu'on a pu te dire sur moi, je t'aime tellement.

Sa voix brisée et étouffée par mes vêtements m'ébranle.

Je la laisse contre moi et caresse ses cheveux doux. Je remplis mes poumons de son odeur, aucun mot n'a été échangé. Elle sait que j'accepte, elle sait que ça ira mieux. Nos corps vibrent d'une magie que je ne connais pas, nous sommes libérés de notre peine et de notre rancune, comme une masse noire qui commence à disparaître de nos yeux troublés.

— Je vais te laisser prendre soin de ce loup, merci, Raphaël.

Rose se détache de moi et part non sans un sourire, en me laissant pantois au milieu de la chambre de Théodore. Je régule ma respiration et reporte mon attention sur l'endormi. Il a vraiment besoin d'être lavé. Je m'assieds à la même place, j'essore le gant de toilette et je le passe sur le visage de Théodore. Il est calme, c'est agréable.

Je glisse ma main sous le bras de Théodore et le lave méticuleusement. Je fais bien attention de ne pas le réveiller et de trop l'embêter. J'évite son entrejambe, jugeant important de ne pas l'humilier lorsqu'il va se réveiller le lendemain. Quand j'arrive à ses jambes, je nettoie l'endroit où il a été touché par une balle et la plaie s'est déjà refermée. Il a réussi à la retirer sans trop de problèmes, c'est une bonne nouvelle.

Je passe avec précaution sur la peau encore sensible et j'ôte toutes traces de sang. Arrivé à ses pieds, je soupire. Il est écorché de partout. Le gant dans l'eau souillée, je pars dans la salle de bain avec la bassine et change l'eau. J'apporte de l'antiseptique et une pince à épiler.

Assis au pied du lit, j'enlève les épines coincées dans la peau de Théodore tout en le désinfectant. Les grimaces et les plaintes sont nombreuses, mais je ne me décourage pas. Ainsi, il ne va pas avoir mal demain. Avec douceur, je passe mon pouce sur la plante de pied nettoyé de Théodore tout en regardant son corps alangui sur le matelas. Je vérifie qu'il est bien soigné et viens poser mes lèvres sur son front.

Je ne sais pas ce que je ressens et je ne veux pas le savoir. Je ne veux pas être entravé par cette pression qu'on les gens à vouloir savoir si l'on aime ou pas. Tout ce que je sais, c'est que je ne veux plus qu'il lui arrive quoi que ce soit.

Ça fait trois jours que j'ai sauvé et nettoyé Théodore et ça fait trois jours que je le fuis. Ce n'est vraiment pas la réaction d'un homme fort et responsable, qui assume pleinement ses actes. Pourtant voilà, j'ai la frousse de voir son regard sur moi, la frousse de ne pas savoir quoi dire, quoi faire. Lorsque je débouche dans l'allée, la voiture de Carl est déjà garée. Je le sens mal. Lorsque la voiture de Rose est stationnée, je sors de l'habitacle et m'approche de la maison avec rapidité. Si Carl est là, ça ne veut dire qu'une seule chose. Il veut que je signe les papiers pour lui céder la place de chef des chasseurs de cette ville.

Des cris se font entendre de l'extérieur. Je soupire et entre. J'ôte mes chaussures, pas le moins du monde pressé de savoir ce qu'il se passe. Dans le salon se trouve maman, les larmes aux yeux avec ses mains sur sa bouche, Samuel vautré dans le coin de la pièce, son visage tuméfié. Le chaos se complète avec Carl qui brandit une arme contre Théodore qui a la lèvre fendue.

— Je peux savoir ce que tu fous ici, avec une arme Carl ?

La colère bouillonne en moi, je suis prêt à exploser. Théodore, replié sur lui-même, tremble. Carl ne s'attendait pas à ce que je rentre sitôt, un tressaillement l'arrête dans son mouvement et il se tourne vers moi. Son expression arrogante amplifie ma haine.

— Dehors, si tu ne veux pas que je t'égorge comme le porc que tu es.

Il a l'air de ne pas vouloir m'écouter, bien au contraire, il resserre son arme contre la tempe de Théodore. Sans préavis, je sors mon pistolet et tire à l'épaule de l'imposteur.

Les hurlements simultanés de Rose et de Carl ne sont pas du tout agréables à mes oreilles. Les personnes qui me sont chères sont ici, dans cette pièce, hors de question de laisser cette merde faire ce qu'il veut.

— La prochaine fois, c'est la tête. Dehors.

Menaçant, je ne vais pas commencer à me répéter. Je m'avance et analyse Carl qui a lâché l'arme. Il place une main tremblante sur son épaule sanguinolente.

— Touche-les encore Carl et tu n'auras pas le temps de dire quoi que ce soit que je brandirai ta tête sur une pique.

Le hochement frénétique de la tête de Carl est risible. Lui qui veut absolument devenir le chef de la coalition me fait rire. Avec un trouillard pareil, aucune chance qu'il arrive à faire quoi que ce soit avec les chasseurs.

Il n'a pas fallu deux minutes pour qu'il s'enfuie à toutes jambes. Je m'approche de Théodore et colle son corps replié contre moi. Sa tête nichée dans mon cou, il inspire et expire mon odeur avec rapidité.

— Tout va bien, Sam ? Maman ?

Les deux hochent la tête, bien que Samuel semble surpris de mon appellation pour Rose. Celle-ci part chercher une trousse de soins, tandis que je m'assieds sur le sofa. Je regarde mon frère qui frotte son nez avec douleur, ça commence à saigner. Rose revient et s'accroupit en face de Samuel pour le soigner.

— On devrait peut-être t'emmener à l'hôpital, dis-je en berçant Théodore qui continue de trembler.

La réaction de Samuel est directe. Il crie que tout va bien, qu'il ne voulait pas tomber sur Carl, qu'il faut protéger Théodore.

— Calme-toi Sammy, nous devons te soigner, murmure Rose.

— Pas l'hôpital, s'il te plaît maman...

Rose embrasse le front de Samuel et lui murmure des paroles réconfortantes. Fronçant les sourcils, je resserre mes bras autour du corps effilé tout en essayant de reproduire ce que Rose fait, maladroitement. J'embrasse le front de Théodore et passe un bras sous sa chemise, entreprenant des cercles sur l'épiderme chaud de son dos.

— Je veux rentrer, murmure Théodore.

Je me tourne vers Rose qui, mine inquiète, me fait signe de regarder par la fenêtre. C'est la pleine lune. Un seul rayon exposé et Théodore va ressentir cette envie irrépressible de se transformer. Je le laisse collé contre mon corps et me pose contre le dossier du canapé.

— Il va falloir que tu dormes ici, Théo, tu ne peux pas sortir pour l'instant.

Une plainte à m'en déchirer le cœur sort de sa bouche. Je décide de ne pas y prêter attention. Je ferme les yeux quelques instants avant de prendre la parole.

— Pourquoi était-il ici ?

— Il veut la coalition, il a cru que tu étais ici, mais il a vu Théodore alors…

Il ne faut pas être devin pour savoir que Carl a pour objectif de tuer Théodore, il me l'a fait comprendre le jour de la chasse.

— Bien, il est déjà tard, nous en reparlerons demain.

— Tu fais à manger ?

Je hoche la tête, un sourire aux lèvres. Le visage illuminé de Théodore fait pouffer Samuel tandis que Rose le réprimande. J'annonce qu'ils peuvent aller se doucher, Rose et Samuel dressent des protections sur la maison. Pour plus de sûreté, je ferme les portes qui mènent à l'extérieur à clef, les tentures tirées.

Avec Théodore dans l'équation, j'ignore comment procéder. Carl semble sérieux et il ne rigole plus avec cette histoire. Rose se sent plus en sécurité avec la meute, Samuel également et je ne peux pas prendre le risque d'exposer Théodore tant que cette histoire n'est pas réglée. Je vais donc rester ici et demain je vais emmener Samuel, Rose et Théodore sur le territoire de la meute Greed. Ils pourront revenir ici, une fois que Carl sera neutralisé. Sous cette pensée, je prépare à manger.

— Viens Raphaël, tu vas m'aider.

Ugo prévient sa femme qu'ils ne rentrent pas trop tard, elle lui demande de faire attention. La route n'a pas été longue et l'enfant sait où ils vont, ce n'est plus une surprise. Lorsqu'ils arrivent sur le terrain vague transformé en zone d'entraînement, deux chiens ont été accrochés sur deux poteaux de cible.

Inquiet, Raphaël se tourne vers son père qui ne semble pas perturbé par la présence des chiens. Sortant du cabanon deux fusils, l'adulte tend l'un des deux à son fils qui le soulève avec difficulté. Il entraîne son corps pour pouvoir porter le poids des armes lourdes, il y arrive de mieux en mieux et il sent que son père, malgré ses exigences, est fier de lui.

— Tu vas me charger cette arme et abattre les deux chiens.

Il se décompose.

Il doit faire quoi ? Le gamin fronce les sourcils, voulant protester, mais le regard froid de son père l'en empêche. Pourquoi doit-il tuer ces animaux ? Ils n'ont rien fait, ils semblent juste terrifiés. Raphaël peut voir du sang sec sur leurs pelages. Souffrent-ils ? Gardant contre lui l'arme, il resserre sa prise. L'enfant veut absolument leur rendre la liberté, mais il sait que s'il fait ça, son père va les tuer avant même qu'ils n'aient le temps de déguerpir. Surtout qu'il sait à quoi s'en tenir s'il ne fait pas ce que le plus âgé lui demande.

À ses côtés, fusil en main, Ugo lui explique comment abattre le chien efficacement. Le gamin n'a à peine que dix ans, son entraînement a débuté six ans auparavant. Un entraînement relativement intense pour un enfant, mais Ugo pense que c'est uniquement grâce à l'expérience que l'on atteint la perfection. C'est à cette issue que devant les deux chiens apeurés se tiennent père et fils.

Le dernier acte. Celui qui va sceller sa vie sans que le gamin ne puisse y faire quoi que ce soit. Gardant la bouche fermée, Raphaël écoute religieusement son père, redressant son arme contre son épaule.

— N'hésite pas à tirer plusieurs fois en l'air, pour semer la terreur. Ils ont besoin de se sentir chassés, quand tu les traqueras, n'oublient pas de faire ça.

Pour joindre l'action à la parole, Ugo tendit le fusil vers le ciel et pressa sur la détente. Les couinements des deux chiens brisent le cœur de Raphaël, il sait qu'il ne pourra pas les aider. Il n'a pas le droit. Comme un mantra, il répète inlassablement qu'il risque bien plus qu'une simple réprimande. Il va vivre l'enfer en choisissant la pitié.

— Ensuite, une fois que tu les auras retrouvés, car ils vont fuir, vise bien la tête. Tu ne voudrais pas que ses saletés se relèvent n'est-ce pas ?

Afin de ne pas contrarier le plus vieux, l'enfant répond à la négative, faisant sourire son père. Celui-ci pointe son fusil sur l'un des chiens et tire. Jappant et tirant sur la corde, le canidé encore en vie veut fuir. Offrant l'arme à l'enfant, il prend la parole.

— À toi Raphaël, montre-moi ce que tu as appris.

Il n'y avait bien sûr aucun moyen pour y échapper, alors, l'enfant tire sur l'autre chien, qui tombe à son tour.

Quand j'ouvre les yeux, une touffe de cheveux noirs trouble ma vision. Groggy, j'inspire profondément et assimile la senteur des fruits des bois de Théodore. Celui-ci dort du sommeil du juste, collé tout contre moi, les jambes entremêlées avec les miennes. Je passe mes mains sur le dos de Théodore et caresse toute la surface. Calme et reposé, je ne veux pas bouger du lit, c'est la première fois que je ne fais pas ce cauchemar horrible. Red Eyes m'a épargné cette nuit.

Sauf papa.

CHAPITRE 9

THÉODORE

La chaleur m'étouffe. Je me sens bien reposé, je ne veux pas bouger. Un soupir bienheureux sort de ma bouche. Je pousse une légère plainte lorsque mon dos me lance. C'est une douleur agréable, semblable à un lendemain de sport ou les minutes qui suivent un orgasme. Une souffrance qui rend paisible. Je bouge mes hanches et je glisse la couverture sur mon bras froid en bâillant. Je papillote des yeux et je me rends compte que je ne suis pas dans ma chambre. Ce lit, qui m'apporte une sérénité encore inconnue, n'est pas le mien. Ce qui me frappe, ce n'est pas tant de me retrouver dans le lit d'un inconnu, mais bien de sentir cette odeur. Boisée, musquée, tentatrice pour moi et pour mon loup.

Une masse bouillante se colle dans mon dos, dont un

bras agrippe ma hanche et ramène mes fesses contre une bosse prédominante. Le feu aux joues, je ne bouge pas. Que dois-je faire ? Réagir comme une fille, pousser des cris de terreur, jeter mes bras et mes jambes contre cet imposteur ? La respiration de l'inconnu frappe mon cou. Ça me fait frissonner. C'est chaud. La possibilité que ce soit Raphaël est grande, mais je ne veux pas espérer pour rien. Je me suis endormi en mangeant et de là, j'ai perdu la notion du temps. Je jette un œil vers la fenêtre. Nous sommes la nuit, quand je me suis endormi, ça l'était déjà. Avec les journées qui se raccourcissent, je ne peux même pas deviner l'heure qu'il est.

Je dois me contorsionner pour pouvoir voir le réveil qui n'est pas de mon côté. Je baisse le regard et je fais face au visage de Raphaël. Il est tellement proche que je bloque ma respiration. Il dort. Bordel. Il ne peut pas être aussi beau dans cet état, si ? C'est injuste. Je suis jaloux qu'il soit aussi beau à mes yeux, alors que moi, je ne me regarde pas dans le miroir tant je me fais honte. Un mâle oméga, qui veut l'être ? Je suis trop féminin. Des cheveux noirs bouclés, un visage fin avec des yeux noisette, banal. La seule chose que j'aime chez moi ce sont mes fossettes, le pire je crois que ce sont mes taches de rousseur. Je tiens de papa pour ça, je lui ressemble beaucoup, sauf pour les muscles, la grande taille et le caractère d'Alpha. Maman est un oméga, elle n'a pas survécu à la grossesse. L'image d'une jeune femme souriante me vient en mémoire. Ça me file le cafard.

Stop !

Bon sang, Théodore, reprends-toi. Tu as devant toi un mec qui ne te rend pas saint et toi tu penses à maman.

Je pose ma tête sur le coussin et je regarde les yeux fermés de Raphaël. Il est beau. Je passe ma main sur ses cheveux, tirant doucement dessus. J'essaye de les discipliner, mais c'est peine perdue. Il a beaucoup bougé dans la nuit. Raphaël place à nouveau son bras contre mon flanc. D'une manière douce, presque irréelle, je sens les doigts de Raphaël me caresser dans son sommeil. Je souris et ferme les yeux. Finalement, je n'ai pas regardé l'heure…

Je me réveille dans le lit passablement froid, à la recherche de Raphaël, je tombe sur un espace vide. Je soupire et m'assis pour frotter mes yeux. Cette fois, je me tourne vers le réveille et découvre qu'il est huit heures trente. Je hausse les épaules, je me lève et je m'étire. Raphaël n'est pas dans la chambre, un pincement au cœur me fait soupirer. Je voulais me réveiller avec lui à mes côtés. Une chemise sur le dos, en boxer, je descends les escaliers à la hâte.

Je veux le voir.

Lorsque j'arrive dans la cuisine, ouverte au salon, je souris en voyant le dos de Raphaël. Ce matin, il fait des pains au chocolat tout chaud. Il a dû se lever très tôt pour faire la pâte et les préparer. Raphaël ouvre le couvercle de la casserole, de la fumée sort de la préparation bouillante. Ça sent le chocolat. Mon loup intérieur jappe et gémit de bonheur. Mes yeux dévient sur les fesses musclées de Raphaël, mon cœur bat d'une vitesse folle. Une chaleur bien connue se propage dans tout mon corps. Mes joues brûlantes, je me sens excité par les mouvements du corps de Raphaël.

C'est comme des rafales, impossible à contrôler, impossible à arrêter. Occultant mon loup, je sais que je suis inexorablement attiré par lui. C'est angoissant et terriblement aguichant. Je ne suis pas aussi bête pour croire que Raphaël peut s'intéresser à moi, un loup, un stupide oméga faible par-dessus le marché. Néanmoins, je ne cherche pas à arrêter mes fantasmes, c'est caché au plus profond de moi. Je souffre, patiente et espère. Je profite de tout ce que je peux voir et sentir, ça me suffit pour l'instant, bien que l'envie d'avoir à nouveau son corps imbriqué contre le mien est éminente.

Je ne fais pas attention à Raphaël qui s'est tourné pour déposer une fournée de pain au chocolat sur la table. Trop occupé dans mes pensées pour le remarquer. Mes bras croisés contre mon torse, je sursaute lorsque j'entends le rire de Raphaël. C'est doux, chaud et bon Dieu, je veux l'écouter rire plus longtemps.

Les joues rouges, je m'assis sur l'une des chaises de la cuisine et prends un pain au chocolat tiède que j'enfourne dans la bouche. Raphaël continue de me fixer du regard, les yeux amusés, alors que moi je suis rouge de honte. Ce qu'il s'est passé pendant la nuit me revient en mémoire et tout ce que je peux faire c'est espérer que Raphaël ne s'est pas réveillé. C'est bien trop gênant et mon corps se souvient encore de la bosse contre mes fesses. Mon être s'embrase rien que d'y penser.

Raphaël est divin.

Le silence est maître dans cette cuisine, aucun de nous deux ne veut parler. Je lui jette quelques fois des regards, patientant qu'il parle. Il ne le fait jamais. Lorsque j'ai fini de manger, je prends la parole.

— Bonjour…

Pour une entrée en matière, c'est réussi. Je suis tellement stupide.

— Bonjour, tu veux un chocolat chaud ?

Je mords ma lèvre inférieure et accepte sa proposition. Il se tourne et prend un mug qu'il remplit. Alors qu'il me le tend, il me dit de faire attention, car c'est chaud. Je le remercie, commence à souffler et je bois une gorgée. Je grimace lorsque ma langue touche le liquide bouillant. Raphaël a un rictus et me présente une serviette, je le regarde troubler.

— Tu as une tâche, là, dit-il en montrant le coin de sa propre lèvre.

Je m'essuie avec, mais visiblement, je passe à côté. Raphaël saisit la serviette et frotte au bon endroit, le visage concentré. L'avoir si près de moi fait battre mon cœur. J'imagine notre scène comme celle d'un film à l'eau de rose, là où ce mec s'approche de sa bien-aimée, il est prêt à l'embrasser. Le rouge me monte aux joues. Je ne bouge pas, j'essaye de trouver un ancrage pour ne pas m'effondrer. Une attraction qui m'ébranle et me fait peur. Ma respiration se coupe lorsque mon loup laisse dégager des phéromones.

Putain.

Mon loup veut s'accoupler. Il veut se lier avec Raphaël, là, maintenant. La respiration haletante, je pose ma main sur ma bouche. Qu'ai-je fait pour déclencher l'attraction ? Soudain, je me rends compte que Raphaël m'a protégé, choyé et fait dormir dans sa couche. Raphaël réagit comme un loup, il protège son aimé. Mon cœur fait un looping. Quand est-ce que ça va s'arrêter ? Raphaël a bousillé tout ce que je pense être acquis.

Comme l'amour.

Jamais je n'ai imaginé tomber sur quelqu'un comme Raphaël. Cet homme est capable de me faire trembler d'un seul regard. Il est terrifiant, attirant, irrésistible et il a le pouvoir de me détruire d'une simple phrase. Le vertige secoue mes sens, je ferme les yeux et me concentre sur ma respiration laborieuse. Je ne le regarde pas, je fais de mon mieux pour ne pas me lever et l'embrasser.

Un amour profond et une dévotion à toute épreuve empoignent mes tripes. C'est ce que je ressens lorsque je vois Raphaël, un amour dévorant, une envie de me lier qui me bouffe de l'intérieur. J'aime ressentir ça, bon sang, c'est bon. Avoir la personne destinée à être à vos côtés est un sentiment de pure extase, celle qui vous complète parfaitement.

La minuterie du four me fait sursauter, mais Raphaël est imperturbable. Il me regarde avec une passion dévorante. Mon membre tressaute. Depuis combien de temps Raphaël me regarde-t-il ainsi ? Je ne veux pas le savoir, ça me rend nerveux de savoir qu'il a pu voir mon excitation. C'est trop gênant.

Raphaël hausse un sourcil et porte son attention sur le four. Il arrête la minuterie et sort les viennoiseries. Je n'hésite pas une seule seconde à jeter un coup d'œil à son corps et je fais bien attention de ne pas me faire prendre en flagrant délit. C'est euphorisant. Soudain, j'ai une image très nette de Raphaël couché dans son lit entièrement nu, tenant mes hanches, ondulant à un rythme onctueux son bassin. Une vague violente m'ébranle. Je me retiens à la table pour ne pas tomber de ma chaise. Je baisse le regard, ma lèvre en sang. Mon loup ne peut pas s'empêcher de me montrer des images exquises pour me faire perdre pied.

— Tu as bien dormi ?

— Oui, je… merci.

Je le dis si précipitamment que Raphaël s'étonne. Je lâche une plainte et pose mes mains sur mon visage pour ne pas craquer. J'ai son odeur dans le nez, impossible de m'en défaire. Le corps tendu d'excitation, je ne tiens plus. Je bondis de ma chaise, dépasse la table par la gauche et viens me coller au corps chaud de Raphaël.

Mes bras autour de son cou, j'effleure sa peau par endroits, je lâche un gémissement de bonheur. Nous sommes si proches l'un de l'autre que je peux entendre les battements de son cœur.

C'est enivrant.

D'une poigne, Raphaël agrippe mes cheveux en tirant dessus. Mon cou exposé à son regard chaud, je ferme les yeux, pressé de sentir ses lèvres sur la peau sensible de ma gorge. Il n'en fait rien cependant, nos corps imbriqués ensemble, il pose son front contre mon épaule. J'ai les larmes aux yeux tant la pression dans mon ventre se fait plus forte. C'est une torture. Désespéré, je gigote dans ses bras pour avoir de la tendresse.

— Si tu savais à quel point je veux te toucher Théodore, murmure Raphaël.

Ma respiration coupée, je tire sur son t-shirt. Je le veux. C'est une drogue, un besoin viscéral de le sentir contre moi.

— S'il te plaît…

Une larme coule, sans que je ne puisse l'arrêter, lorsque les lèvres libératrices de Raphaël touchent les miennes. Un frisson, de ma tête jusqu'à mes pieds, me secoue. Ses bras contre moi me serrent un peu plus. Je mordille sa lèvre pour approfondir notre baiser. La langue de Raphaël, vicieuse, explore mes lèvres. Je lui laisse le passage, jusqu'à ce qu'il trouve sa jumelle. Une explosion de picotement m'ébranle lorsque je joue avec ce muscle chaud et humide. La main de Raphaël vient se poser contre ma joue et s'éloigne de moi.

— Je vais réveiller Samuel et Rose.

Il fuit. Je mords mes lèvres lorsque le corps de Raphaël se détache de moi. Je reste quelques instants au même endroit. J'essaye vainement de réguler ma respiration. Qu'est-ce que j'ai foutu ? Nous nous sommes rapprochés. Nous avons eu un contact. J'inspire, j'expire et ferme les yeux. Mon loup s'est apaisé, mais je sens encore son besoin d'être contre Raphaël. Je m'assis sur la chaise et cache mon visage. Comment vais-je faire maintenant ?

Les rires de Samuel et Rose m'obligent à me secouer. Raphaël n'est pas là. Samuel s'affale sur la chaise et se plaint de sa nuit horrible. Rose sourit à son fils, elle prend la parole.

— Et toi Théo, tu as bien dormi ?

Je hoche la tête. Je ne prête pas attention au sourire diabolique de Samuel. Je rougis malgré tout, débitant toute une série de mots sans queue ni tête. J'ai passé une nuit incroyable, du moins, en me réveillant en plein milieu de la nuit. Je suis sûr que si je ne m'étais pas réveillé, je ne m'en serais pas rendu compte.

Nous sommes dans la voiture, en direction du territoire. Nous n'avons pas eu l'occasion de parler, moi et Raphaël, de ce que nous ressentons l'un pour l'autre. Je ne suis pas certain qu'il soit du genre à exposer ses sentiments. Je veux y voir clair dans ce qu'il se passe, je ne veux pas me faire de faux espoirs en voulant quelque chose que lui ne veut pas. Alors que la voiture est garée en face de la maison, je sors et souris à mon père qui est devant le porche. Nous nous étreignons, heureux de nous retrouver. Mon père, malgré son air de macho, est en réalité une personne chaleureuse et soucieuse. Il faut simplement savoir le caresser dans le sens du poil.

— Chasseurs, nous devons parler.

Raphaël fronce les sourcils et hoche la tête. Il suit mon père qui le conduit dans son bureau. Ça, ce n'est pas bon. Papa a sans doute senti l'odeur d'attraction entre lui et moi. Dans le salon, je soupire lorsque Louise m'attend avec son air renfrogné.

— Quoi ? dis-je maladroitement.

— Il faudra m'expliquer ce qui se passe avec ce chasseur.

Je hoche la tête et m'apprête à lui répondre lorsque des cris et des pleurs la font gronder. Alors qu'elle part, je souris. Sauvé par les mômes, je m'écroule dans le canapé alors que Samuel se plante devant moi, Alice derrière lui. Elle ne semble pas contente non plus. Je sens poindre un mal de crâne.

— Donc c'est vrai, crise-t-elle, le rituel ne fonctionne plus ?

Ah oui, le rituel. Je ne sais pas pourquoi il n'est plus d'actualité et Samuel a l'air d'être plus au courant que moi. D'ailleurs, je lui fais un signe de tête et il prend la parole.

— Le rituel n'est plus d'actualité depuis que Raphaël a touché le lit de Théodore.

— Quoi ?! Crie Alice. Il a couché avec ?!

— En fait, non, ricane Samuel, dans le rituel, il a été dit qu'il fallait mettre Raphaël dans le lit de l'un ou de l'autre, pas de coucher avec.

Les joues d'Alice deviennent rouges, je sens mon loup se contracter dans le fond de mon esprit, gémissant. Alors que je veux prendre la parole, un raclement de gorge me tétanise. Raphaël.

Qu'a-t-il entendu ?

— Un rituel, Samuel ?

Mon meilleur ami est livide, prêt à détaler à toutes jambes. Les larmes me montent. J'ai envie de me mettre à genoux, de lui dire que ce n'est pas vrai, que nous n'avons pas joué avec lui, que tout va bien. Mais impossible d'ouvrir la bouche. Raphaël ferme les yeux, inspire et son visage devient plus ferme. Comme lors de notre rencontre.

Non…

Non !

— Voilà une chose que je voulais éviter en venant ici. Samuel, prévient maman que je pars, j'en ai trop vu pour rester dans cette ville.

Ma respiration se coupe, mes jambes me lâchent, les larmes coulent sans aucune retenue. Je viens de le perdre. Raphaël se tourne, il saisit son téléphone qui sonne et répond à l'appel.

— Allô ? … Oui, j'arrive, j'en aurais pour plusieurs jours, ça ira ? … D'accord, préviens-moi s'il se réveille.

Il n'entend pas mes cris, mes pleurs. Mon père arrive, me prend dans ses bras alors que je vois trouble. Mon loup prend les rênes et hurle notre détresse. Je viens de perdre mon compagnon, l'attraction se fissure, brisant mon être entier.

Ma tête bat au rythme de mon cœur agonisant. Alors que je griffe les bras de l'alpha pour rejoindre Raphaël, Rose pose sa main sur mon visage. Une odeur de lavande me titille les sens, puis soudain, une flopée de couleur mauve me fait tomber dans les pommes.

CHAPITRE 10

La douleur dans mes reins me fait grogner.

Je lâche un soupir et tente de me faire craquer les vertèbres. C'est une mauvaise idée de dormir dans la voiture. De travers, je me redresse et sors de la voiture pour m'étirer. J'ai passé cinq heures sur les routes, me reposer est devenu indispensable. Entre la route, la concentration et les conducteurs dangereux, j'ai bien mérité cette pause. J'ai fait de mon mieux pour ignorer ce que j'ai laissé derrière moi.

Je ne peux pas l'ignorer indéfiniment.

Je jette un coup d'œil autour de moi et je remarque que plusieurs camions se sont ajoutés durant la nuit. Après avoir pris un bol d'air, j'entre dans l'habitacle et allume le moteur. Il me faut encore plusieurs heures de route avant d'y arriver.

C'est la première fois depuis que je suis parti que j'y pense. Je ne veux pas y croire. Cette conversation me hante. Bordel, je me suis bien fait avoir. Ça me donne la migraine. Ils doivent me mettre dans leur lit. À quel prix ? Je n'en sais rien. Ça me dégoûte. Papa avait raison. S'attacher aux gens conduits à être blessés. Théodore, ce petit gars qui a commencé à me faire de l'œil, a simplement profité de moi. Ce n'est qu'un jeu, dégueulasse, mais c'en est un quand même.

Ça m›a totalement vidé.

Il s'est bien foutu de ma gueule. Notre nuit passée ensemble me vient en mémoire comme un souvenir amer, notre baiser échangé dans cette foutue cuisine. Sa chaleur, son odeur, sa présence n'est simplement qu'une façade. Celle d'un menteur, d'un manipulateur. Les paroles de Rose sont encore fraîches dans ma tête.

Ça me tue de l'admettre, mais je l'aime. Ça m›apprendra, c'est bien fait pour moi. Aimer ce mec a suffi à me rendre stupide.

Je l'aime.

Mon nez commence à fourmiller.

Je l'aime…

Mes yeux piquent et je suis incapable de l'arrêter. Une larme, solitaire, coule le long de ma joue alors que je m'engage sur l'autoroute. Voilà ce qui arrive lorsqu'on s'attache, m'assène mon père dans ma tête. Ça fait mal, putain. Comme une lame qui s'effrite et qui transperce de part en part mon être. Les yeux rivés vers l'horizon, j'essaye de me convaincre que ce n'est rien, que je dois vivre cette expérience pour me renforcer à nouveau, pour m'obliger à ne plus recommencer.

Ne plus tomber amoureux.

— Papa ? murmure Raphaël, pourquoi maman dit que je ne vais jamais aimer personne ? Elle a raison tu crois ?

Ugo le regarde d'un drôle d'air avant d'arborer un sourire mystérieux. Il n'a jamais vu son papa sourire, depuis toujours, Ugo a toujours été un modèle de force et de froideur pour lui. Il ne sourit jamais, ou très peu quand Frank est avec eux. Son papa aime beaucoup Frank. Raphaël a déjà vu son papa prendre dans ses bras Frank quand il pleure. Papa ne l'a jamais fait, quand lui il pleure. Mais il sait que c'est pour qu'un jour, il devienne aussi fort que son papa !

— Parce que Rose pense que tu n'auras jamais le courage d'accepter de souffrir.

L'enfant regarde son père d'une drôle de façon. La bouille dubitative, Raphaël croise les bras d'un geste rageur.

— Mais je suis courageux !

— Fils, le courage d'aimer n'est pas le même courage que de tuer un animal. Quand tu as tué ce chien, la première fois, tu as pleuré.

Raphaël veut nier, mais Ugo fait un signe de la main pour que l'enfant se taise.

— Mais après, tu as réussi à en tuer d'autres, sans pleurer cette fois.

Raphaël hoche la tête, bien qu'il ne comprenne pas où son père veut en venir. Il se dit que son papa sait tout, ça amplifie son admiration pour lui.

— Avec l'amour, tu souffres toujours, tout le temps. Quand tu es bien avec la personne que tu aimes, cette personne te fait souffrir indirectement. Que ce soit en geste ou en parole Raphaël, tu souffres. Rose sait que tu choisiras la facilité, en te construisant un masque.

— Mais ce n'est pas le but de l'entraînement ? murmure Raphaël en fronçant les sourcils.

— Oui fils, c'est le but.

Se souvenir bloque ma respiration. Rose a eu raison, elle a deviné. Non, je suis certain qu'elle l'a vu, qu'elle a eu un flash. J'ai tellement pris soin d'ignorer maman que j'en viens à regretter toutes ces années de non-dits et de silences. Partir de là, alors qu'il y a encore plein de choses que je veux faire avec maman, ça me tue d'y penser. Maman... Je n'ai même pas eu l'occasion de l'embrasser avant de partir. J'ai pris sa voiture, comme un voleur, et je suis parti sans me retourner. Je me fais violence pour ne pas faire demi-tour.

Tom.

Tom est réveillé et je dois aller le voir. Il est sorti du coma il y a deux jours et depuis les infirmières attendent qu'il se réveille. C'est Manson, le cousin de Tom et agent de police qui m'a contacté. Il pense que le kidnapping est lié à moi et il a besoin de me poser des questions sur cette affaire. Je vais en profiter pour reprendre le boulot et j'espère me changer les idées.

Je suis arrivé à Vancouver il y a trois heures et la petite sieste que j'ai faite dans la voiture m'a permis de me reposer. Un motel pour la nuit n'est pas négligeable. Les grondements de mon ventre me font soupirer. Je me gare sur le parking d'un centre commercial et entre dans l'établissement.

Suivant les différents rayons, je me saisis de plusieurs sandwichs triangulaires, des biscuits et des boissons. Pas le choix de manger et boire sur la route. Lorsque j'ai fini de payer, je rejoins la voiture. J'ai encore pas mal de route à faire et je peine à rester objectif sur ma décision de partir. Je fuis. Ça ne sert à rien de me voiler la face. J'ai la trouille d'être en face de ce loup, d'assumer mes sentiments et surtout, de comprendre qu'ils ne sont pas partagés. J'essaye de me convaincre que Tom est le plus important dans cette histoire. Le problème c'est que Théodore s'interpose dans mes pensées. Dois-je le haïr pour ce qu'il a fait ? Sa condition de loup-garou est à mon avantage. Je peux utiliser cette excuse pour le détester. Je ferme les yeux et interpose le visage de Théodore dans sa forme la plus primitive. Mais encore là, impossible. Son visage déformé par les plis et les poils du métamorphe ne me font aucun effet de répulsion. Je n'y arrive pas.

Je suis stupide.

Bien sûr que ça ne fonctionne pas. C'est donc ça, quand on tombe amoureux. Je suis aveugle. Ce qu'il fait n'est pas suffisant pour que je me détache de lui. Pourquoi n'a-t-il pas tué un innocent ? Ça aurait été plus facile de lui tourner le dos. La raison de ma fuite semble, à mesure des heures qui passent, risible. Oui, Théodore ne m'aime pas, mais est-ce que maman doit en pâtir pour lui ? Nous venons de nous retrouver, nous n'avons même pas pu en profiter.

Je soupire et sans m'en rendre compte, j'ai passé la frontière canadienne avant d'arriver en Oregon. Dix heures plus tard, la nuit tombée depuis un moment, je rejoins un motel encore ouvert. Je paye une chambre simple pour la nuit et une fois ma tête posée sur le coussin, je me suis endormi comme une masse. Le lendemain, dans les alentours de seize heures, j'ai vite fait de prendre une douche et avant de reprendre la route. En achetant un café dans une station essence, je me rends compte que je suis à San José.

Je suis bientôt à la maison.

Lorsque j'arrive dans la ville de Santa Maria, il est trop tard pour rendre visite à Tom. La nuit commence à arriver et je n'ai rien à manger pour ce soir. Je soupire et passe au drive d'une restauration rapide. Devant moi, ma maison, somme toute banale, sans deuxième étage, me paraît fade. Je ne veux pas être là. Lorsque j'ouvre la porte, depuis ce qui me semble être une éternité, je fronce les sourcils face à l'odeur de renfermé qui se dégage. Le calme de ma maison me fait bizarre. Il n'y a pas le rire de Samuel, l'odeur de maman, la présence de Théodore. Je délaisse mon hamburger, mes pensées m'ont coupé l'appétit. Une sensation de malaise saisit mon thorax, je me colle contre le dossier du canapé.

Impossible de faire passer cette douleur qui ne me quitte pas depuis que je suis parti de Clearwater. Je veux rentrer. Je ne me sens pas à ma place dans cette maison trop étroite et sans âme.

Lorsque j'arrive à l'hôpital Marian, il est dans les alentours de neuf heures du matin. Une infirmière m'explique où je dois aller et quand je suis devant sa chambre, mes mains tremblent. Je ne voulais pas quitter la ville parce que mon meilleur ami était dans la nature et maintenant que je suis rentré, j'ai envie de repartir.

Théodore me manque.

Non, il ne me manque pas. Je veux courir à Clearwater, le trouver et le secouer comme un prunier. Je veux comprendre ce qui lui est passé par la tête, je veux qu'il s'excuse d'avoir été aussi vicieux. Je veux l'embrasser, à l'étouffer, je veux le toucher, le découvrir, l'avoir contre moi et lui faire l'amour. Je veux pouvoir construire ma vie avec lui et ça, depuis que j'ai demandé à Frank et Clara de choisir entre sa vie plutôt que la mienne.

Je n'ai pas eu l'idée de tels sentiments à ce moment-là, mais maintenant je sais ce que ça représente pour moi. Je regrette de m'être autant attaché à cette personne aussi fragile qu'agaçante. Sa maladresse et sa gentillesse me font peur, ses agissements et cette compétition qu'il a avec Alice sont encore en travers de ma gorge. J'ai envie de pleurer tant mes sentiments pour Théodore ne sont en réalité pas partagés. Je me sens comme étranger à ce garçon de dix-huit ans, comme-ci, ce que nous avons vécu ne représente rien pour lui. Je me sens bête d'y avoir cru.

Je suis trop sensible.

D'un soupire, j'entre dans la chambre silencieuse de Tom et ferme la porte derrière moi. Dans le lit au milieu de la pièce est couché mon meilleur ami branché à différents tubes qui l'aide à le maintenir en vie. Ça me fout un coup.

Les cheveux roux de Tom sont bien plus longs que la

dernière fois. Une barbe de plusieurs centimètres mange la moitié de son visage, ça contraste avec sa peau cadavérique. Son côté maladif ressort lorsque je dévie mes yeux sur les poches bleues en dessous de ses paupières. La respiration sifflante, les tressaillements de sa main et les crispations occasionnelles de son visage montrent qu'il a mal malgré la morphine. Ma gorge sèche, je m'approche du lit et place ma main froide sur la joue creuse de Tom, faisant de mon mieux pour ne pas culpabiliser.

Je devais rester ici, pour le chercher et prendre soin de lui. Je ne l'ai pas fait, c'est écœurant. Tom n'aurait pas hésité une seule seconde à tout abandonner pour me chercher, il aurait rejeté sa famille s'il le fallait. Quelle famille ? Tom n'a personne, sauf Manson. Il n'a aucune attache et la seule personne qui l'apprécie l'a abandonné pour un enterrement ridicule. Stop. Il faut que j'arrête ça, c'est de mon père que je parle. Je me sens con de m'en vouloir. Ce n'est pas de ma faute, bordel.

Je m'assis à côté de Tom, sur son lit et je prends soin de faire attention à son bras relié à un cathéter à trois poches. L'un pour des antibiotiques, l'autre pour l'hydrater et un pour la morphine. D'ailleurs, ces derniers sont vides depuis un petit temps. J'appuie sur l'un des boutons pour appeler une infirmière et je m'approche de la fenêtre pour regarder à l'extérieur le temps d'attendre.

Lorsque l'une d'entre elles arrive, je me tourne et lui souris brièvement avant de lui annoncer que Tom n'est plus hydraté et qu'il commence à souffrir. Rougissante et bégayante, elle s'attèle à la tâche tout en me lançant des petits regards qui ne sont pas discrets. Cette rengaine dure pendant une semaine, je vais voir Tom à l'hôpital, croisant les infirmières, puis je rentre pour manger et dormir. Finalement, je n'ai même pas le cœur au travail, je profite des derniers congés qu'il me reste.

Alors que je me dirige dans la chambre de Tom, mon téléphone sonne. Ce n'est pas la première fois, depuis que je suis parti de Clearwater, qu'il vibre. Je le coupe, ouvre la porte et souris lorsque le visage éveillé de Tom m'accueille.

Une infirmière finit de vérifier ces constantes et part en me souhaitant le bonjour. Je m'approche de lui, m'assieds à ses côtés et saisis délicatement sa main. J'amorce des petits cercles contre le dos de sa main alors que son visage est blanc, presque livide.

Tom veut prendre la parole, mais sa gorge est tellement asséchée qu'il tousse plusieurs fois. Je lui sers un verre d'eau, qu'il boit sous ma demande d'y aller moins vite. Une fois qu'il a la possibilité de parler, il me regarde les larmes aux yeux. Je lui murmure que c'est fini, que je suis là et qu'il est en sécurité. Il ne veut pas écouter. Il balance sa tête de gauche à droite et s'arrête lorsqu'il a l'envie de vomir.

— Pourquoi… Pourquoi… croasse Tom.

— Calme-toi, tout va bien.

— Non… Non…

Il panique. Je le guide pour reprendre une respiration plus contrôlée. Je fais attention à ne pas le blesser, conscient d'où je pose mes mains.

— Tu ne peux pas…

Son murmure se brise sous une quinte de toux sanglantes. Ça me fait paniquer. Je prends un mouchoir et aide Tom qui grimace. Mon instinct me hurle qu'il a un problème, mon angoisse s'intensifie. Je ne peux pas ignorer mon pressentiment, alors que c'est aussi tangible maintenant. Mon angoisse m'assèche la gorge, je prends la parole d'une voix tremblante.

— Tom… Qu'est-ce qu'il se passe ?

— Il est venu… Avant que tu ne partes…

Tom essaye de reprendre une respiration normale et tente vainement de se redresser, mais il grogne à nouveau sous la douleur. Les muscles crispés, il ferme les yeux puis reprend la parole d'une voix plus contrôlée.

— Il n'est pas ce que tu crois… Frank… est… Frank est une belle enflure…

— Attends, pourquoi tu me parles de lui ?

Le blessé sourit ironiquement avant de rire légèrement, déclenchant une toux interminable.

— Frank l'a fait exprès Raph', il m'a... fait toutes ces choses pour que tu partes ... Il a tué ton père pour que tu rentres à Clearwater... Et il continue maintenant en t'éloignant... Il joue...

Ma respiration se coupe, ma tête tourne. Je ne comprends pas. Quoi ? Frank... Frank, l'amoureux de papa ? Le même chasseur qui m'a promis de prendre soin de Théodore ? Papa a été tué par Frank... Une rage commence à poindre. Ça ne se peut pas. Les poings serrés, je craque ma mâchoire d'un mouvement brusque, ignorant le tressaillement de Tom.

— Ce n'est pas possible, Tom, je claque. Mon père avait des lacérations, il est mort par la meute qui menace Clearwater !

Les épaules de mon vis-à-vis se détendent, si bien que je pousse un soupir de frustration. Ces conneries me mettent la haine.

— Je comprends que tu ne puisses pas croire ce que je te dis Raphaël, mais il s'est joué de vous... J'ai ruminé pendant des jours et je te jure, je n'ai rien pu faire contre elle...

Frank a tué papa... Frank est l'homme qui a tué mon père. Je frotte l'arête de mon nez et je prends le temps de comprendre tout ce que ça implique, mais Tom continue.

— Il t'a écarté pour que tu...

Un filet de sang glisse contre son menton et crache son liquide vital dans une toux grasse. Toujours avec mon aide, il prend quelques minutes avant de se calmer.

— Pour que tu perdes le contrôle de la coalition...

Il n'est pas dans la confidence de mon passé, personne ici, en Californie, ne sait ce que je suis. Cet aveu fait sens. Il ne me ment pas, il le sait et je ne peux pas le nier. Ça me prouve qu'il me dit la vérité. Son état me permet de comprendre qu'il ne perd pas son temps à me mentir. Je soutiens Tom par les épaules et le guide à trouver une position plus confortable.

— Il m'empêche de te parler...

— Quoi ? dis-je dubitatif. Pourquoi ?

Tom observe attentivement mon visage en souriant avec

faiblesse. D'une main douce, il la pose sur ma joue avant de reprendre ses explications.

— Je vais mourir, Raphaël… souffle-t-il, je vais mourir, car il le faut… Les informations que je te donne ont un prix… Il m'a bloqué pour lui éviter d'être démasqué. Si je les dévoile, mon corps se dégrade… Je vais mourir…

La dernière phrase frotte mes pensées comme du papier de verre. Je m'écroule à côté de lui comme-ci, un poids s'installe dans le fond de mon estomac. Mon nez et mes yeux piquent. L'envie de vomir est devenue plus violente. J'ai besoin d'air.

— Tu l'aimes…

Tom pleure avec un sourire. Il paraît heureux malgré sa pâleur et les larmes qui glissent sur ses joues. Les tremblements de ses mains sont devenus frénétiques, il les pose sur mon avant-bras tout en inspirant.

— Il t'a éloigné de la ville, car il n'a pas réussi… Il pense qu'avec un peu de persuasion il réussira à rafler le pouvoir de ta famille… Il veut le contrôle de la coalition et si tu meurs il n'en aura pas le droit…

Fermant les yeux, Tom continue à réciter ce dont il se souvient.

— C'était son plan depuis le début… Il veut te tuer... avoir le contrôle… je…

— Tom… Arrête, s'il te plaît... Stop…

Je me glisse contre lui, la tête du plus jeune contre mon épaule. Des tremblements spasmodiques de son corps font resserrer ma prise. Un silence de mort me fait paniquer, Tom a le visage crispé et nos doigts emmêlés sont gelés.

— Ne gâche pas tout… Aime-le, protège-le, fais de lui l'amour de ta vie…

Théodore… Il parle de Théodore.

— Je ne peux pas…

— Bien sûr que si.

Tom fronce les sourcils avant de poser l'une de ses mains couvertes de sang sur ma joue, le regard vitreux.

— Écoute ton instinct, ton amour pour lui ne s'effacera pas parce que tu t'éloignes… Alors, va-t'en… va le protéger...

Les derniers mots sont soufflés avec difficulté, il laisse sa main s'écrouler contre moi, le regard vide. L'électrocardiogramme s'intensifie, jusqu'à ce que je n'entende plus aucun battement. Le bruit strident de la machine m'étourdit. Je baisse la tête et regarde le visage de mon ami, apaisé. Je mords avec violence ma lèvre inférieure et je ferme les yeux de Tom. J'embrasse son front et je me redresse. J'appelle le corps médical et lorsque je sors de la chambre, une vague d'infirmières arrive pour tenter de sauver Tom qui ne répond pas. Je pars de l'hôpital, l'esprit vibrant, l'envie de partir, de fuir, de mourir. La douleur me fait chier, c'est trop dur de la supporter et de vivre avec.

CHAPITRE 11

THÉODORE

Dans cette pièce froide, je pense à son visage, à ses expressions, à son langage. Il ne se passe pas une seule seconde sans que je ne pense à lui. Une partie de moi se flagelle pour l'avoir perdu. Il n'y a plus rien que je puisse faire.

J'ai cru à une libération quand Frank est arrivé sur le territoire. Son visage tiré s'est montré sincère lorsqu'il m'a juré que Raphaël n'était pas parti. Bien naïf, je l'ai suivi. Je sens encore sa bague en argent me brûler le cou alors qu'il m'a saisi avec violence pour me mettre à terre. Après ça, il m'a attaché et m'a jeté dans sa voiture. La démangeaison de mes poignets m'a permis de garder l'esprit calme. Je le soupçonne d'avoir baigné les lanières dans une décoction de laurier. Cette plante a la capacité de réduire nos sens et parfois même, il arrive qu'avec une consommation nous puissions mourir empoisonnés.

Depuis son coup d'éclat, je ne sais pas combien de temps il s'est écoulé. Cette mauvaise sensation d'engourdissement est due à la plante qu'il m'a injectée lorsque nous sommes arrivés. À présent, ma tête tourne toujours. Groggy, je me rends compte que l'endroit en est infesté ; les murs, le sol et même les chaînes qui me lient la gorgent jusqu'au plafond. Je veux m'en sortir, mais l'argent des chaînes m'étouffe et brûle ma peau. Dans les premiers temps, je tombais fréquemment en avant. Frank a fini par en être agacé et a enfoncé un harpon au niveau de mes omoplates, accroché au mur derrière moi.

La douleur est si intense que j'ai du mal à respirer.

Voilà où j'en suis. Attaché comme un animal, impossible de m'en défaire. J'ai tenté de forcer mon loup à émerger, mais à peine concentré qu'un vide agrippe mes tripes. Je ne ressens plus rien, seulement une angoisse saisissante. Il est terré au plus profond de moi. Le lien qui nous unit s'épuise et ce n'est pas suffisant pour reprendre des forces. Je ressens une légère vibration de temps à autre, mais rien qui me garantit qu'il veuille sortir. C'est comme une pierre froide, un fardeau qui me bloque l'envie de vivre, de découvrir le monde.

La froideur de la cave me fait trembler et mes extrémités deviennent bleutées. La chaleur de mon corps m'a quitté peu de temps après que Frank m'a déshabillé. Les bourrasques et la toux sont les seuls bruits auxquels j'ai droit. Une fois qu'il m'a déposé ici, il n'est plus revenu.

Je n'ai que ce trou à un doigt du plafond pour deviner s'il fait jour ou non, mais là encore, je suis faussé. Les nuits sont bien plus longues en hiver qu'en été. La tête en vrac, je tente de tirer sur les chaînes pour bouger mes bras. Un spasme coupe ma respiration lorsque mes bras craquent d'un coup sec. Une douleur vive et fulgurante dans les épaules me fait tourner la tête, si bien que je n'ose plus bouger. Après quelques minutes à réguler ma respiration et à tenter de ne pas pleurer, j'ose un coup d'œil. Ma peau, des deux côtés, est déformée par l'os de mes bras. Heureusement, elle n'est pas déchirée. Les lancements se propagent et je n'ai aucun moyen de faire arrêter la douleur. La tête bourdonnante, je ferme les yeux et me concentre sur ma respiration sifflante.

J'ai l'estomac retourné.

Je remarque une gamelle d'eau cuivrée dans le coin de la pièce. C'est une humiliation. Je n'y ai pas accès et je suis persuadé d'avoir une maladie en le consommant. Rien que l'idée de le boire me tord le ventre.

C'est de la torture.

Le cri d'une souris me fait frémir. La faim me tenaille. Je dois impérativement me concentrer sur ma survie. Je ne veux pas mourir et une petite voix me hurle de forcer le lien vers mon loup pour prévenir la meute.

Les chasseurs sont cruels.

Je n'ai jamais vécu pareille situation, j'ai toujours été sceptique lorsque mon père m'a raconté les horribles histoires des chasseurs. Je ne me ferais plus avoir. Tandis que je visualise un plan pour sortir de cet endroit, la porte de ma prison s'ouvre sinistrement.

— Toujours vivant ?

La voix moqueuse de Frank me fait trembler. La douleur de mes bras m'essouffle, je lève la tête vers l'homme. Il sort une barre chocolatée de sa poche et l'ouvre devant moi. Il croque un morceau avant de faire des bruits de mastication désagréable. Je sens la salive dans ma bouche s'amplifier. Affamé, je veux bouger, mais la douleur sort de ma torpeur. Je lâche un cri alors que le rire gras de Frank arrête tous mes mouvements. Soudain, je baisse le regard, mords avec force mes lèvres pour ne pas geindre.

J'ai faim.

— Commençons, j'ai laissé bien trop de temps passer.

Il prend une chaise qu'il pose devant moi et s'assied, les jambes écartées. Un couteau dans la main, il frotte une feuille de laurier sur la lame et par moment, il me jette des coups d'œil torve. La porte est ouverte, mais les chaînes m'empêchent de faire le moindre mouvement. Frank va avoir le temps de m'arrêter si je tente quoi que ce soit. Chaque geste brûle ma peau, tremble mes épaules disloquées et ravage mes poumons.

— Un enfant issu d'un mâle oméga peut très bien être un Alpha accompli, n'est-ce pas ? C'est d'ailleurs le cas de ton père, si je me souviens bien.

Le vertige trouble ma vision, la sueur coule sur mon front.

— Laissez mon père en dehors de ça !

L'image de ma grand-mère, Lily, me vient en mémoire. Elle est une Alpha, alors que son mari, Cyan, était un oméga. Il n'a pas survécu lorsqu'il a accouché de papa.

— Venons-en au fait, veux-tu ?

Je peux à peine sentir l'éveil de mon loup. C'est une mauvaise nouvelle. S'il se montre enfin, la pression risque de grimper. Je sais qu'il veut me protéger et mon instinct me hurle de partir au plus vite, mais il n'y a aucune issue. Je suis fait comme un rat.

— C'est étrange lorsque l'on sait que ton grand-père ne pouvait pas être fécondé par une femelle, murmure Frank.

J'avale avec difficulté ma salive. Les histoires de ma famille ont toujours été secrètes. Il n'est pas rare que des relations interfamiliales se forment et moi-même, j'ai failli naître d'une relation entre mon père et Alice. Heureusement, mon père a toujours été contre, il a rencontré une douce oméga et a fait sa vie avec elle. Alice m'a toujours haï pour ça, ce qui m'a conduit à perdre l'amour de ma vie et à être enfermé ici comme un chien.

— Un alpha bien courageux et respectable, ton père.

Le regard de Frank se fait lointain. Je ne veux pas imaginer ce qu'il a en tête. Il se lève et s'approche de moi, un sourire léger plaqué sur son visage.

— Je suis résigné à faire de toi mon cobaye. Mon amant avait trouvé une astuce pour faire mal à ton espèce, l'argent et le laurier combiné. J'espère pour toi que tes petites dents vont supporter le supplice que je vais t'infliger.

Tandis que la lame s'approche de moi, mon loup s'agite.

Lorsqu'elle touche ma peau, un hurlement guttural sort du plus profond de ma gorge. Le regard voilé, je cambre mon corps. C'est si violent qu'un craquement sinistre coupe mon souffle. Je tente de me libérer de cette douleur, mais mon bourreau ne semble pas de cet avis. Il retire la lame, la dépose autre part et crée par endroit des coupures qui ne veulent pas guérir. Le crépitement de l'argent modifié avec ma peau me reste dans la tête même lorsqu'il arrête la torture.

— Tu risques d'être bloqué ici pendant un long moment, sans Raphaël pour te sauver.

Il dépose ses doigts contre ma blessure boursouflée et ça me donne la nausée. Frank traîne la pointe de la lame du haut de ma clavicule jusqu'à mon nombril. Mes hurlements et les pleurs cessent lorsqu'il se lasse de jouer. Il laisse le couteau bien en évidence sur la chaise, il me laisse haletant et désorienté, toujours suspendu par les chaînes, dans la noirceur de la cave.

La torture régulière me fait perdre la notion du temps. Je pars du principe que je ne compte plus les jours, alors j'essaye de garder mon esprit clair. Parfois, je compte les petits cailloux qui jonchent le sol, ou je m'enfuis dans mes souvenirs.

La chaleur des bras de Raphaël me manque.

Même si, j'avoue, ce n'est qu'une idylle. Je suis en colère contre lui. Je n'ai aucune certitude qu'il reviendra. Il ne m'aime pas suffisamment pour me sauver. Le connaissant, il va hausser les épaules en apprenant ma disparition. Mais même ça, je n'arrive pas à supprimer le besoin de le sentir contre moi. Comme un besoin primitif d'être avec la personne qui me fait le plus de bien.

Hagard, je soulève ma tête avec difficulté, la respiration sifflante, vers la petite ouverture. Il fait jour. C'est une bonne chose, il fait moins froid en journée, surtout lorsque le soleil reflète sur l'épaisse neige. De temps à autre, la lumière se dépose sur mon corps sale et ça me réchauffe avec bonheur.

Je prends conscience qu'une fois que l'on est restreint, retrouver ce que l'on a perdu procure une euphorie vibrante. On se rend compte de la valeur des choses. En partie, la faim ne me pose plus de problème. J'ai fini par arrêter d'y penser et mon corps ne le réclame plus. Bien que mon estomac soit serré et que ma tête tourne, je n'ai plus cette obsession du début.

Malgré ça, mes côtes saillantes me dégoûtent. Je ne parle pas de l'état de mon torse. Les tortures durent depuis trop longtemps et c'est difficile de me faire une approximation des différentes blessures que Frank m'inflige.

Le cliquetis des clefs de la cellule me fait brusquement lever la tête. Il est souriant, comme d'habitude. Il ne parle pas, ce qui est étonnant, car d'habitude il a toujours quelque chose à raconter. Il se plante devant moi, il n'a pas le couteau dans ses mains. Frank décide de me toucher et il glisse ses doigts parcourir mon torse mutilé, me caressant, songeur.

— Je pense que c'est le bon moment pour passer à l'étape supérieure.

Je vais mourir. Le bruit des chaînes qui claquent dans mon crâne assourdit mes oreilles. Soudain, le regard de Frank change. Je peux y lire de la luxure. La bile me monte à la gorge. Non, je ne veux pas qu'il me regarde comme ça !

— Tout compte fait, je vais m'amuser un peu, susurre Frank.

Il n'a pas le droit. Ses mains touchent mon ventre et les glissent jusqu'à atteindre mes tétons. Un frisson de dégoût me tétanise. L'électrochoc fait vriller mes pensées et la terreur d'être violé m'étouffe. Non... Non, il ne peut pas !

— Arrête !

Mon cri est stoppé par la main de Frank qui se plaque

contre ma bouche. Je gigote, geins, tente de m'éloigner de lui, mais je n'y arrive pas. Il s'amuse en dénouant sa ceinture.

— Ta gueule, je me concentre.

Les larmes coulent alors que je sens son pénis gonflé contre ma cuisse. Il entame une série de frottement qui le fait soupirer de plaisir. Il descend sa main vers mon entrejambe, ignorant les cris et mes plaintes. Rien ne suffit à l'arrêter, il empoigne mon pénis. Je fais un mouvement en arrière, déclenchant son apothéose. Son membre contre mon ventre tremblant éjecte son sperme. Un haut-le-cœur me saisit, je penche mon visage sur le côté, tente de vomir, mais rien ne sort.

Je fais un mouvement en arrière et ça le fait rire.

— Tu es sensible, pour réagir ainsi.

— Non, non je ne le suis pas ! C'est un mouvement de dégoût, bâtard !

Son visage étonné, presque révulsé, me fait lâcher un rire incontrôlable.

— Tu as passé trop de temps avec Raphaël, claque-t-il.

À peine s'est-il tourné qu'il colle le dos de la lame du couteau sur la peau fine de mon pubis. Elle fond avec rapidité et se décolle par morceau. Mes hurlements accompagnent les cris de Frank. La résonance de la cave amplifie nos bruits.

—Je vais te le sortir de ta tête, même si pour ça je dois te mettre en pièce !

Les paroles de Frank me permettent de ne pas perdre l'esprit. Tête en arrière, la bave qui coule sur mon menton, mon corps est en proie à toute une série de tremblements incontrôlables. Il ôte la lame et regarde son œuvre avec délectation.

—J'espère pour toi que tu es content, lèche-le.

Il présente le couteau devant moi, les sourcils froncés. Les morceaux de peau me font devenir verts. J'ai envie de vomir. Qu'est-ce que j'ai fait pour mériter ça ? Je n'ai jamais blessé quelqu'un, je n'ai jamais refusé de donner de l'aide aux gens plus démunis. Je n'ai jamais voulu le malheur des gens…

— Je ne veux pas.

C'est sorti tout seul, ces quatre mots. Le regard assassin de Frank me coupe le souffle, ou est-ce son poing qui le fait ? Je n'en sais rien. Ce que je sais, c'est que je n'arrive plus à respirer. Un grognement sortant de ma gorge fait reculer Frank, qui ne s'attendait pas à une réaction aussi violente de ma part.

— Tu ne veux pas ?

— Va au diable, salopard.

Ma voix gronde. Ce n'est pas moi qui parle. Je m'en rends compte lorsque je ressens une immense chaleur et des picotements dans tout mon corps. Mon loup est trop faible pour soigner mes blessures, mais avec du repos, une douche et une bonne alimentation, je suis certain que tout ira mieux.

Non, tout a changé.

Frank me regarde d'un drôle d'air, un tic nerveux sur sa joue me fait ricaner. Ou fais ricaner mon loup. Je ressens l'excitation de la chasse. Frank est en position de faiblesse. Je veux sentir le goût de son sang dans ma bouche.

Alors que je veux tendre mon corps vers le chasseur, je suis interrompu par un de ces collègues qui entrent brusquement dans la cellule. Il est essoufflé et transpirant, couvert de sang.

— Ils sont là, ils sont là !

Frank fronce les sourcils et demande au chasseur de se calmer.

— Qui est-là ?

— La meute, la meute avec les… les sorciers… aussi… aussi le chef !

Il se tend, en position de défense. Je lâche un rire moqueur. Frank se tourne vers moi, comme s'il m'a oublié, et part sans un mot en laissant la cellule ouverte. Je soupire et regarde mes pieds bleus, déçu de ne pas avoir pu commencer ma chasse. Mon loup calme ses ardeurs et reste en second plan, prêt à attaquer s'il le faut. Je tends l'oreille et fronce les sourcils au tintamarre provenant de l'étage.

— Un éléphant, qui se balançait sur une toile toile toile,
toile d'araignée… chantonné-je.

Cette comptine me fait rire, je termine la chanson de
mon enfance. Parfois, je chante cette comptine jusqu'à
ce que je sois épuisé, j'arrive à plus d'une centaine d'élé-
phants. La toile d'araignée est bien évidemment celle de
Spider-Man, capable de tenir beaucoup d'animaux ! Je
soupire et penche la tête sur le côté. Je trouve le temps
long. Frank m'a oublié, je pense.

Une respiration hachée arrive dans ma direction. Finalement, non, il ne m'a pas oublié. Je tourne ma tête et reste
bloqué par la personne qui est à l'entrée. Je rêve ? Une
hallucination, sans doute.

— Va-t'en, dis-je, Frank va bientôt revenir et voir ton
visage pendant une séance va me faire mal.

Raphaël me regarde durement et s'approche à grands
pas. Il me touche le ventre et essuie le sperme de Frank.
Raphaël est là, devant moi. Il est réel. Je le laisse faire tandis que mon loup se détend. Les cheveux blonds et lisses
de Raphaël m'ont manqué. Son visage carré, ses yeux merveilleux, tout de lui suffit à mon bonheur.

L'engourdissement de mes membres m'empêche de tirer sur les chaînes. Je tremble, gémit et pousse mon corps
en avant pour qu'il me touche encore et encore. Mon loup
l'a reconnu. Il est réel, il est là pour moi. Pour me sauver.

— Rentrons à la maison, murmure-t-il en me soulevant
délicatement.

CHAPITRE 12

RAPHAËL

La mort de Tom m'a foutu une claque.

Deux jours dans un état de larve ont été suffisants pour me rendre compte que je suis un homme stupide. Mon employeur a été alerté du drame récent et m'a conseillé de prendre un rallongement de congé.

J'ai accepté.

Putain.

Tom va être enterré dans cinq jours et je n'ai pas la force d'y aller. Mason me harcèle depuis un moment et ça me prend la tête. Alors que je viens de prendre une douche, Mason me tend une bière que je décapsule. La chaîne de la NFL en bruit de fond, je m'assis sur le canapé. Je jette un coup d'œil au programme et ignore sciemment le policier.

Théodore me manque.

Je peine à me concentrer sur les images de la télévision. La voix nasillarde de Mason m'agace et si je dois être sincère envers moi-même, je m'en fous. Une pression dans mon bide ne me quitte pas depuis que je suis parti. Les cris des supporters me réveillent. Mason se plante devant moi et me gâche la vue, les bras croisés.

— Raphaël, tu m'écoutes ?

— Non.

— J'ai fait autant de patrouilles que j'ai pu pour coincer ces fils de putes, je n'ai rien trouvé.

Manson parle des ravisseurs de Tom. Je ne lui ai rien dit sur ce que je sais. Un chasseur ne laisse, a priori, aucune trace. Même s'il trouve l'endroit du crime, il n'aura rien de concluant. Surtout si Frank a accès à de la magie. Il ne faut pas être con pour deviner qu'il a demandé de l'aide à un sorcier. J'hésite à prendre la parole. Finalement, garder le silence n'est pas plus mal.

— Ils voulaient du fric, j'en suis sûr. Ils vont sûrement réapparaître !

Il est trop loin de la réalité. De plus, Tom n'avait rien à offrir, hormis son appartement crade dans le centre. Je me garde de lui dire. Il est assez désespéré en ce moment pour que j'en rajoute une couche. Je soupire, me redresse et demande au squatteur s'il veut une autre bière, mais il me murmure qu'il doit rentrer chez lui. Je lui souhaite bonne journée et me dirige dans ma cuisine pour abandonner ma bouteille dans un coin et en reprendre une nouvelle.

Je la décapsule avec mes dents, me tourne vers mon salon et m'arrête en voyant Zachary, le visage dégoûté, dans ma maison. Il est aussi minable que moi, dans son trench-coat trop grand, sa barbe de plusieurs jours et ses cernes foncés. Je dois être dans le même état.

— Qu'est-ce que tu fous là, Alpha ?

— Tu ne réponds jamais à ton téléphone quand on t'appelle ?

Je garde la bouche fermée, n'ayant pas le temps ni l'envie, de me disputer avec lui. Il ressemble à Théodore. Autant avant je n'avais pas pris la peine de le regarder, que maintenant, ça me frappe. C'est trop saisissant pour que je détourne le regard.

— Je réitère ma question, qu'est-ce que tu fous là ?

— Je suis venu te chercher par la peau du cou, imbécile égoïste !

Son cri de mâle alpha me fait frissonner. Non seulement il s'invite chez moi, mais en plus il gueule. Il est vraiment sans gêne. La mâchoire serrée, je retourne m'asseoir et descends la moitié de la bouteille dans la foulée.

— Une tasse de thé avec ça ? dis-je en posant ma bière sur la table basse.

— Théodore a disparu, depuis plus d'une semaine.

Mon corps se liquéfie. Je me sens blêmir. Je me redresse d'un bon, la poitrine en feu. Je vois trouble une demi-seconde, je tente de ne pas perdre pied.

— Quoi ? murmuré-je.

— Théodore a disparu, bordel t'es sourd ou quoi ?!

Zachary balance son poing dans la table basse qui se brise sous sa force. Ce n'est pas une blague. Bordel, Raphaël, si c'est une blague, de très mauvais goût de surcroît, elle doit être incroyablement bonne pour que Zachary fasse le déplacement lui-même. Je n'hésite plus. Il n'y a rien qui me retient ici, même l'enterrement de Tom. Ses dernières paroles me viennent en tête.

Va-t'en…

Va le protéger…

Aime-le…

J'enfile mes chaussures et presse Zachary. La porte d'entrée fermée, je sors mes clefs de voiture.

— Ça va prendre un temps de dingue, avec ta caisse, grommelle Zachary.

— Tu as une meilleure idée ? Je n'ai pas la vitesse d'un loup-garou et nous n'aurons pas d'avion à temps ! Alors excuse-moi, mais le mieux que je puisse faire c'est prendre la bagnole alors ferme-la et monte.

Je ne veux même pas savoir quelle idée saugrenue lui est

venue à l'esprit. M'asseoir sur le dos d'un loup géant très peu pour moi. Nous ne serons pas discrets si jamais nous devons passer par des endroits plus denses de population. Zachary continue de râler, mais il entre. Je n'attends pas et démarre en trombe, bien décidé à raccourcir les vingt-quatre heures de route en douze.

Je fais attention à ne pas me faire contrôler pour excès de vitesse dans les villes, j'écoute d'une oreille distraite la radio qui passe de la musique pop. Zachary a les bras croisés contre son torse, le visage crispé. Je peux ressentir sa peur à des kilomètres. Je ne suis pas un métamorphe pourtant, mais le malaise dans l'habitacle est tellement palpable qu'elle me fout des frissons.

— Théodore t'aime, il a passé des jours à pleurer quand tu es parti. J'ai dû dormir avec lui pour qu'il se calme et qu'il puisse dormir un minimum. Même dans son sommeil, il t'appelait.

Les soudaines révélations de Zachary m'assèchent la gorge. Il m'aime. Un arrière-goût amer me fait serrer les poings.

— Il m'aime ? Pourquoi m'a-t-il trahi avec cette putain de rituel ?

— Alice a pris Samuel et Théodore au dépourvu. Elle avait parié pouvoir te mettre dans son lit quand elle le voulait. Si elle réussissait, Théodore devait obligatoirement cesser toutes les relations qu'il pourrait entretenir. Il n'aurait pas eu de descendance, Raphaël. Samuel a accepté pour lui ce pari, mais ça s'est transformé en rituel. Théodore ressent pour toi des sentiments forts et elle en a profité, croyant qu'elle avait sa chance avec toi. C'est en gros ce que Samuel m'a avoué après que tu sois parti.

Il m'explique ensuite qu'Alice, bien qu'elle soit sa sœur, a été exilée pour ce qu'elle a fait. Un profond sentiment de vengeance me tord l'estomac. Elle doit mourir, pour ce qu'elle a fait à Théodore et à Samuel. Je vais m'en charger, même si je dois la traquer pour ça. Mon regard dur scrute la route, je dépasse les voitures trop lentes et roule d'une vitesse rapide.

— Est-ce que tu aimes mon fils ?

Sa question me pétrifie. Je l'aime ? Ça, oui. Le savoir en danger serre ma gorge à m'étouffer. Je veux déjà y être, le serrer dans mes bras et lui demander pardon. Je l'ai abandonné.

— Oui, putain, oui je l'aime.

Mes mains tremblent sur le volant, je ne veux pas jeter un regard à Zachary qui pose ses yeux sur moi. Il est en danger et moi, je suis ici, à parler avec mon beau-père ? Peu importe. Mon cœur bat dans ma poitrine douloureuse. Il va finir par sortir de mon thorax si ça continue. Arriver en Oregon, nous prenons de quoi manger et nous repartons sur les routes, Zachary au volant. Nous échangeons nos places quand l'un se sent fatigué. De cette façon, nous avançons bien plus vite.

Je n'ai jamais ressenti ce besoin viscéral de rentrer à Clearwater.

Arrivé dans les alentours de Kamloops, mon téléphone portable sonne. Je décroche sans regarder le nom, soufflant un oui faible, les yeux rivés sur la route.

— Nous avons rassemblé la meute et maman fait une crise parce qu'elle veut absolument te voir, c'est-à-dire, dans la minute.

Je pouffe de rire en écoutant Samuel qui s'offusque. Zachary a téléphoné il y a plusieurs heures pour savoir si les recherches avaient bougé. De ce fait, j'ai conseillé à Zachary de demander à Samuel de prendre la clef dans le bureau de papa et de fouiller en dessous du tapis dans cette même pièce. Il a trouvé la planque que nous gardons secrète depuis des années.

— Nous arrivons, pas le temps pour nous de nous reposer. Vous avez trouvé où est la planque ?

— Certains loups l'ont flairé, ça n'a pas été facile, on a

même dû utiliser la magie pour amplifier les odeurs.

— Dans quelques minutes, on est là, tu as les armes ?

— J'ai tout pris, j'ai même emporté la carabine de papa, tu crois que ça fera l'affaire ?

Je souris, j'ai un profond sentiment de hâte au fond de moi.

— Oh que oui !

Nous arrivons sur le territoire protégé. Les épaules tendues, l'épuisement et la tête en vrac, nous sommes accueillis par la meute et ma famille qui sont sur le qui-vive. Je prends dans mes bras maman qui me serre avec force. Soulagé, je profite de ces quelques instants de répit, dans ses bras, dans sa douceur.

— Comment as-tu pu me faire ça ? Prendre ma voiture en plus ! gronde-t-elle en caressant mes cheveux en bataille. Tu es misérable.

— Merci, maman, c'est très gentil de ta part, sait que je me le suis suffisamment répété durant plusieurs jours.

— Nous n'avons pas que ça à faire, grogne Zachary, mon fils est dans la nature !

Je hoche la tête et demande à Samuel les armes. Il me tend un gros sac que j'ouvre et en sort plusieurs choses. Deux bombes lacrymogènes que je tends à Samuel et maman ainsi que deux armes. Bien que mal à l'aise, ils en prennent un chacun. Je sors un couteau, un revolver que j'accroche à ma ceinture, je vérifie qu'il y a suffisamment de balle dans le fusil de mon père et en garde sur moi, au cas où il en manquerait.

Je ne sais pas sur quoi on va tomber, mais je veux être prudent.

Je pose l'arme sur le sol, insère deux dagues dans des lanières maintenues sur mon torse tout en accrochant une bombe fumigène à celle-ci. Je prends un petit canif que je glisse dans ma botte, vérifiant si tout est bien accroché et accessible. Lorsque les loups sont transformés et que mes armes sont en sécurité dans le coffre, nous partons dans les bois.

Les loups traqueurs en tête, nous les suivons dans un

silence religieux où même les animaux environnants ne pipent mot. Du coin de l'œil, je vois Samuel et maman murmurer des incantations difficiles et soudain, mon esprit se détend. Mes idées sont plus claires, je me sens bien, apaisé. Une bulle de protection, de chance et d'apaisement. Voilà qui devrait nous aider. Tous les loups sont détendus, prêts pour la chasse qui les attend. D'un sourire mesquin, une délicieuse excitation me prend à la gorge.

J'arrive, mon amour.

Le bâtiment désaffecté d'une ancienne usine de menuiserie se dresse devant nous. Ça fait tache dans le décor. Maman s'approche de moi et me murmure que les loups ont flairé Théodore ici. Je hoche la tête.

— Il faut un groupe du côté gauche et un autre du côté droit du bâtiment. Un autre groupe entre par l'avant, murmuré-je à Zachary, le loup le plus massif.

Le loup grogne, mais semble hocher la tête. Un moment de battement permet aux deux groupes de se former avec un sorcier de chaque côté. Je reste avec Zachary et plusieurs bêtas avancent lentement, guettant de tous les côtés. Rapidement, les premiers chasseurs commencent à nous tomber dessus et les loups réussissent à les éliminer sans un réel problème. Zachary bondit sur la droite, arrachant la tête d'un chasseur qui est apparue sur mon côté gauche. Un jappement de douleur venant d'un loup me fait réagir au quart de tour. Je sors une dague et la lance avec force entre les deux yeux d'un collègue de chasse qui a blessé sévèrement le loup.

Nos échanges d'aides continuent un petit moment, jusqu'à ce qu'aucun chasseur ne se montre. Les trois groupes se rejoignent, ils ont également dû se battre aux vues des taches de sang éparses sur leurs vêtements et pelages.

— Je vais chercher Théodore, Zachary, il faut fumer cet enfoiré de Frank, cherchez-le avec les autres.

Un nouveau grondement me fait sourire, mais trop tard, je suis parti. Un creux dans mon estomac me pousse à me dépêcher. Soudain, Frank arrive devant moi avec un chasseur à ses côtés. Celui-ci se tourne dans le sens opposé, voulant fuir. Je me saisis de la carabine et tire plusieurs fois sur le trouillard qui s'échoue au sol. Je porte mon arme sur Frank qui est tétanisé.

— T'es mort.

Une supplication et une balle dans la tête plus tard, Frank, les yeux révulsés, tombe à mes pieds. J'emprunte la porte d'où ils sont sortis et descends d'un étage. L'odeur de renfermé et de vomi me retourne l'estomac. La mâchoire serrée, je me dépêche de trouver Théodore. Je fouille dans toutes les cellules aménagées, ma vision se trouble lorsque mon regard trouve enfin mon amour.

Le corps suspendu dans le vide, il a les épaules déboîtées et le torse couvert de blessures de torture. Le regard lointain, il semble étonné de me voir. Puis, il me demande de partir. Je m'approche de lui, le soulève pour alléger ses épaules et lui murmure que nous allons rentrer à la maison.

Théodore perd connaissance et je peine à le détacher.

Il l'a agressé sexuellement. Frank a osé le toucher. Je réprime ma haine et je me préoccupe de Théodore qui se laisse aller dans mes bras. Zachary m'a suivi à l'odeur et est désemparé de voir son fils dans cet état. Il m'aide à le détacher, me suppliant de faire attention. Pendant toute la route, la meute est aux petits soins, jurant contre Frank et se culpabilisant chacun leur tour.

CHAPITRE 13

RAPHAËL

Ça fait à peine dix minutes que nous sommes rentrés que déjà, les cris fusent de toutes parts. Alors que Zachary grogne contre les loups, que Samuel demande à voir Théodore et que maman devient hystérique, je m'enferme dans la chambre de mon protégé.

Je le dépose délicatement dans son lit, toujours endormi, le corps blessé. Je me dépêche de prendre une bassine d'eau mousseuse dans la salle de bain. Un gant de toilette et une serviette sur mon épaule, je fais attention à ne pas renverser le contenant. Samuel apparaît devant moi, les sourcils froncés.

— Maman ne voulait pas que je vienne, grommelle-t-il.
— Tu veux être utile ?

— Oui.

— Va chercher la pommade dans le troisième tiroir du bureau de papa ainsi que les sédatifs pour les loups, ça va servir à guérir les blessures de Théodore.

— La pommade c'est celle que tu m'as donnée pour ma brûlure ?

— Oui, c'est un récipient en argent.

Samuel hoche la tête et se tourne pour descendre les escaliers. Je soupire et me débrouille pour ouvrir la porte avec mon coude. Je répète la même opération pour la fermer et je m'approche de Théodore en silence. Je pose la bassine sur le sol avec les tissus sur le côté, je m'assieds à ses côtés et glisse une mèche de ses cheveux sale derrière son oreille.

— Théo, murmuré-je. Je te promets, je vais faire attention, je vais être doux, mais ça risque de te faire mal. Ça ira mieux avec la pommade.

Je sais que Théodore ne m'entend pas, mais j'espère que son loup lui m'entend. Ça va m'éviter des sursauts, des coups de griffes et le risque de lui faire bien plus de mal.

Je prends le gant de toilette et commence à rafraîchir son visage. Je passe aussi sur ses cheveux et je souris en me souvenant de cette même scène avant l'enfer. Je descends à son cou et je retire le gant. Je passe mes mains à cet endroit, les sourcils froncés. Ses épaules déboitées risquent de lui faire très mal à long terme et je crains que s'il se réveille, la douleur va être encore plus forte. Alors que je termine de le laver, Samuel entre dans la pièce suivie de Zachary à ses talons.

— Alors ?

— Le pire je crois que c'est les épaules, les brûlures vont guérir avec la pommade, dis-je.

Samuel s'approche et pose la boite en argent sur la table de chevet ainsi qu'une pochette noire avant de partir, le visage angoissé. Zachary s'assied au pied du lit et pose sa main sur la cheville de son fils.

— Qu'est-ce qu'on peut faire ? Il n'y a aucun médecin qui est dans la confidence sur notre état de métamorphe.

Un humain risque de poser bien trop de questions, soupire Zachary.

— Je peux remettre ses épaules en place, mais il me faut de l'aide.

Zachary fronce les sourcils lorsque je lui demande une écharpe. Il fouille dans les affaires de son Théodore avant d'en trouver une. Je sors de la pochette noire une grosse seringue et une fiole fermée. Je récolte le produit et retire l'air qu'il contient.

— Je peux savoir ce que tu fous avec cette merde ? gronde Zachary.

— Tu ne veux pas que ton fils souffre le martyre, n'est-ce pas ?

Il me regarde avec méfiance, le visage dur et menaçant. Je soupire avant de prendre le bras de Théodore.

— C'est un puissant sédatif. C'est ce qu'on utilise pour vous assommer lorsque nous partons en chasse. Ça lui permettra de dormir pendant un petit moment et il ne ressentira rien des soins qu'il subira, dis-je, c'est comme une anesthésie générale si tu préfères.

Zachary semble se détendre et me laisse faire l'injection. Lorsque les muscles de Théodore sont moins crispés, je me lève du lit et dépose la seringue à côté de la boîte en argent.

— Ce qu'on va faire c'est que l'écharpe devra être autour de la poitrine, en dessous de son aisselle et remonter le tissu à hauteur de son cou. Tu tireras sur l'écharpe pour le maintenir le plus immobile possible.

Zachary se met en position, les sourcils froncés par la concentration. Il tire bien sur l'écharpe une fois celle-ci placée autour de Théodore. Conscient que c'est une étape plus compliquée pour le père, je prends la parole.

— Au fait, j'aimerais me faire Théodore.

Il n'a pas le temps de dire quoi que ce soit que je tire d'un coup sec le bras de Théodore vers le bas et l'extérieur. Son épaule se déplace d'une position plus naturelle. Le bruit des os qui s'entrechoquent fait taire Zachary, qui a compris cette manœuvre.

— Par contre, jamais, chasseur.

Le visage colérique de Zachary ne laisse pas place à l'imagination. Si je touche à son fils, je suis mort. Je laisse échapper un ricanement et je le préviens qu'il faut s'occuper de l'autre épaule. Il ronchonne pendant le changement de position. La même manœuvre, je n'ai pas besoin de lui changer les idées.

Après cette épreuve, il me laisse avec Théodore. Je lâche un rire lorsque je l'entends me menacer une fois la porte fermée. D'un coup d'œil sur le corps nu de Théodore, je soupire. Il n'y a rien de pire que de le voir aussi malmené par le laurier et l'argent de la lame que Frank a utilisée.

Je dégage l'écharpe et je me saisis de la boîte. Une odeur douce d'essence de lavande et de plantes me fait sourire. Maman aime placer cette plante dans tout ce qu'elle fait. La lessive, les odeurs de la maison, mais aussi ses baumes et ces produits d'hygiène. Même sa magie en est imprégnée. J'en prends une noisette et chauffe la pâte avant de délicatement la déposer sur la peau de Théodore. Je commence par ses clavicules, formant des cercles, appuyant par endroit. Je masse ses épaules et fais attention à insister aux endroits où les muscles ont pu être déchirés.

Le temps passe à une vitesse effroyable et lorsque je me rends compte que j'arrive à ses hanches, j'amplifie mes cercles. Je parcours la peau de Théodore et je passe sur les os de son bassin, touchant son aine jusqu'à ses cuisses. Me positionnant entre ses jambes, je pose à plat mes mains sur l'une d'elles.

Théodore remue lorsque j'appuie sur un nerf plus tendu à son pied, il soupire. Il se réveille. C'est une bonne nouvelle. Je continue mes massages, à son autre jambe cette fois et je m'en rends compte une fois arrivé à sa cheville qu'il est entièrement réveillé. Il me regarde en silence, troublé.

— Tu es revenu, croasse-t-il.

Je n'ouvre pas la bouche et continue mes massages sur son pied. Il ferme les yeux et soupire. Lorsque c'est terminé, je lui murmure de se mettre sur son ventre. Il fronce les sourcils, jette un coup d'œil sur son torse avant de se tendre.

— Je n'ai plus rien…

Il passe une main sur sa peau fine, seules quelques petites cicatrices subsistent encore. Ce sont celles qui sont trop profondes pour être réparées entièrement.

— Ta capacité de guérison dépasse l'entendement. La pommade a beaucoup aidé.

Théodore me regarde d'une drôle de façon, avant de se tourner avec mon aide.

— Qu'est-ce que tu fais ?

— Je te masse, ça va te faire un bien fou, demain tu pourras bouger.

Je pose mes fesses contre les siennes sans y mettre tout mon poids et j'applique la pommade sur mes mains. Je les pose sur ses omoplates, il sursaute avant de pousser une plainte.

— Tout va bien ? dis-je inquiet.

— Bon dieu, continue et tais-toi.

Cet ordre me laisse pantois, mais me fait sourire. Cette mixture a toujours un effet aussi étonnant. Elle aide beaucoup pour les blessures trop importantes et elle est utilisée en tant que baume pour massage. Ça permet une régénération complète au niveau sanguin et musculaire. Elle relaxe en grande partie les nerfs, les muscles et la respiration. Le baume n'est pas dans le commerce, car il est trop dangereux. Considéré comme aphrodisiaque, il peut très vite devenir une drogue.

— Raphaël… gémit Théodore.

Ça a un effet fulgurant sur mon pénis qui se dresse comme un chien voulant un os. Bordel de merde. C'est quoi ce dévergondé ? Bouche entrouverte, les yeux à demi clos, la respiration haletante et le rouge aux joues, je ne peux m'empêcher de contempler Théodore. Lentement, je passe mes larges mains sur son dos, appuyant mes pouces sur sa colonne vertébrale, mes bouts de doigts bougent à un rythme soutenu.

Quand j'arrive à ses reins et que j'y mets plus de force,

le bassin de Théodore se soulève. Les yeux pétillants, je regarde avidement les réactions de l'oméga qui se fait plus empresser. Son bassin bouge langoureusement contre moi, propageant une chaleur brûlante sur mon bas ventre jusqu'à mon gland. Ma respiration bloquée, je sens mon visage rougir lorsqu'il soupire mon prénom.

— Fais-moi l'amour… Raphaël…

Je ferme une demi-seconde mes yeux avant de bouger mon bassin pour me placer plus bas sur ses cuisses. J'essaye d'ignorer tant bien que mal ses appels. J'ai ce malaise au fond de la gorge. Ce que je fais n'est pas bien, il s'est fait agresser bon sang ! Je ne veux pas réitérer ce que Frank a fait. Le salir de cette manière… Tandis que Théodore geint, je me lève et me couche à ses côtés.

— Non… Continue… souffle-t-il.

Son visage tourné vers moi, je reste figé par les larmes qui brouillent ses yeux.

— Je ne peux pas, dis-je d'une voix rauque.

— Tu ne m'aimes pas…

Je suis tétanisé par son affirmation. Alors qu'il enfouit son visage dans le coussin, je glisse ma main sur son flanc et le tire contre moi. Son cou à hauteur de ma bouche, je trace un chemin avec mes lèvres jusqu'à la naissance de son oreille. Je prends la parole d'un murmure, appréciant les frissons qui le font trembler.

— Je ne veux pas que tu aies peur de moi.

Théodore se tourne brusquement vers moi, cognant sa tête sur la mienne. Une plainte sort de nos bouches au même moment, malgré ça, il fronce les sourcils, la bouche pressée, mécontent.

— Je veux que tu me touches Raphaël !

— Mais Frank…

— Non ! crie-t-il, je ne veux pas que tu parles de lui… Tu n'es pas comme lui…

Il agrippe ma main et la porte à sa bouche. Il l'embrasse, la sent et la caresse.

— Fais-moi l'amour… Efface les traces que cet homme a laissé sur mon corps, murmure-t-il.

Les larmes coulent de ces joues. Je m'empresse de presser nos lèvres l'une à l'autre, poussant un soupir de bonheur lorsque cette bouche tendre répond à mon baisé. Elles sont douces et ont le goût de larmes et de sucres. Le corps tremblant de Théodore grimpe sur moi. Les mains sur ses pommes rondes, je le sens se tendre. Je quitte ses lèvres et glisse ma bouche à son cou jusqu'à son oreille. Je réponds à sa demande d'un souffle qui le fait tressaillir. Je dépose ma langue contre son lobe. Dans le même mouvement, l'une de mes mains malaxe ses fesses tandis que l'autre touche son flanc d'une caresse légère.

Entre mes bras, Théodore n'est que gémissements. Je continue d'une main paresseuse mon massage et j'embrasse à l'aide de mes lèvres et de ma langue son cou. Je glisse mes mains dans son dos et j'entends les plaintes et les soupirs étouffés de Théodore. Son corps courbé, sa respiration laborieuse, je ricane. L'avoir contre moi, aussi naturel et offert, remue quelque chose en moi.

Mon amour est là, en sécurité, dans mes bras.

Soudain, les paroles de l'Alpha m'indiffèrent. Je veux Théodore. Le voir dans cet état explose une chaleur bienvenue dans mon torse, mêlant mon excitation et la hâte de faire de lui l'homme de ma vie.

— Est-ce que c'est bien si je fais ça ? dis-je en passant ma main entre ses cuisses nues.

Mes doigts touchent ses couilles pleines et les malaxent avec minutie, frôlant son pénis érigé. Ma bouche contre ses lèvres, je souris lorsque ses murmures m'appellent. Il remonte ses fesses et colle son entrejambe contre mon bassin. Je lui fais profiter d'une préparation délicate. Avec du lubrifiant, je prends le temps d'insérer un doigt à l'intérieur de lui pour ne pas le blesser. Plusieurs minutes passent alors que je l'embrasse et lui caresse son membre perlé qui palpite dans ma main. Je lui change les idées par des murmures langoureux, des mots d'amour et de tendresse.

Je suis amoureux de lui et faire ces gestes, dire ces mots et ressentir ces choses amplifie mon amour pour lui. Au diable mon père, la coalition et tout ce qui tourne autour de la guerre entre ma famille et les loups-garous. Les bras de mon amour autour de moi repoussent toutes ces années de mépris et de souffrance.

— Est-ce que tout va bien ? dis-je avec chaleur.

Théodore tourne la tête, les larmes aux yeux, il laisse échapper un son érotique.

— Je te veux… s'il te plaît… viens…

Je relâche la pression. Soulagé, j'embrasse son épaule. Je ne veux pas qu'il souffre à cause de mon anticipation. Alors qu'il ondule ses hanches, d'un mouvement langoureux, j'ôte mes habits et enfile un préservatif avec du lubrifiant sous le regard brûlant de Théodore. Je ricane lorsqu'il commence à froncer les sourcils, les lèvres pincées. Je peux même croire qu'il va m'insulter à cause du temps que je prends.

— Tu es certain ? dis-je brusquement.

Il soupire, se retourne et croise les bras contre son torse. Cette position est à la fois hilarante et totalement sexy. Son membre tendu et son visage colérique gonflent mon pénis au point que j'en ai mal.

— Bordel, Raphaël, je dois te le dire en quelle langue pour que tu comprennes que je veux ton sexe en moi ?

Ça a le mérite d'être clair. Visiblement trop lent à son goût, il écarte ses jambes et essaye, avec ses cuisses, de placer mon pénis à l'intérieur de lui. Je pouffe de rire, amusé par son comportement. Mon visage à quelques millimètres de lui, il murmure.

— J'ai besoin de toi…

Je pose mon front contre le sien, soulève son bassin à bonne hauteur et entre avec lenteur entre les chairs étroites de Théodore. Le souffle coupé, j'arrête à mi-parcours et observe les réactions de mon amant. La tête penchée en arrière, ses bras autour de moi, agrippant mon dos, un profond râle sort de sa gorge. Ça pulse à travers ma zone érogène par mon excitation intense.

— Raph'… Tu n'arrêtes pas… Je peux…

Il ne faut pas me le dire deux fois. Cette sensation est beaucoup trop bonne pour m'arrêter. Mon ascension à l'intérieur de lui est brûlante. Nos corps unis, ma respiration hachée correspond à celle de Théodore. Nous nous complétons, nous nous aimons. Ce simple contact ouvre une vanne à l'intérieur de moi qui explose. Je ressens l'amour de Théodore et je lui communique aussi.

Nous sommes faits l'un pour l'autre.

Nous entamons ensemble des mouvements libérateurs. Mon visage contre le cou de Théodore, j'agrippe ses fesses et passe mes mains sur ses flancs. J'embrasse parfois son cou, sa mâchoire, ses lèvres. Je le goûte, le lèche, le suce. Je ne veux plus bouger, j'ai enfin trouvé ma place dans ses bras. Le seul endroit où je me sens chez moi, où je me sens bien.

Notre étreinte ne s'arrête qu'une fois nos deux corps rassasiés. Couché contre son torse, mes yeux dans le flou, j'écoute le cœur de Théodore battre d'une vitesse moyenne, souriant lorsque sa respiration se fait plus lourde. Sa main nichée dans mes cheveux, il se laisse faire quand je passe une main distraite sur sa cuisse. Mon nez imprégné de son odeur, je ferme les yeux.

CHAPITRE 14

THÉODORE

Je n'ai jamais imaginé à quel point ça peut être fatigant de faire l'amour. Je me sens bien. Courbaturé, mais bien. Allongé sur le lit, j'ouvre les yeux. D'un air songeur, je fixe plusieurs secondes le plafond avant de froncer les sourcils. Il me manque quelque chose. Je tourne doucement la tête en direction de la fenêtre d'où émane d'une vive lumière. Raphaël n'est pas là.

J'ai mal partout.

Bon sang ! La bouche ouverte, l'air d'une larve, je peine à lever un bras. J'ai chaud et en plus, il n'est pas là. Il n'est pas là ! Il a fui ? Il n'a pas aimé ? Il est reparti en Californie sans rien dire ? Une profonde angoisse m'oblige à me lever malgré la douleur. Ça sent divinement bon. Le sexe.

Ça sent notre odeur. Nous. Notre odeur, rien qu'à nous. Un amour profond me fait fermer les yeux, un sourire débile scotché aux lèvres. Je me redresse d'une lenteur déconcertante.

Je n'ai pas fait de cauchemar.

Lorsque Raphaël est parti, j'ai subi des cauchemars effroyables à répétition. Il m'abandonnait, encore et encore, sans que je ne puisse faire quoi que ce soit pour l'arrêter. Ma gorge sèche, je pose un pied au sol. Je veux le voir.

J'enfile un boxer puis me dirige vers le couloir, descend les escaliers et lorsque j'arrive dans la salle à manger, Raphaël a une tasse de thé dans les mains, assis, les sourcils froncés. Il n'est pas parti, finalement. Cette enflure m'a niqué le dos. Bon, il n'a pas fait que ça. Inspire, expire. Tout va bien. Il est ici. Bon sang, Raphaël est là, devant moi. Les larmes aux yeux, je m'approche de lui et l'arrête dans sa lecture. Je grimpe sur ses jambes et pose mon visage contre son cou. Après quelques instants à m'imprégner de son odeur, je souris.

— Tout va bien, amour ?

Mon cœur va lâcher. Je glisse mes doigts sur son torse tonique, murmurant que oui, tout va bien maintenant qu'il est là. Le rire de Raphaël anesthésie mes sens et m'enferme dans une bulle de tendresse et de protection. Un simple mouvement de tête précipité a suffi pour que nos lèvres s'écrasent l'une contre l'autre, je gémis de bonheur. Nos mains cherchent un contact plus appuyé, désespéré, Raphaël glisse ses mains contre mon dos.

Bordel. Elles sont divines.

Lorsqu'elles descendent à la naissance de mes fesses, un cri d'extase est étouffé par notre baiser. Elles glissent l'une contre l'autre, s'ouvrent, se fondent dans un mouvement de luxure. Lorsque nos langues se frôlent, une violente décharge électrique parcourt ma colonne vertébrale, quémandant plus. Brusquement, je me fais coller contre la table, les hanches de Raphaël percutant contre mon entrejambe.

Le désir me fait trembler alors que je tente de rapprocher nos corps l'un à l'autre. Chaudement, ma respiration devient de plus en plus erratique, en proie à un millier de sensations précipitées. Mes mains viennent se nicher dans les cheveux de mon amant qui lâche un souffle saccadé lorsque je tire dessus. La chemise de Raphaël se soulève, je profite pour passer mes doigts contre son ventre et en découvre un peu plus à chaque seconde qui passe.

Je mordille sa lèvre inférieure et j'expire lorsque l'un de mes tétons est malmené. Raphaël incline la tête et brise le baiser, ses lèvres se déplacent vers le bas, traversant ma mâchoire jusqu'à mon cou. Je laisse un soupir étranglé sortir, je ferme les yeux et profite de l'étreinte et de l'attention de Raphaël. Les lèvres humides se pressent contre la peau fine du lobe d'oreille, entamant un rythme plus lent, plus intime.

Exhalant des bouffées d'air irrégulières, je lutte contre mes émotions afin de ne pas perdre le contrôle. Nous savons tous les deux que si ça continue, nous ne nous arrêterons pas. C'est dans cette optique que je pose mon front contre le torse de Raphaël, gémissant lorsque les mains de mon amant quittent mon corps. Un raclement de gorge me fait sursauter.

Rose.

— Je ne voudrais pas arrêter vos ébats, mais il faut que l'on discute de ce qu'il s'est passé en Californie, Rapha.

Je le sens se tendre. Il m'aide à descendre de la table et arbore son habituel regard froid. Un sentiment de bonheur me bouffe le torse, heureux qu'il montre son désir, son amour, rien qu'à moi. C'est stupide et possessif, mais je m'en fous.

— Tom est mort, maman, il a sauvé Théodore.

Zachary entre dans la pièce, le visage crispé. Il plaque ses bras croisés contre son torse, et ne semble pas enclin à la discussion civilisée.

— Explique-toi correctement, gronde l'alpha.

— Lorsque je suis parti en Californie, Tom m'a expliqué les machinations de Frank, son but et son désir de me voir mort. Le problème est que plus il donnait d'informations, plus son corps mourrait.

Rose fronce les sourcils. Elle s'installe sur l'une des chaises pour faire le point sur ses idées. Suivant le mouvement, je ne fais pas attention au bras de Raphaël qui encercle mon bassin. Avec un sourire aux lèvres, je me colle contre son flanc tandis qu'il m'emporte avec lui, s'asseyant sur une chaise. Je pose mes fesses sur ses cuisses et colle mon dos contre son torse. J'ignore royalement le grondement de mon père.

— Il voulait la place de chef et avoir le contrôle.

Les explications qui s'en suivent me crispent. J'essaye de me fondre dans la peau de Raphaël alors qu'il passe sa main sur mon ventre, survolant mon nombril.

— Comment peut-on mourir de cette manière ? demande Zachary.

— Frank a fait appel à un sorcier pour bloquer les informations que Tom a engrangées durant son enfermement. Puis vous connaissez la suite, Zachary est venu me chercher, nous sommes rentrés et nous avons démantelé l'organisation de Frank.

Je glisse mon visage dans le cou de Raphaël et j'hume son odeur. Mon amour est venu pour moi, me protéger, me sortir de cette torture. Mes mains dans son dos, je sens ses frissons lors de mon passage sur le creux de ses reins. Je peux encore sentir les mains de Frank sur moi. La respiration bloquée, je glisse les miennes sous la chemise de Raphaël et entame une série de caresses. Sa chaleur sous mes doigts m'apaise. Elle irradie mes sens, si bien que j'ai du mal à suivre la conversation. Je suis à la maison, tout va bien maintenant. La présence diffuse de mon loup encercle mon être et protège mon mental, sans lui, je pense que je serais en train de pleurer sous ma couverture. Je le remercie intérieurement et un grondement dans ma poitrine me fait sourire.

— Oui d'ailleurs à ce propos, quand je te demande de ne pas toucher à mon fils, je souhaiterais que mon ordre soit appliqué, grogne Zachary.

— Comment ça un ordre ? se moque Raphaël, je ne suis

pas un loup, à ce que je sache, alpha.

Les vibrations de la voix de Raphaël contre mon oreille me font rire. Je peux sentir le regard de papa sur nous, il n'est pas très content, mais je peux deviner qu'il n'est, en réalité, pas en colère. J'ai son approbation même s'il ne va pas le dire. Nos loups se comprennent, communiquent. Rose prend la parole et ignore la tension ridicule entre Raphaël et papa.

— Avec un sorcier à ses côtés, Frank aurait très bien pu avoir le pouvoir rapidement, surtout si c'est un sorcier noir.

— Un sorcier noir dans votre congrégation est directement exilé si je me souviens bien, murmure Raphaël, donc ce serait plus simple de trouver de qui nous devons nous méfier.

Rose reste silencieuse, plongeant son regard dans sa tasse de café. Samuel qui a rejoint la cuisine il y a quelques minutes vient prendre un pancake tout en souhaitant le bonjour à tout le monde.

— Quoi qu'il en soit, cette histoire est terminée et je compte profiter de ce moment de répit avec Théodore.

Alors que nous nous redressons, l'alpha racle la gorge. Un frisson me saisit. Mon instinct me dit qu'il ne va pas en rester là. En effet, il prend la parole.

— J'aimerais parler avec mon fils, tu l'as suffisamment eu pour toi ces dernières heures.

Je sens Raphaël s'apprêter à protester. Je quitte la chaleur des bras de mon compagnon, l'embrasse avec délicatesse et je pars avec mon père. J'entends Samuel ricaner et dire à Raphaël de ne pas bouder. Un sourire fleurit sur mes lèvres. C'est absolument adorable. Lorsque nous sommes à l'étage, papa me demande de m'habiller et ensuite de le rejoindre dans son bureau.

Je fais ce qu'il me dit. J'enfile un jeans serré, une simple chemise et un pull. Apprêté, je toque à la porte du bureau de mon père, puis j'entre lorsqu'il m'autorise à le faire. Je m'assis en face de lui, baisse la tête et joue avec mes doigts. Je sais que je ne vais pas me faire engueuler, mais je suis nerveux. Qu'est-ce qu'il va me dire ?

— Je suis certain que je ne peux rien faire pour te séparer de Raphaël.

Mon cœur rate un battement ? Quoi ? Il veut que je me sépare de lui ? Je me lève de ma chaise, le visage rouge de colère.

— Pas question, il faudra me tuer avant !

Il est sorti tout seul. J'ai cru l'avoir prononcé dans ma tête. Ma voix, bien que légèrement fluette, c'est d'instinct alourdi, grondant. Une pression à l'intérieur de moi me pousse à me rétracter, à me calmer, mais je ne veux pas. Je reste debout, les mains serrées, le visage colérique. C'est la toute première fois que je défie l'autorité de mon père, la toute première fois que je me dresse contre lui.

— Tu l'aimes réellement alors, murmure-t-il.

Mon loup s'affranchit et se dévoile par mes yeux bleu luisant. Mon père blanchit et fixe mes billes.

— Qu'est-ce qu'il s'est passé dans cette cave ?

L'alpha se lève, les poings contre la table, les sourcils froncés. Mon loup garde les yeux posés sur le visage de l'alpha, le défiant sans aucun problème. Il y a quelque chose qui cloche, ce n'est pas normal.

— Je veux bien croire que c'est ton marquage avec Raphaël qui t'influence, car c'est une personne avec un caractère exécrable, mais ton loup ne devrait pas réagir comme ça. Alors je te le répète, Théodore, que s'est-il passé là-bas ?

Les images de cette enflure me donnent envie de gerber. L'Alpha doit savoir ce qu'il s'est passé et même si ça me fait chier, je dois le faire. Je n'ai pas le choix. Pour le rassurer. Raphaël est avec moi, il m'accompagne et je suis certain de pouvoir m'en sortir. De plus, mon loup a l'air de vouloir m'aider dans cette démarche.

Nous restons une demi-minute à nous regarder, puis je lui explique. Mon loup a été contraint d'accepter d'être blessé, d'être aussi fort qu'un loup d'un plus haut grade. Il soupire, s'affale sur son siège et passe une main paresseuse sur son nez.

— Tu as réussi à détacher les chaînes qu'un oméga reçoit à la naissance, souffle-t-il. Pour comprendre plus simplement, tu n'as plus d'obligations. Tu n'es pas considéré comme un Alpha, mais le tempérament de ton loup a changé. Tu es toujours un oméga, mais tu pourras faire ce que tu veux, faire les choix que tu veux. Si je m'interpose, nous risquerons de nous entretuer, car mon loup va penser que tu convoites la place d'Alpha.

Je reste silencieux et je cherche à comprendre ce que ça signifie. Finalement, ma présence dans la meute risque de compromettre sa hiérarchie.

— Que faisons-nous ? dis-je.

— Je ferai de mon mieux pour ne pas interférer dans tes projets, cependant, si en tant que père, je trouve quelque chose à y redire, nous prendrons le temps de discuter.

J'hoche la tête et lui demande si je peux partir, il accepte et je sors de son bureau. Je dévale les escaliers et ronchonne lorsque je ne trouve pas Raphaël dans la cuisine. Seule Rose y est.

— Ils sont dehors, ils coupent du bois.

Je la remercie et me dépêche de le rejoindre. Lorsque j'entends la voix de Samuel, je ralentis et tends l'oreille.

— J'ai une question.

Raphaël coupe un rondin, avant de se tourner vers Samuel et lui fait signe de poursuivre.

— Tu aimes Théo ?

Je reste bloqué sur cette question, le souffle coupé. Raphaël arbore un immense sourire, il dépose la hache, essuie ses mains avec un torchon avant de prendre la parole.

— Oui Sam, j'aime Théodore.

Samuel passe une main dans ses longs cheveux blonds, les sourcils froncés avant d'expirer bruyamment. Je patiente encore un moment, me cachant derrière un arbre. Ce n'est décidément pas correct, mais je veux en être certain. Nous avons fait l'amour, j'ai le droit de savoir même si Raphaël ne me le dit pas à moi.

— Tu aimes Théodore ? Tout simplement ?

— Oui, pourquoi tu poses cette question ?

— Oh je ne sais pas, tu es parti tellement soudainement

que tout le monde pensait que tu n'en avais rien à foutre de mon meilleur ami.

— Sammy…

— Non ! Qu'est-ce qu'il s'est passé ?

Raphaël mordille l'intérieur de sa joue, avant de prendre à nouveau sa hache. Il abat celle-ci sur le bois, dégage la souche et reprend un autre rondin. Il finit par soupirer.

— Il s'est passé que je me suis rendu compte que je ne pouvais plus vivre sans lui, Sam. Si je dois choisir entre me donner la mort pour lui ou continuer à vivre égoïstement alors qu'il souffre, je n'hésiterai pas. Je me suiciderais.

J'ai comme un poing dans mon ventre à l'entendre. Il… Raphaël est prêt à mourir pour moi. Les larmes aux yeux, j'inspire profondément pour ne pas craquer. Il faut que je me calme.

— Dis pas ça, pas à la légère, s'il te plaît, murmure Samuel.

— Je suis amoureux. Que veux-tu que je te dise à part que ça me bouffe de l'intérieur ? Je pourrais l'ignorer, mais ça reviendrait à m'étouffer. Je peux tout lui céder, je l'aime au point de renier les valeurs que papa m'a enseignée.

— Merde alors…

— Promet moi une chose Sammy, promet moi de toujours veiller sur lui, même si je venais à mourir.

— Raphaël…

C'est la phrase de trop. J'embarque Raphaël avec moi en lui saisissant le bras et le conduisant à l'intérieur de la maison, dans notre chambre, dans notre cocon.

CHAPITRE 15

RAPHAËL

Les épaules détendues, je presse le corps de Théodore contre le mien dans un soupir érotique. Il est là. Enfin.

— Tu as été long, grommelé-je.

— Je suis là maintenant.

Un gonflement chaud s'intensifie à mesure que les secondes passent. Nos bouches se rencontrent lorsque la porte de la chambre de Théodore se ferme. Mon amant glisse son visage vers mon cou et y laisse quelques baisers humides le long de ma mâchoire.

Bordel.

Il aspire la peau sensible de mon cou et des sons remplis de plaisir sortent de ma gorge. Théodore me guide à travers la chambre et me jette dans le lit. Je me redresse avec mes coudes, tandis qu'il s'assit sur mes cuisses. L'air victorieux de Théodore me fait rire. À nouveau, ses lèvres se pressent contre les miennes tandis que ses mains soulèvent ma chemise. Je ne l'aide pas à ôter mes vêtements. J'aime le voir galérer et son visage concentré et impatient gonfle mon sexe. Une partie de mon boxer enlevé, il reste bloqué quelques instants, les yeux rivés vers ma cuisse, les sourcils froncés.

— Je veux savoir ce que c'est.

Il touche un point sensible, ma cicatrice, la marque de ma famille. Ma respiration bloquée, je me fige. J'avale avec difficulté ma salive et je regarde plusieurs fois la marque et Théodore, conscient que je ne peux pas me dérober.

— Je ne l'ai pas remarqué hier…

Je pose mes mains sur les jambes de Théodore, je le soulève et je me redresse, loin de son regard. Face à lui, j'inspire profondément. C'est le moment. Je n'ai jamais imaginé à quel point ça peut être difficile d'avouer mon passé. Tout semble normal pour moi, ces cicatrices, ces brûlures.

— Raphaël…

— Je vais te le dire, mais s'il te plaît, ne dis rien et écoute…

Il hoche la tête, le visage grave. Je ferme les yeux et me retourne. Théodore lâche un cri de stupeur face à mon dos jonché de cicatrices qui rend mon dos bossu. Les poings serrés, je racle ma gorge.

— Mon père me punissait avec la boucle de sa ceinture, quand elle venait à céder, il y avait les cordes nouées qui fonctionnaient. C'était pour m'apprendre à ne pas pleurer, à ne pas me plaindre et accepter la souffrance. Ça a été douloureux, mais je suis résistant à la torture et aux blessures graves.

Je l'entends se déplacer par les froissements que ses vêtements font. Lorsque les bras de Théodore m'entourent et que son corps et son visage se posent contre mes cicatrices, je me détends.

— Il voulait me rendre plus fort et souvent, je me retrouvais en sang dans la remise d'armes. Maman ne l'a jamais su. C'était l'entraînement et tout ce que papa faisait, maman ne devait pas le savoir. De toute façon, elle s'en fichait. Elle ne s'en préoccupait pas…

La pièce lugubre me vient en mémoire, c'est comme-ci que mon corps est transposé dans cet endroit. Les carabines accrochées sur les murs y trônent par dizaines. Les balles en argent qui traînent sur la table d'outillage tombent alors que je me hisse sur celle-ci. Le dos perlé de sang me brûle et je peine à trouver une respiration adéquate. J'ai cette sensation que plus je respire, plus la douleur s'amplifie. La ceinture tâchée de sang gît sur le sol. Je regarde l'arme avec dégoût, comme si elle était responsable de tous mes malheurs.

— La marque que tu as vue est là pour me rappeler chaque jour mon appartenance à la famille Nore. La torture que j'ai endurée a permis de libérer quelque chose en moi qui n'étais pas censé se dévoiler… murmuré-je.

Prononcer ces mots a pour effet de m'imaginer étrangler Théodore sans que je ne puisse faire quoi que ce soit. Bloqué par un tourbillon de terreur qui me cloue sur place, je garde en mémoire mes folies meurtrières. Elles me libèrent d'un poids pesant et à chaque fois que ça m'arrive, je ne cesse d'en vouloir à mon père. Il a délivré ce monstre que je voulais ignorer. C'est un acte que je ne lui pardonnerais pas.

— Rien ne peut l'arrêter, à part tuer.

La voix de mon père brouille mes sens. Ébranlé, je laisse les lèvres de Théodore se poser sur ma nuque, je soupire.

Fusil tout contre lui, il reste à l'affût du moindre bruit qui peut surgir des bois. Il avance lentement, à pas de loup, il fait attention où il pose le pied. Raphaël ne veut pas faire fuir le chevreuil qui, insouciant, boit l'eau du ruisseau. En ce début de journée fraîche, Raphaël et son père sont partis une semaine en Suisse afin de profiter de l'affluence des gros gibiers et de leurs sorties. Dans cette démarche, les deux garçons ont déjà abattu plusieurs petits oiseaux ainsi qu'un mouflon dodu.

Raphaël a repéré ce jeune chevreuil et il compte bien ramener sa bonne viande avec lui. En pointant le canon en direction de la bête, Raphaël inspire profondément, mordant sa lèvre inférieure et d'un coup d'un seul, appuie sur la gâchette. La détonation vibre dans ses oreilles, laissant derrière son passage un silence de mort. Le corps de la bête s'effondre lourdement sur le sol, faisant sourire Raphaël qui ne lui a fallu que d'un seul tir, en plein dans le cœur.

Un applaudissement le fait sursauter. Plongé dans sa concentration, n'a pas entendu son père s'approcher. Les battements de son cœur frénétique finissent par s'apaiser lorsqu'il prend conscience qu'Ugo a le visage illuminé.

— Tu feras un parfait chasseur, lorsque tu prendras la tête de l'association.

— En parlant de ça papa, tu ne trouves pas que je suis encore un peu jeune pour te succéder ?

— De quoi me parles-tu Raph' ? Tu es né pour ça, de plus je ne donnerais pour rien au monde mon poste à un autre chasseur. Tu es le seul à pouvoir reprendre le flambeau.

Gardant le silence, Raphaël baisse la tête. Du haut de ses quinze ans, il n'a jamais connu les hommes de l'association. Certes, il ne le peut pas, car ils sont dispersés dans le monde, mais il n'en a jamais réellement vu un en action. Sauf son père. Raphaël pense que pour pouvoir apprendre plus rapidement, il doit participer avec son père. Celui-ci a toujours trouvé une parade pour l'en empêcher, il n'aime pas quand Raphaël veut parler davantage avec Carl ou les autres garçons. Malgré tout, il a confiance. Un soupir à se fendre l'âme fait rire Ugo qui, d'une main puissante, secoue son fils lorsque celle-ci touche son crâne.

Le rire vibrant de son père détend Raphaël. Il se plaint,

lui murmurant qu'il ressemble davantage à un ours paternel qu'à un chasseur accompli. Faisant mine de ne pas l'avoir entendu, Ugo s'approche de l'animal mort et appelle Raphaël pour avoir de l'aide.

Le noir m'englobe. Je grommelle et me tourne dans le lit, le corps chaud de mon amant me fait soupirer de bonheur. Mes mains autour de son corps, je le colle contre moi, respirant l'odeur de ses cheveux. Plongeant à nouveau dans la demi-conscience, je laisse le sommeille reprendre le dessus, des images connues défilent devant moi.

— Maintenant ?

— Oui maintenant Raphaël, gronde Ugo, c'est important pour toi d'atteindre ce stade.

— Je croyais qu'il fallait que je passe les autres épreuves avant de la recevoir...

— Oui, il faut également que toute l'association assiste au marquage, cependant étant donné le nombre de révoltes en ce moment je préfère le faire en toute discrétion.

Visiblement décidé, Ugo demande à son fils de s'installer sur son bureau, le pantalon ôté. La panique s'installe dans le ventre de Raphaël qui regarde avec angoisse son père sortir de la cheminée un tisonnier incandescent.

Inspirant profondément, Raphaël n'ose pas demander à son père si ça va faire mal. Évidemment que ça fait mal, même à seize ans, il sait que la brûlure fait un mal de chien. Il est certain que l'entraînement, comparé à ça, n'est que du pipi de chat. Mordant sa lèvre inférieure, il fronce les sourcils lorsque son père vérifie avec un gant si le métal est bien chaud. En se tournant vers son fils, Ugo prend la parole d'une voix grave.

— Prends la ceinture à côté de toi et plie-le, met-le ensuite dans ta bouche. Je ne veux pas que tu te brises les dents et la mâchoire pendant le processus.

Les yeux pétillants, il suit les instructions de son père, plaçant correctement ses dents sur le cuir malgré les tremblements frénétiques de ses mains. Il n'a pas eu besoin de pensée à la douleur que la torture intense terrasse Raphaël qui hurle et claque ses dents sur le cuir malmené. Ses muscles contractés tressautent, en relâchant ses bras maintenus par ses coudes, il s'effondre sur le bureau. Hurlant et pleurant face au supplice que la brûlure engendre, Raphaël sue à grosses gouttes, n'entendant qu'un simple bourdonnement dans ses oreilles, la vue brouillée, son cœur battant dans son crâne.

Le calvaire s'est allégé lorsque son père retire délicatement l'embout crépitant de la partie la plus sensible de son anatomie. Délirant, Raphaël plonge son esprit dans un tourbillon d'angoisse et de tremblements. Amorphe, il ne fait pas attention au tissu que son père lui pose sur la brûlure. Une bonne partie de son ventre est d'un rouge vif, suintant, puant le cochon. La peau de son aine est encore accrochée au tisonnier qui a repris sa couleur de fer. Soudain, sur la surface fondue, la marque de la famille Nore apparaît, gravée à un endroit stratégique. Deux armes croisées avec un crâne de chevreuil à trois yeux en son centre.

Personne ne peut la voir, il est en sécurité, son héritage est en sécurité.

Ugo dépose l'arme sur le côté, le regard coupable lorsqu'il voit son enfant sombrer dans l'inconscience.

Trempé de sueur, j'ouvre les yeux alors que le visage flou de Théodore se dessine. Je ferme quelques instants les yeux avant de les rouvrir, papillotant pour faire partir le trouble.

— Tout va bien ?

Cette voix murmurée est en proie à une inquiétude profonde, en réalité, je le sens avant même que Théodore n'ouvre la bouche. Je glisse une main sur le buste de mon amant et je caresse son ventre, puis sa hanche avant de le tirer tout contre moi, mon cœur battant.

— Oui… Juste un cauchemar.

Cette réponse ne semble pas apaiser Théodore qui pose son visage contre moi et murmure à quel point il a eu peur. Les mains voyageant contre le dos, l'épaule et le bras de mon amant, je me calme à mesure que les minutes passent dans un silence réconfortant.

Depuis la disparition de Frank, notre vie est rythmée de tendresse. J'ai fini par accepter que cette frimousse fasse partie de ma vie, comprenant que de toute façon, c'est trop tard. Mon choix s'est porté sur l'amour et l'attachement que je peux porter à Théodore. Cet amour est important et elle prend une place considérable dans ma vie. Ça me fait peur, mais chaque jour, ses regards, ses caresses et ses attentions m'adoucissent.

Le visage impuissant, Théodore mordille sa lèvre inférieure. Je prends mon courage à deux mains et je me décide à lui expliquer ce qu'il ne va pas. C'est mon compagnon, comme papa l'a fait avec maman, il lui explique les choses. Je pense que c'est une bonne idée de le faire.

— Je crois… que tu dois avoir des explications sur ce qu'il se passe…

Théodore redresse la tête, intrigué et désireux de savoir, il garde la bouche fermée. Je tourne la tête vers la fenêtre, le noir englobant la pièce, je passe la pulpe de mes doigts sur le cou de Théodore.

— Depuis tout petit… il voulait que je sois parfait à ses yeux… il a commencé mon entraînement à l'âge de trois ans. Papa m'obligeait à ne pas pleurer, il m'enfermait parfois dans une pièce seule, dans le noir, pour que je me calme, je finissais toujours par arrêter de pleurer. Ensuite, il a continué ses enfermements dans différents endroits, la cave, l'armoire, même un jour dans un congélateur cassé, laissé à l'abandon derrière la maison.

Les murmures s'enchaînent sans m'arrêter. Théodore pose ses mains sur mon torse et entame des caresses douces et apaisantes.

— Le plus dur, je crois, ça a été le fait de tuer un chien, je crois que je n'ai jamais autant pleuré de ma vie… Puis c'était devenu une routine, un rituel avant notre entraînement. Une fois, un chien s'en était pris à Samuel alors qu'il n'avait que dix ans, je l'ai tué… Il était si effrayé, mais il semblait soulagé…

Je divague par moment quand j'explique des scènes de mon enfance. Théodore écoute sans un bruit, embrassant par moment ma peau à l'odeur musquée. Il ne relève jamais lorsque mes choix sont parfois injustes ou inhumains. C'est lorsque je raconte mon cauchemar que Théodore se crispe. Silencieusement, sous mes yeux confus, Théodore s'extirpe de mes bras, mais le cœur battant, je le tire contre moi, le corps tremblant.

— Ne me laisse pas… Pardon… Je suis désolé…

Il va m'abandonner… Théodore ne répond rien et descend le regard sur mes hanches, passant une main sur ma marque. Ma peau sensible et bossue fait froncer le regard de Théodore. Je mords ma lèvre inférieure, angoissant. Il ne m'aime pas, il ne veut plus de moi…

Soudain, Théodore se penche sur la marque et l'embrasse doucement, ignorant le tressautement de mon sexe. Bordel, il me rend dingue. Théodore passe ses mains plus hautes, frôlant mon ventre, mes pectoraux et la base de mon cou. Il voyage ses lèvres sur ma cicatrice.

Mon souffle chaud saccade lorsque Théodore dévie sur mon sexe dressé qui percute contre son cou tendre. C'est lorsqu'il embrasse mon pubis que je me courbe et percute à nouveau mon membre contre Théodore. Il laisse échapper un rire amusé et s'installe, nu, contre moi, coupant ma respiration.

— J'aimerais tellement que ta souffrance s'arrête… dit-il d'un murmure, les yeux pétillants.

Mon cœur bat d'une vitesse effrénée. J'aime ça, être écouté et être aimé. La tension s'évapore lorsque Théodore s'installe plus confortablement et ferme les yeux tout en lâchant un soupir d'aise. Nous restons ainsi durant un long moment, si bien que le soleil commence à poindre. L'hiver bien installé, nous sommes au chaud dans ce lit confortable. La respiration calme et endormie de mon amant me procure un sentiment bienheureux. Je veux rester dans cette position toute ma vie, savourant chaque instant avec Théodore.

Je l'aime, bon Dieu, que je l'aime.

PARTIE II

CHAPITRE 16

Au nord de Clearwater, loin de toute l'agitation de la ville, les grottes de Wells Gray abritent un groupe d'opposants. Les cascades et cours d'eau avoisinante permettent de cacher les cris et grognements qu'ils peuvent provoquer. La résonance est telle, qu'une fois à l'intérieur, tout votre corps vibre avec elle. Les gouttes d'eau glacée tombent sur les roches d'une clarté apaisante et forment des stalactites aiguisées. Des morceaux d'os à moitié mâchés jonchent sur le sol et créent un chemin vers les ennemis de la meute Greed.

Ils sont en cercle autour d'un homme de haute stature, dépouillé de tout artifice, il arbore un visage neutre. Les êtres qui l'entourent n'ont pas la chance d'être aussi bien conservés. Leurs peaux infestées de pus et de miasmes s'étendent sur leur physique informe. Le tronc de ces immondices est, pour la plupart, courbé sur la gauche, se dandinant pour se déplacer. Leurs longs bras rachitiques et flasques n'ont pas assez de forces pour combattre un être surnaturel, mais ils sont habiles pour s'en échapper. On reconnaît ses bêtes par l'odeur putride qu'ils dégagent dus à l'acidité de la putréfaction des humains qu'ils dévorent. Les bruits rauques et rocailleux se déversent de leurs gorges une fois leurs faims insatisfaites. La jubilation du menu festin aux pieds du chef accentue leurs cris déchirants, résonnant dans la cavité de la grotte.

Un hurlement sinistre bien plus fort que les autres s'élève, calmant les autres qui commencent à se balancer d'avant en arrière. Le chef, pourvu d'une enveloppe humaine, a gardé la même voix de rogomme qu'il possédait lors de sa forme de monstre.

— Silence !

Dans la tête de toutes les abominations, la voix de leur leader est synonyme de toute-puissance. Le même mouvement de soumission pour tous, ils se couchent sur le sol, nez arraché baissé, mains griffues en évidence. Une chose est certaine, ils ressentent une dévotion et un respect commun pour leur chef.

— Nous allons leur montrer la puissance des doppelgängers.

La rudesse de ces paroles fait sens dans leurs cerveaux visqueux. À l'annonce, des exclamations fusent de tous les côtés. Frappant leur tête et leurs pieds sur le sol, certains poussent des cris épouvantables tandis que d'autres, langue pendante, fixent l'humain endormi en silence. Les caractéristiques physiques de la jeune femme étendue sur la roche ressemblent à la meute Greed. Les yeux bruns, les cheveux noirs et les pommettes saillantes, elle est assommée, entourée par les plus immondes créatures qu'il soit. Ces aberrations sont coupées dans leurs expansions de bruits par les gazouillis que fait l'humaine. Ventre ouvert, du sang sort de sa bouche dans un flot continu, à la plus grande satisfaction du groupe. Dans la main levée du chef, il écrase avec lenteur les tripes de la jeune louve.

— Pas pressé…

Après ses mots, sa peau boursouflée de pustules qui

tombent sur le sol, ne laissant qu'une chair noire amorphe. La matière de l'individu bouge par vague, jusqu'à ce qu'un monstre, plus énorme que ses congénères, se déploie. Sans attendre, il ouvre ses yeux creux, pourvu de deux billes verdâtres et avise ses analogues. Sa voix, plus enrouée que jamais, retentit alors.

— Victoire !

La bouche immonde aux dents limées et jaunies se referme sur les intestins du cadavre, savourant avec appétit son gueuleton. Ses congénères hurlent comme des démons, prêts à sauter la morte. Un geste de la part du chef et d'un seul corps, les abominations se referment sur elle.

CHAPITRE 17

RAPHAËL

—— Je compte aller en Californie.

Cette bombe a été lâchée sans que ses parents ne s'y attendent. Il sait que rien ne va changer. Son père est fermé d'esprit et sa mère va le laisser faire. C'est la première fois qu'il prononce à voix haute ce qu'il désire réellement et son audace a coûté un verre à vin. La paluche de son père le brise et écorche sa peau sans qu'il ne sourcille. Ses yeux colériques et ses lèvres pincées bloquent la respiration de Raphaël. Ugo n'a pas levé la main sur lui, pourtant il peut sentir sa joue chauffer et piquer.

—— Je te demande pardon ?

Répéter semble être une épreuve. Il a cette pression au fond de ses tripes qui l'empêche d'ouvrir la bouche. Les jambes flageolantes, il doit répéter son mantra ; ordre, discipline et sang-froid, une dizaine de fois. Il inspire et saisit cette chance. S'il ne le fait pas maintenant, jamais il ne sera libre.

— Je ne veux pas rester ici, au Canada.

Il n'a fallu qu'une demi-seconde pour que la main de son père claque sur sa joue. La rudesse de la frappe a dévié sa tête et Raphaël croit avoir senti son cou craquer. Alors qu'Ugo se redresse, imposant son autorité sur l'adulte de dix-neuf ans, celui-ci garde la tête baissée. Ce n'est pas la première fois qu'il reçoit des coups, mais aujourd'hui, il sait qu'il l'a cherché. La main de son père agrippe son épaule et le lève. Le corps courbé contre la table, Raphaël tente de garder une respiration contrôlée. La sueur perle le long de son dos.

Les couverts de Rose cognent contre la vaisselle et il risque un coup d'œil. Il n'est pas étonné de la voir mastiquer un morceau de viande, le visage fermé. L'absence de Samuel à la table la rend muette. Dans pareille situation, elle n'hésiterait pas à leur demander de sortir. Raphaël a un goût amer dans la gorge lorsqu'elle essuie sa bouche et boit son vin rouge l'air de rien. Elle ne se préoccupe pas de lui, pour ne pas changer.

— Jamais tu ne partiras d'ici, tu m'entends ?!

La voix d'Ugo agresse les oreilles de Raphaël qui lâche un faible soupir. Il est conscient que sa décision ne plaît pas à son paternel et discuter avec lui ne mène à rien. Il a tenté par le passé d'aborder des sujets délicats, mais ça se résume toujours par une punition bien salée.

Mais pour l'heure, Raphaël a tout prévu. Ses deux sacs dans le fond de son armoire, l'argent pour manger et ses papiers pour passer la frontière. Il ne manque plus qu'à partir aussi loin et aussi vite que possible. Ugo est assez tenace pour le traquer et Raphaël hésite à changer de destination. L'opposé de la Californie est plus sécurisant, surtout s'il lui colle la coalition au cul. Il n'aurait aucune chance. Il n'est pas suicidaire, il sait que, même entraîné par ce leader sanguinaire, il ne fera pas le poids face à la coalition entière. Il lui faudra être plus rusé qu'eux tous pour survivre.

Ses pensées sont coupées par la poignée serrée d'Ugo qui l'étouffe et Raphaël commence à être secoué. Le visage rouge de colère, Ugo ignore le visage tétanisé de son fils et le secoue de plus en plus fort. Raphaël a l'intime conviction que s'il lui avoue ne pas être capable d'assumer son rôle de leader, il va le tuer. Raphaël renie alors ses origines et il est persuadé qu'après cette conversation, il n'aura plus que ses yeux pour pleurer.

— Je suis désolé de te décevoir, tu aurais peut-être voulu que je reste avec toi, mais j'aimerais vivre ma vie, explique-t-il.

— Tu ne peux pas partir, tu resteras ici avec nous et tu endosseras ton rôle.

La voix basse et menaçante d'Ugo lui file la chair de poule. Raphaël se ressaisit et dégage la main de son père qui l'étrangle. Alors qu'il l'écoute émettre l'hypothèse d'une possession à Rose qui n'en a que faire, Raphaël se positionne derrière sa chaise. Comment peut-il procéder pour se sortir de là ? Acquiescer et fuir lorsqu'ils dorment ? Ce n'est pas son genre. Les jambes vacillantes, Raphaël a l'impression d'avoir fait plus de trois tours à bord d'une montagne russe. Nauséeux, il ose un regard vers son mentor qui ne cesse d'exprimer sa colère.

— De toute façon, tu ne seras jamais l'héritier en partant !

Raphaël n'ignore pas les capacités de son père, en paroles ou en action, il est intransigeant. Rose lui a expliqué un jour que le comportement d'Ugo reflète l'éducation horrible qu'il a reçue de son père. Elle n'a pas hésité à mettre en lien la civilité de son fils à celui de son mari, crachant à quel point ils se ressemblent.

Elvio, son grand-père, a exigé d'Ugo la perfection dans tous les apprentissages. Il n'a pas eu la vie facile, car à peine il savait marcher que son père lui a tendu une arme. Fait pour être un tueur, l'amour n'a pas eu sa place. Raphaël soupçonne même que les encouragements et les avancées positives n'ont pas été les moteurs de son éducation. Il se pense chanceux. Ugo est un père certes rude, mais patient et franc. Rien ne peut changer l'amour qu'il ressent pour son paternel et ceux même si ces choix ne lui plaisent pas.

— Je ne veux pas l'être !

Cet aveu a jeté un froid. Raphaël déglutit, baisse la tête et retient son souffle. Il va à nouveau se faire frapper. Cependant, la gifle ne vient pas. Il risque un regard pour l'adulte et le visage de l'homme est gravé dans sa mémoire. Il est déçu. Les paroles de son père sont plus vives que tous les coups qu'il a reçus.

— Jamais tu ne seras le chasseur que je veux. Pars, je ne veux plus de toi ici.

Les yeux piquent, le corps tremble, mais il doit garder en mémoire que c'est ce qu'il veut. Raphaël imagine que ça aurait été plus simple si son père avait rejeté sa demande. Ça lui aurait évité ces paroles blessantes et cruelles de vérité. Il a cette affreuse sensation qu'il va partir la queue entre les jambes, sans réelle liberté.

La photo de mon père dans le cadre noir aux bordures dorées me fait soupirer. Autour de lui, une multitude de fleurs, de brindilles et d'herbes aux senteurs naturelles, embaume l'espace et complète les derniers adieux de cet homme. Devant moi, une bougie à moitié fondue perle sur la table en bois. Genoux au sol, mains jointes, je laisse mon regard dévier sur l'encens qui dégage une odeur plus forte encore.

Je suis un idiot.

Cet autel en l'honneur de mon mentor ne va pas m'aider à améliorer ma stupidité, hormis faire ressurgir des sentiments que je veux à tout prix enterrer. Pourtant je suis ici, à souhaiter qu'un miracle se produise. Les pierres brillantes de protection sur chaque côté de la table forment un dôme, interagissant avec les énergies de la pièce, repoussant la négativité loin de ce rite funéraire.

Ça fait quatre mois que papa est mort et ça fait trois mois que j'aime Théodore.

Un changement radical qui a créé en moi une stabilité émotionnelle bienvenue. J'ai longtemps cru que l'amour était une perte de temps et d'énergie considérable, mais en pensant à Théodore en cet instant, une chaleur diffuse me fait vibrer. Ce n'est pas mon éducation qui va m'empêcher de l'embrasser, de le toucher et de l'aimer. C'est fini le temps où je me cachais derrière mes aprioris et mes peurs.

Moi, un chasseur, je suis amoureux de ma proie, un loup-garou.

Cette pensée me fait sourire et sans que je m'aperçoive de quoi que ce soit, un flash noir traverse les murs et s'abat sur mon dos. Une vague glacée pétrifie mes os jusqu'à mes organes, puis mon visage tombe d'un bruit sourd sur le bord de la table en bois.

C'est le black-out.

Un cri sort de ma poitrine et bourdonne dans mes oreilles. Essoufflé, je remarque un mouvement sur mon côté gauche. La gueule ouverte de Red Eyes claque contre mon flanc et déchire mes tissus. Il arrache ma peau et un son guttural sort de sa gorge, comme un ricanement. Je n'ai pas le temps de vouloir me défaire de sa prise qu'une voix rauque et éraillée est chuchoté dans le creux de mon oreille. Un frisson de terreur me tétanise.

— Je te traquerais… Jusqu'à ce qu'il ne me reste plus aucun os à mordiller…

Tout autour de moi s'éveille. Les lumières, les sueurs froides de mon corps sont soudain plus violentes et les bruits environnants ne sont plus des gazouillis vibrants. Le visage de Rose se dessine et je me jette dans ses bras. Je n'entends pas sa voix, seules les palpitations de mon cœur tambourinent dans mon crâne. Après plusieurs minutes à me ressaisir, je sens la main de maman frotter mon dos. Elle chante d'une voix basse un air mélancolique que je ne reconnais pas. Je me raccroche à ces paroles et les images de Red Eyes s'amenuisent. Nous restons l'un contre l'autre, dans un silence apaisant jusqu'à ce qu'elle décide de le briser.

— Pourquoi n'es-tu pas venu me voir ?

Les mots restent bloqués dans ma gorge. Je n'ai aucune envie d'en parler, mais l'inquiétude visible par tous les ports de la peau de maman me fait fléchir.

— Depuis que je suis ici, je n'ai pas vraiment eu le temps, murmuré-je. Red Eyes n'est plus venu jusqu'à récemment. Je pensais que ça allait partir tout seul…

Elle soupire et pose l'une de ces mains contre ma joue et une chaleur diffuse dans ma tête m'apaise. Nous restons encore vautrés sur le sol, le silence agréable de la pièce accompagne les crépitements des flammes et les froissements de la magie de maman. Elle ne dit rien lorsque je l'aide à se lever. Nous quittons l'autel en une prière respectueuse. Dans le couloir, elle soupire, les épaules voûtées.

— Je suis désolé de n'avoir rien vu.

Un faible sourire étire mes lèvres.

— Comment aurais-tu pu ? J'ai été affreux avec toi.

Elle glisse une main sur mon dos et embrasse ma joue avant de descendre les escaliers. Je passe aux toilettes, je nettoie mes mains et j'entre dans la cuisine. Soudain, ma respiration se bloque. Il ne me faut que deux mouvements pour saisir mon revolver et le pointer entre les deux yeux de Carl.

Je n'ai aucune idée s'il est dans mon camp et rien ne me garantit qu'il ne va pas dégainer son arme pour tuer la meute.

Les bras croisés et le visage renfrogné, il me dédaigne du regard. Rose secoue la tête et demande aux plus jeunes loups de sortir sous l'œil approbateur de Zachary. J'observe le vieux croulant qui finit par hausser les épaules en buvant une gorgée de son café froid. Un œil pour Eji Greed, le gamma de la meute, Carl claque sa langue contre son palais. Il commente sa posture relâchée. Archibald, son compagnon, frère de Zachary et bêta de la meute, se place devant lui.

— Nous avons accepté votre présence ici, nous pouvons très bien vous mettre dehors.

J'observe l'Asiatique redresser ses épaules pour se tenir droit, tandis que Archibald glisse une main sur ses hanches.

— Pourquoi t'es là ?

Le fait que Carl soit aussi serein, entouré de ses ennemis, me dérange. Je souhaite de tout cœur qu'il soit impressionné, qu'il baisse la tête. Je jette un coup d'œil à la pièce et je ne vois pas Théodore. Je suis rassuré, je ne veux pas qu'il soit ici alors que Carl est présent dans sa maison. Rose intercepte mon regard et elle me sourit avec tendresse.

— Il n'est que dix heures Raphaël, il est au lycée.

Je la remercie en hochant la tête, mais Carl coupe mon geste.

— Moi qui pensais que l'éducation d'Ugo était rentrée dans ton crâne, je me suis trompé.

— Ne change pas de sujet, je ne te veux pas ici, grommelé-je.

Carl cesse son mouvement et il dépose sa tasse à moitié vide. Son éternel sourire plaqué sur ses lèvres a le don de me mettre la haine. Il se tourne vers moi, les sourcils froncés et il jette un coup d'œil vers les loups-garous en soupirant. Il passe une main dans sa barbe poivre et sel.

— Je ne vais pas y passer des heures. Clara et moi nous n'étions pas au courant des machinations de Frank et des autres. Günter et Johnny ont tenté de le raisonner, mais rien n'y a fait. Ils ont été menacés d'être tués s'ils ne le suivaient pas. Elles étaient sérieuses, car Bastien s'est fait décapiter après avoir juré ses grands Dieux qu'il ne te trahirait pas.

Je n'ai pas connu Bastien aussi bien que mon père, mais c'était un bon élément dans les différentes battues surnaturelles. Un homme innocent est mort pour me suivre, alors que je n'ai aucune envie d'endosser ce rôle.

— Bien que nous prenions souvent des décisions radicales, je n'ai pas voulu courir le risque que les derniers membres qui croient réellement en toi soient tués.

— Et il reste qui ?

— Sophie, Clara et moi. Dan est parti à Québec chez ses parents.

Je serre la mâchoire. Impossible de le croire. Après le coup qu'il m'a fait à la maison, je préfère éviter. De plus, la trahison de Frank m'a suffi. Si je n'étais pas rentré à la maison ce soir-là, Théodore serait mort. Une douleur agaçante se propage au fond de mes tripes. Théodore va bien, il est avec Sam et Charlie au lycée, tout va bien. Mon amour va bien. Mes épaules se relâchent et ma respiration se calme.

— Bien, mettons les choses au clair, dis-je. Sais-tu pourquoi Frank s'est retourné ?

— Nous avons eu ses aveux pour la mort d'Ugo et de plusieurs de nos alliés, mais tu étais déjà parti en Californie.

Il termine le reste de sa tasse avant de faire un geste sec en direction de l'alpha qui grogne en lui servant à nouveau du café.

— Frank nous avait déjà présenté ses… idéologies. Il pensait pouvoir nous recruter, nous n'avons pas émis l'hypothèse de le rejoindre malgré ses idées censées. Il ne te croyait pas capable de reprendre la coalition et je suis de son avis. Tu es trop jeune et bête pour supporter la charge de travail que tu auras à affronter.

Je garde le visage impassible et seule la contraction de ma mâchoire est visible sur mes joues. Carl reste lui-même, c'est déjà ça. Il n'a jamais caché le fait qu'il voulait ma place, reste à savoir si ses raisons sont valables et qu'elles sont vraies.

— Il jugeait qu'après avoir eu une liaison avec ton père, il avait le droit à la place des leaders. Que tu n'étais qu'une graine venant d'Ugo et que tu ne méritais rien de ton héritage. Finalement, il voulait simplement tout ce que tu as, car il a couché avec ton père.

Le regard douloureux de ma mère assèche ma gorge. Je glisse une main dans son dos et l'entour de mes bras. Elle essaye de réguler sa respiration pour ne pas pleurer et j'embrasse le sommet de sa tête.

— Et toi ? Quels sont tes intérêts dans ces conneries ?

— Je veux que la coalition perdure.

Carl garde le silence quelques secondes, le visage renfrogné en regardant la cuisine.

— Je dois t'avouer Raphaël que si tu étais mon fils, je t'aurais déjà tué. Déjà, pour fricoter avec un loup-garou, mais aussi pour ne pas reprendre la tête de la coalition, grommelle-t-il.

— Heureusement que je ne suis pas ton fils alors.

Ses cheveux dégarnis tirés en arrière accentuent la broussaille de ses sourcils. La même couleur poivre et sel parcourt sa pilosité. Il a un air à papa, probablement ses yeux menaçants, la barbe et les lèvres fines. Je soupire et craque ma nuque. Carl fait un tic nerveux avec sa bouche. On peut croire qu'il boude avec sa lèvre recourbée. J'ai envie de rire. Carl termine de boire son café avant de soupirer.

— Le problème Raphaël, c'est que tu n'es pas considéré comme un chasseur lambda.

— Qu'est-ce que tu veux dire ? dis-je.

Carl se tourne vers Rose qui s'est reculée, la tête basse, la lèvre inférieure mordillée. Mon cœur rate un battement. Elle me cache quelque chose. Il ne faut pas être devin pour le savoir. Alors que je veux toucher son bras, elle le dévie et se dirige vers un placard pour sortir un verre qu'elle remplit d'eau. Ses cachoteries m'agacent et plus ça avance, plus je me sens mis à l'écart. Comme-ci mes problèmes ne m'appartiennent pas.

— Comme ta mère n'est pas décidée à t'en parler, je vais le faire, dit Carl. Tu es un chasseur de naissance, en réalité je ne sais pas tous les détails, mais ton père m'a expliqué que la famille Nore détient dans leur gêne une sorte de…

Il fronce les sourcils et essaye de trouver ses mots. Rose se tourne vers moi, prend une bouffée d'air et prononce d'une décidée :

— C'est en réalité une malédiction, dit-elle. Vous êtes constitué de manière à ce qu'au bout de plusieurs semaines, votre envie de tuer soit plus forte que votre raison.

— Notre… envie de tuer ? claqué-je.

Rose jette un regard suppliant à Carl qui se lève et qui enfile sa veste.

— Suis-moi.

— Tu penses sincèrement que je vais te suivre sans rien demander ?

— Quel chieur… souffle Carl.

Il jette un regard vers moi. Mes bras croisés contre mon

torse, j'attends des explications. Ces conneries de tueries me donnent, à l'heure actuelle, envie de tuer.

— Tu comprendras mieux si tu consultes les documents de ton père, alors si votre majesté veut bien me suivre…

Rose s'approche de moi et embrasse mon front. Elle me murmure une demande de pardon. Je passe une main sur sa joue, lui sourit et fait un bisou sur sa joue. J'enfile mes chaussures, ma veste et sors, gardant une main sur ma ceinture, là où se trouve mon revolver. Carl ne semble pas s'en offusquer et il entre dans son S.U.V.

— Ton père ne voulait pas qu'un autre que toi ou une personne de confiance connaisse votre faculté à vouloir tuer tous les loups-garous. C'est une obsession, les loups-garous. Pour autant, les autres chasseurs pensaient à une rancune tenace, même lorsqu'Elvio a créé l'association. Beaucoup ont pensé à de la folie. J›étais jeune à l'époque, j'avais le même âge que ton père et j'ai vite compris qu'il y avait plus que ça.

Carl ferme la boucle de sa ceinture et il démarre.

— Elvio a essayé de préserver ton père de cette folie, mais en fin de compte ça n'a fait que renforcer le besoin de meurtre d'Ugo. Ton grand-père a alors compris que rien ne pouvait les soigner. C'est dans cette optique que la coalition a vu le jour, traduisant le gène destructeur par une sorte de raison valable pour tuer les loups.

Carl en sait trop pour que ce soit un mensonge. Je garde mon jugement expéditif et je reste méfiant. Je crois que même s'il me donne toutes les bonnes raisons du monde pour ne pas être suspicieux, je vais garder ce point de vue.

Vaut mieux être prudent.

Assis derrière le bureau de papa, je sors les documents liés à la coalition et à ma famille. Carl, derrière moi, pose son doigt sur un document que je n'ai pas pris le temps de consulter.

— C'est ici, regarde.

C'est le testament de papa. Je reste bloqué sur les mots écrits par la main de mon père, un cachet d'un avocat signé en bas de page, à côté de celle de papa. Je mords ma lèvre, parcourant la lettre.

Ceci est mon testament.

Sain de corps et d'esprit, sous la juridiction de maître Jacob Stanson, je soussigné, Ugo Nore, né le vingt-quatre septembre 1945, domicilié à Clearwater en Colombie-Britannique au Canada, présente mes dernières volontés.

Je révoque toutes autres dispositions testamentaires antérieures à ce jour.

Acte I

Je désigne Carl Whitmore, exécuteur de mes dernières volontés dès l'ouverture de ma succession. Il sera chargé à exécuter à mes volontés par le biais de ce testament et de prendre les dispositions conservatoires.

Je lègue l'entièreté de mes biens personnels et immobiliers à Raphaël Nore. Il aura droit à son héritage uniquement à mon décès. En outre, il devra prendre soin de Samuel Nore et de Rose Nore, tous deux extérieurs à la légation des biens.

Acte II

La coalition Nore est léguée à Raphaël Nore sans contrainte à l'instant même où je ne serais plus pleinement d'exercer mes fonctions de leader. Également, Carl Whitmore devra guider Raphaël Nore dans cet exercice, comme il le fait actuellement avec moi-même.

Je laisse la possibilité à Carl Whitmore de gérer la moitié du rôle que Raphaël endossera, jusqu'à ce que Raphaël Nore signe le reçu de son héritage par son sang. Lors de l'exécution de l'héritage, Raphaël Nore endossera pleinement son rôle de Leader. Raphaël Nore doit, selon le code des chasseurs de la famille Nore, avoir minimum deux enfants afin de perpétuer les traditions familiales.

Acte III

Par l'autorisation de Carl Whitmore sous l'aval de Raphaël Nore, Rose et Samuel Nore pourront jouir d'une activité de sorcellerie sans limites dans le manoir Nore, se trouvant en Suisse, dans le canton du Valais à Bellwald.

Fait le 23 juin 1987, à Clearwater.

Copie faite devant Jacob Stanson,

Soussigné, Ugo Nore.

Avec pour témoin Carl Whitmore.

Je reste pantois face à ce document. J'ai eu besoin de lire plusieurs fois le testament pour bien tout comprendre. Papa n'a rien laissé à Samuel et à maman. Samuel est né en février et papa a fait le testament quatre mois plus tard. Je fais part de mes réflexions à Carl qui soupire.

— Ton père a préféré être prudent, il craignait que Frank réclame quelque chose et comme Samuel venait de naître il a dû reformuler un autre testament. C'est peu, mais le manoir de ta famille comporte une protection antérieure à toute cette folie. En nous donnant le choix d'accepter ou non la présence de ton frère et ta mère dans le manoir, ça nous donne le temps de savoir si oui ou non ils sont dignes de confiance.

— Ma mère et mon frère sont dignes de confiance Carl, ce sont les seuls de ma famille à ne pas me prendre pour une merde.

— Certes, mais ils t'ont laissé partir, lorsque tu as cru à une trahison de la part de ce loup et ton frère.

— Comment tu…

Je fronce les sourcils. Cet homme sait tout sur ce qu'il se passe, ce n'est pas possible. Est-il voyant ?

— Peu importe, je ne veux pas qu'ils partent d'ici, alors je donnerais cette maison à maman. Elle fera ce qu'elle en voudra, surtout qu'elle est quand même mariée à mon père.

— Comme tu veux.

Carl est vraiment affilié à mon père sans avoir menti sur ses objectifs. Je soupire, passe une main dans mes cheveux et regarde d'un œil distrait le papier avant de le déposer sur un autre tas de feuilles importantes.

— Parlons de la coalition maintenant, dit Carl. Nous avons perdu tous nos hommes sauf Clara, Sophie, moi et deux petits gars qui ne sont pas encore totalement formés. Ils sont arrivés il y a cinq jours.

— Nous ne sommes vraiment plus que sept ?

— Visiblement. Beaucoup se sont retirés depuis la tuerie, ils ont jugé bon de laisser tomber la chasse. Nous avons, avec Clara, appliqué le code. Les armes ont été rendues et ils ne peuvent plus en toucher une seule. Le tatouage a été également placé sur leur dos de la main, comme convenu.

Ce fameux tatouage a la particularité de créer une puissante décharge électrique à la moindre arme à feu que son propriétaire utilise. Également, ça permet de montrer à qui veut le voir la honte qu'il subit en quittant notre groupe. C'est un moyen efficace contre les profiteurs. Je soupire tout en m'adossant contre la chaise du bureau.

— Il y a autre chose que je dois savoir ? Comme ce gène.

Carl arbore un sourire et s'assied en face de moi, ses mains posées sur ses jambes.

— De ce que j'en sais, le gène se développe lors du marquage, il libère alors ton instinct primaire.

Je fronce les sourcils. Je l'ai déjà, la marque. Les yeux exorbités de Carl me font frémir. Je lui ai dit à voix haute ?

— Tu as la marque ?

Je hoche la tête.

— Comment ?

Je lui explique alors ce que mon père a fait. Les doutes qu'il avait concernant les membres du groupe, mais aussi sa psychose sur ma fuite.

— Il avait donc tout prévu…

Le sourire fou de Carl me fait soupirer.

— Le papier que tu dois signer c'est juste une formalité. Elle te permet, entre autres, d'accéder aux biens de ton héritage, mais avec cette marque, tu es le seul possesseur du titre de leader.

Je blanchis.

— Tu veux dire…

— Oui, chef. Tu l'es depuis l'instant même où ton père a poussé son dernier soupir.

Le vertige saisit mon crâne et je peine à trouver une cohérence dans ce qu'il vient d'être dit. Je suis le leader. Les mains tremblantes, j'empoigne mes cheveux et me concentre sur ma respiration.

— Qu'est-ce que tu crois que je dois faire ?

— Tu me demandes à moi quoi faire ? Sérieusement, Raphaël. Tu es un chasseur, ça fait partie de toi, de tes tripes. Alors tu vas me signer ce papier et en finir avec ton caractère têtu à deux balles.

Il me donne un papier qui stipule l'acceptation des biens et héritages de mon père. Puis-je réellement accepter de continuer à tuer des loups-garous en sachant que Théodore en est un ? Que toute la famille de mon amant sont des loups-garous.

— Si je signe ça, est-ce que mon statut m'obligera à tuer les gens que j'aime ?

Carl fronce les sourcils par une réflexion intense avant de soupirer.

— Raphaël, tu es déjà le leader. En acceptant de signer ça, tu prends tes responsabilités, c'est-à-dire, nous guider lors de nos chasses, veiller au bon fonctionnement de l'entreprise et de choisir les terrains de chasse. En acceptant ça, tu acceptes également de choisir qui tuer. Alors non, tu n'es pas obligé de tuer Théodore et sa famille.

Un poids immense s'enlève de mes épaules. Je ferme les yeux, inspire, puis me saisit de cette feuille. Avec un coupe papier, je mutile mon doigt et fais une trace sur la page qui, une fois imbibée de mon sang, commence à luire d'une lumière aveuglante. Mon sang est pris pour une encre, marquant mon nom et mon prénom, jusqu'à ce que la lumière s'évapore.

— Bienvenue parmi les vôtres, leader.

CHAPITRE 18

— En vrai, j'ai plus de mal avec les mathématiques, souffle Charlie.

— On peut étudier ensemble si tu veux, Samuel est doué.

Le visage illuminé de mon meilleur ami me fait pouffer de rire. Charlie se tourne vers Samuel qui, fier comme un coq, lève son visage pompeux.

— Tu veux bien ? demande Charlie.

— Je ne sais pas, laisse-moi réfléchir…

La voix mystérieuse de Samuel me fait rire, tandis que Charlie attend avec impatience sa réponse. Nous entrons au Wilde Flour et nous commandons des boissons. Je paye et nous sortons sous les rires de Samuel qui s'amuse à faire mariner le pauvre Charlie.

Cette tête de pioche a les cheveux vénitiens toujours en bataille. Ses yeux bruns pétillent lorsqu'il sourit et comparé à Samuel, Charlie est dépourvu de barbe. Sa gueule d'ange ne passe pas inaperçue, bien qu'il ne semble pas le remarquer.

— Nous pouvons étudier ensemble ce soir, je propose.

Samuel se tourne vers moi et je remarque qu'il essaye de me dire quelque chose. Je hausse un sourcil, mais je suis interrompu dans ma communication faciale par Charlie.

— C'est une bonne idée ! Je préviens mes parents.

Téléphone dans une main et café dans l'autre, Charlie traîne derrière nous pour passer son coup de fil.

— T'es bête ou quoi ? dit Samuel à voix basse.

— Pourquoi ?

— C'est la pleine lune ce soir, idiot !

Merde. Ça m'est sorti de la tête ! Je jette un coup d'œil derrière moi. Charlie rigole et parle d'une voix douce à ce qui semble être sa maman.

— Comment je vais faire ? paniqué-je.

— Soit, tu te défiles ou soit on fait notre possible pour cacher la meute entière.

C'est impossible. Nous ne connaissons Charlie que depuis peu et même s'il est gentil, j'ai peur de lui révéler qui nous sommes. Lorsqu'il s'approche de nous, Samuel garde la bouche fermée durant le trajet jusqu'au territoire. Ça a valu des commentaires de la part de Charlie. La sueur coule dans mon dos à mesure qu'il parle.

— C'est super beau, on dirait un endroit rempli de magie et de créatures incroyables !

Il est si proche de la vérité. Samuel arbore un sourire narquois alors que Charlie découvre le paysage un peu plus à chaque pas. Ses yeux pétillants me rassurent. C'est un bon point s'il apprécie la vue. Alors que nous arrivons devant la maison, Zachary sort. Le regard de mon père tourne vers Charlie et je peux l'entendre sortir un son à peine perceptible. Qu'a-t-il vu ?

— Bonjour, monsieur Greed, nous venons étudier chez

vous.

Le visage de mon père, pourtant si sérieux, s'adoucit. Les joues rouges de Charlie et le regard de papa palpitent mon cœur. L'alchimie qui se passe me fait hérisser les poils et je peine à décrocher mes yeux de la scène qui se déroule devant moi.

— Tu dois être Charlie.

Mon ami bafouille une excuse et se présente avec plus de timidité. Samuel pose sa main sur mon épaule et me guide à travers le perron, laissant l'alpha et l'humain derrière nous. Samuel passe son bras sur mes épaules et frotte mon crâne avec entrain.

— Fait pas cette tête petit oméga, ton papa vient de trouver chaussure à son pied.

Chaussure à son pied ? Je n'ai jamais vu mon père s'enticher de qui que ce soit. Il faut dire qu'il a toujours été très secret et sa vie intime n'a pas été abordée. Les cris des enfants traversant le salon me font sortir de mes pensées tandis que Rose et Louise sortent de la cuisine avec un sourire resplendissant.

— Oh, Théodore, Raphaël est parti à la maison consulter des documents, il reviendra sans doute ce soir.

Je hoche la tête, les sourcils froncés. Des documents ? J'espère que ce n'est pas trop grave. Depuis l'histoire avec Frank, je suis inquiet pour tout. Pas que j'en fasse une maladie, mais j'ai une peur bleue de ce qu'il peut se passer à l'avenir. Je m'apprête à prendre la parole que Charlie et papa entrent, leurs visages pétillants et ridiculement souriants.

J'observe mon ami et mon père s'entendre à merveille. Une vague de panique saisit mon ventre, soudain, je prends le bras de Charlie, m'excuse auprès de mon père et sors du salon sous le regard étonné de l'alpha et celui attendri de Rose.

La voix soporifique de Samuel me fait piquer du nez. Les cahiers et classeurs devant moi, les doigts tachés d'encre, je pose ma tête sur les feuilles sans aucune honte. Les doigts serrés, je sens les effets du calmant que je me suis injecté se dissiper à mesure que le temps passe. Je ne veux pas perdre les pédales devant Charlie. Malgré ça, mon loup jubile à l'intérieur de moi, poussant les barrières pour se transformer et courir à travers la forêt avec la meute.

Ça fait deux heures que la lune s'est levée et Raphaël n'est toujours pas rentré. Je veux le serrer dans mes bras et lui dire à quel point il m'a manqué. Je soupire et je cache mon visage dans mes bras, ignorant le regard des deux garçons sur moi. La tension dans mes épaules n'a pas échappé à Samuel qui prend la parole d'une voix enjouée.

— Et si on fait une pause ?

— Excellente idée, je vais aller demander à monsieur Greed s'il n'y a pas quelque chose à manger.

À peine Charlie a-t-il prononcé sa phrase qu'il se redresse d'un bond et sort de la chambre. Je me suis redressé, estomaqué. Samuel éclate de rire et prend la parole.

— Tu verrais ta tête !

— C'est pas drôle, bordel il est en kiff sur mon père.

— Et alors ? T'es bien en couple avec mon frère.

Son sourire effronté bloque ma respiration. Agacé, je croise mes bras contre mon torse.

— Ça n'a rien à voir. Mon père a plus de quarante ans, c'est bizarre.

— Laisse faire Théodore, Charlie rencontre enfin une personne qui s'intéresse à lui.

— À quoi on sert alors ?

— À le soutenir dans ses choix sentimentaux.

J'ouvre la bouche, mais aucun son ne sort lorsque Charlie entre avec un plateau aussi gros que sa tête. Putain. Moi-même je n'ai jamais eu autant à manger lorsque mon père me préparait un plateau repas. J'ai presque une envie de râler. J'inspire. C'est la pression de la pleine lune qui te fait dire ça, calme-toi, je me répète. Charlie pose le plateau sur le lit et pioche dans les biscuits tandis que Samuel me regarde les sourcils froncés. Que veut-il que je fasse ?

Ce n'est pas le moment de discuter sur ce qu'il se passe entre mon père et Charlie, j'ai envie de lui dire. Je souffle et frotte mes paumes contre mon jeans. Soudain, le hurlement d'un loup me fait hérisser les poils.

— C'est quoi ça ? murmure Charlie.

— Je vais aux toilettes.

Je me redresse d'un bond, je m'excuse et je sors de la chambre. À peine les escaliers dévalés que la porte d'entrée s'ouvre sur mon père, Archibald et Eji dans ses bras. Son visage tiré par la douleur angoisse mon loup qui commence à apparaître par les oreilles velues et les pupilles lumineuses.

— Pose-le doucement, Archi.

— Ils étaient plus de cinq, je n'ai pas pu voir les autres.

En m'approchant des adultes, je peux voir les mains ensanglantées d'Archibald déposer avec délicatesse son compagnon sur le canapé. Eji grimace de douleur dans son malaise.

— Ça devient plus dangereux, gronde Zachary.

Archibald ignore Louise qui lui demande de s'écarter.

— On n'a rien vu, ils sont apparus de nulle part.

— Laisse Louise soigner Eji, viens avec moi.

Je regarde mon oncle batailler contre l'ordre de l'alpha, mais il se résigne. Il lâche Eji et suit mon père, la tête baissée.

— Tu comptes rester là encore longtemps, Théodore ? Viens m'aider.

Je m'approche de la vieille louve qui sort ses instruments de soins. Les doigts tremblant, je m'approche d'Eji et m'agenouille à sa hauteur.

— Je sais que c'est dur de le voir comme ça, mais il faut qu'on l'aide.

Louise examine la plaie du loup alors que je ferme les yeux. Je régule ma respiration et je sens mes oreilles et mes yeux redevenir normaux. Après quelques instants, j'aide Louise en lui donnant des bandages.

— Théodore, où est Charlie ?

La voix de papa me fait sursauter, je me tourne vers lui et fronce les sourcils face à son visage angoissé.

— À l'étage, avec Samuel.

— Surveille-le, il ne doit pas sortir ce soir, il dort à la maison.

Je me retiens de lui poser des questions. Avec ce qu'il s'est passé, je comprends qu'il ne veut pas prendre de risques. À l'étage, j'entre dans ma chambre et découvre Charlie, blême, Samuel gêné.

— Qu'est-ce qu'il se passe ? je demande.

Charlie sursaute et se tourne vers moi, les épaules tendues.

— Tu es un loup-garou ?

Le cœur qui bat dans mes tempes, je vois trouble.

CHAPITRE 19

RAPHAËL

Le code des chasseurs.
Chasser les loups-garous avec des armes létales.
Obéir et protéger le leader.
Accepter l'éventualité d'une mort prochaine.
Souffrir fait partie du boulot.
Sans leader, le vote à l'unanimité est appliqué.
Une trahison résulte à une mort certaine.
…

Bon nombre d'inscriptions de ce genre sont dispersées sur un long parchemin. Il m'a fallu une heure pour tout lire, annoter des informations complémentaires sur une autre feuille et écouter les suggestions de Carl. Depuis la signature, il s'est adouci. Compréhensif lorsque je ne comprends pas une nuance dans le code, il prend le temps de m'éclairer.

Le code à présent remis à jour, je m'étire sur la chaise, faisant craquer mon dos. Je bâille et frotte mes yeux. La nuit est déjà tombée et je n'ai pas fini de tirer les papiers. Il va falloir le faire en plusieurs jours si je veux en finir avec ça. J'ignore Carl qui entre dans le bureau, un plateau rempli de nourritures et de boissons dans les mains.

— Il faut que je regarde comment retirer cette merde qui me pourrit la vie, dis-je.

Carl dépose le plateau sur une commode, les sourcils froncés avant de servir deux tasses de thé.

— Ce qui est sûr, c'est que ce n'est pas anodin.

— Comment ça ?

— Je veux dire que la soif de sang de ton père est la même que la tienne, ce gène est sans doute apparu bien avant, je propose une sorte de malédiction.

— Une malédiction qui nous obligerait de tuer ?

— C'est dans l'idée, murmure Carl.

Je soupire et me saisis de la tasse que Carl me tend. La piste de mes ancêtres n'est donc pas à écarter. S'il y a un moyen pour moi de bouger les choses et de stopper ce gène, je vais pouvoir vivre sans avoir le besoin de tuer.

Théodore me manque.

Je grommelle et bois une gorgée avant de la poser sur le côté, fouillant dans les tiroirs. Vaut mieux que je me change les idées avant de trop penser à mon amour. Je risque de déprimer. J'ai cette boule au ventre qui me donne envie de pleurer à chaque fois que je pense à lui. Une partie de moi-même manque et je perds mes idées à chaque pensée déviée. C'est accablant. Carl claque sa langue contre son palais et attire mon attention.

— Rose à bouger toutes les affaires de ton père dans cette pièce, s'il y a des notes concernant vos… facultés ça pourrait aider.

Je hoche la tête et fouille pendant ce qui me semble être une éternité. Lorsque je tombe sur le dossier de ma famille, mon thé est froid. Je pose ma tasse sous le rire de Carl et j'ouvre le porte-document. Je feuillette les actes de naissance, dont moi et Samuel. Tout est en ordre.

— Tu doutes de ton affiliation à ton père ?

— On ne sait jamais, murmuré-je, il y a beaucoup de secrets dans cette famille, ça ne m'étonnerait pas de voir dans le fond de ces documents un frère caché.

À peine cette phrase soufflée qu'entre mes mains, un acte de naissance inconnu me fait face.

— J'ai trouvé l'arbre généalogique de ta famille et celle plus précise des chasseurs.

— Carl...

Le vieil homme se tourne vers moi, son éternel froncement de sourcils plaqué sur son visage. Il demande ce qu'il se passe, j'inspire et je lui tends le document.

— Charlie Peeters Nore. J'ai un autre petit frère et je ne le savais pas.

Je m'affale contre le dossier de mon siège et je frotte l'arête de mon nez. Un mal de crâne commence à poindre.

— Étonnant, quand on sait que l'ami de ton frère vient d'arriver en ville depuis la mort de ton père, murmure Carl en détaillant l'acte de naissance.

Je soupire. Charlie... Il ne nous ressemble pas. Il a les cheveux roux, des yeux bruns et un sourire timide sur ses lèvres. Bon, ça n'a rien à voir. Maman nous aurait caché le bébé ? De ce que je sais, maman peut très bien nous cacher ça.

— Il a été adopté par une famille d'accueil, ton père a veillé aux antécédents de ces personnes.

Carl a son visage penché sur les différents documents et les analyses avec minutie.

— Tu penses que mon père peut avoir gardé contact avec... ce frère ?

— Ça ne lui ressemble pas, mais je t'avoue qu'il pouvait faire des choix surprenants.

Je grommelle et je saisis l'arbre généalogique du côté des chasseurs de ma famille.

L'excitation de découvrir mes ancêtres s'est calmée depuis la découverte d'un possible frère. Je ne veux pas croire que ce soit l'ami de mon frère. Carl a des soupçons, mais comme d'habitude, je nie. Avec l'aide de maman, je suis certain qu'on aura la réponse directement. Un enfant. Mon père a eu un autre enfant. Plus ça avance, plus je ne crois pas maman capable de cacher ce gosse mystère. Surtout l'adopter. Elle nous aime et, même si elle sait que cette vie est dure, elle ne nous aurait pas abandonnés.

Ma gorge sèche, je ne regarde pas les documents. Mon père a donc eu une maîtresse ? Au final, il a laissé maman pour Frank, mais entre-temps, a-t-il trouvé un bonheur éphémère dans les bras d'une autre dame ?

— Carl, il y a des informations sur la femme que mon père a engrossée ?

— Pas la moindre trace d'elle. Ta mère n'aurait jamais accepté de se séparer de cet enfant, donc à mon avis, c'est un bâtard.

Je peux comprendre les raisons que mon père avait pour cacher l'enfant. Ce petit est né sans la moindre possibilité de s'élever parmi nous. Il y avait un risque pour Samuel, qu'il ne trouve pas sa place avec moi devant lui. Heureusement, il a développé ses pouvoirs et à présent, il devient un sorcier incroyable. Un enfant en plus aurait compliqué les choses. Je fais part de mes idées à Carl qui me montre des écritures plus fines en bas des documents qu'il lisait.

— Oui, où cet enfant est un hybride, lâche Carl.

Bien que Carl ne baisse pas les bras concernant le nouveau membre de la famille, pour ma part, je ne m'en soucie pas. Ça doit être le contraire logiquement, mais si mon père a jugé bon de le faire adopter, alors c'est qu'il avait de bonnes raisons. La curiosité de Carl m'étonne. Il a passé plus d'une heure sur ce problème et alors que je me lève pour ranger les documents, il bondit sur sa chaise.

— La femme, elle s'appelle Miranda Knight. Il y a plusieurs photos d'elle et du gosse.

Il me tend ce qu'il a trouvé. Je soupire et regarde curieusement. La jeune femme est magnifique. Ses longs cheveux de feu tombent en cascade sur ses épaules émaciées. Malgré son physique malingre, elle a des yeux resplendissants.

Bien que ces pupilles rayonnent d'une profondeur abyssale comme tous les vampires de son espèce, elle a un sourire taquin sur les lèvres, laissant entrevoir ses fines canines. Un goût amer glisse dans la trachée quand je remarque ces détails. Il n'y a aucun doute, elle appartient bien au clan des vampires.

— À ce que je vois, mon père apprécie les êtres surnaturels.

Mon commentaire est ignoré, bien que je remarque un léger rictus sur les lèvres du vieux chasseur. Je tourne la photo et je peux y lire le prénom de la jeune femme griffonné. Je porte mon attention sur les autres photos qui coupe mon envie de fuir. Sur les petites photos se trouve un enfant, joyeux et plein de vie. La première, lors de ses quelques heures de vie, les canines de l'enfant sont sorties. J'ai du mal à croire que mon père a couché avec un vampire. Pourtant, toutes les preuves sont là.

Je m'assis, passe une main dans mes cheveux et découvre une à une les photos de mon demi-frère. Le visage de cet enfant se dessine et la ressemblance avec Charlie est bien trop importante pour l'ignorer.

— Il faut que tu contactes ce garçon Raphaël.

— Pour lui dire quoi ?

— Vérifier s'il ne compte pas te tuer !

Je jette un regard crispé à Carl. Il n'a aucune idée que Charlie est l'ami de Samuel et de Théodore. Puis-je me permettre de faire confiance en cet inconnu ? Dois-je laisser mon frère et mon compagnon traîner avec lui ? Je souhaite que ce soit plus simple. Si Charlie est un vampire, il cache bien son jeu, surtout si Samuel et Théodore ne l'ont pas senti.

— Nous aviserons plus tard.

Je range les photos dans les documents que je glisse dans un sac. Il va falloir que je demande à maman ce qu'il se passe. Peut-être qu'elle m'éclairera. Je ne veux pas lui en vouloir, je n'ai pas le droit de juger aussi vite. Il me faut toutes les informations avant de prendre des décisions stupides.

Je passe mes doigts à travers cet arbre généalogique. Celestino est le premier membre-chasseur recensé. Il possède le gène qui poursuit les premiers hommes nés de cette famille. Il a un enfant, du nom de Hippolyte, un tueur en série qui a été exécuté pour ses crimes par la guillotine lorsqu'il a avoué être possédé par le diable. Son fils, Andros, un historien populaire, a retracé la vie de nos ancêtres et a compris ce qu'il se passait. Son grand-père a tué un loup en lui jurant de tuer tous ces congénères pour venger sa femme. La bête accepte son sort et lui offre des facultés au-delà du réel.

Ce gène, qui s'active lors d'une douleur insoutenable, apparaît systématiquement sur la peau comme une marque. L'endroit est désigné sur l'aine, la partie la plus sensible et fragile de l'humain. Lors de la vingt-cinquième année du porteur du gène, un accident accueillant la mort survient et l'enfer commence. Les dons sensoriels sont dupliqués et il n'y a rien pour la combattre. La soif de tuer les loups-garous est à son paroxysme.

— Papa m'a fait souffrir si fort ce jour-là.

— Je comprends pourquoi tu es marqué sitôt, la douleur permet au gène de s'éveiller et si ça pouvait t'éviter d'être percuté par un camion…

La respiration coupée, je regarde Carl qui, le visage baissé, tire sur ses doigts. Plus le temps passe et plus j'ai l'impression de découvrir ma vie sous un autre angle. Moi qui pensais que Carl était un vieux connard sans sentiment, le voilà qu'il éprouve des sentiments qu'il, jusqu'alors, n'a jamais montrés. Je garde le silence et poursuivit ma lecture, laissant Carl dans ses réflexions.

Silvestro et Silverio sont deux jumeaux célèbres pour avoir protégé Clearwater des loups mangeurs d'hommes. Reconnus par les habitants comme des chasseurs aguerris, ils ont été approuvés par tous et incités à continuer leurs activités douteuses. Silerio a eu un enfant du nom d'Elvio. Sous la pression de son père, il ouvre la coalition et entraîne Ugo pour devenir son successeur. Je viens au monde par la suite et vingt-six ans plus tard, me voilà sur le siège de mon père.

Ils sont tous morts, sauf Elvio.

Je mordille ma lèvre inférieure en parcourant la ligne droite de tous les hommes qui m'ont permis d'être en vie. C'est ahurissant. Les femmes, aux côtés des prénoms de ces hommes, n'ont pas eu d'autres enfants. Seule Natacha, la femme d'Andros a eu une paire de jumeaux, Silerio et Silvestro. Silverio a donc continué la lignée, mais pas son frère qui est mort lors d'une battue. Lorsque j'arrive devant le prénom de mon grand-père, une profonde amertume me saisit. Elvio Nore n'est jamais venu me voir lorsque j'étais un enfant. Il n'est pas venu non plus à la mort de mon père. Cet homme n'a aucune valeur. Mon père n'était pas le plus doux des hommes, mais je suis persuadé qu'il aurait été à l'enterrement d'Elvio.

Je soupire et essaye de rechercher dans les autres papiers une preuve de notre gène, mais rien. Je me saisis de l'enveloppe glissée derrière l'arbre généalogique et le dépose sur le bureau, songeur. J'essaye de faire du tri dans ce méli-mélo et je me rends compte d'une chose. Il n'y a que des hommes. Les femmes qui ont été en relation avec mes ancêtres n'ont jamais donné naissance à des filles. Ma respiration bloquée, je passe en revue chaque prénom et soudain, je relève les premières lettres. Arrivé à la fin de l'arbre, je suis tétanisé.

Clovis
Hippolyte
Andros
Silverio
Silvestro
Elvio
Ugo
Raphaël

C'est comme une claque.

Je laisse les documents glisser à terre quand je me redresse. Je ne fais pas attention aux plaintes de Carl que je détale dans ma chambre et cherche après ce bouquin. Mon cœur rate un battement lorsque mes yeux se posent sur la tranche de ce livre.

Papa me racontait cette histoire tous les soirs.

Le conte du chasseur et du chassé.

C'est l'histoire d'une famille pauvre qui vit dans une ville prisonnière d'une grande forêt. Les habitants ont peur de cet endroit sombre, craignant des choses monstrueuses qui s'y passent. Bon nombre d'hommes et de femmes ont tenté de s'approprier la forêt, mais personne n'y est parvenu. Un jour, l'homme de cette famille pauvre décide de prendre son courage à deux mains et d'aller chasser dans cette forêt. Malheur lui en a pris, car aux abords d'une clairière luxuriante, il rencontre un loup. Cette bête, prise de folie, n'hésite pas et fonce droit vers le chasseur. Courageux est l'homme qui se bat de toutes ses forces, mais dans cette euphorie, il ne remarque pas l'illusion. Fier d'avoir terrassé le géant, il rentre chez lui et découvre sa femme, mourante, aux pieds du loup-géant qui se transforme en homme. Fou de rage, le pauvre homme s'acharne sur le loup, jurant à la bête qu'il tuera tous les loups qu'il rencontrera. N'ayant aucun moyen pour réparer ses fautes commises, le loup sombre dans la mort, acceptant avec honte la requête du chasseur qui, sans s'en rendre compte, maudit les hommes de sa famille.

Je passe mes paumes sur ce livre et je régule ma respiration laborieuse, cherchant dans ma mémoire ce que mon père a pu me dire d'autre. Transposant à la réalité, je peux être certain que c'est de notre famille dont il s'agit. L'auteur n'est pas précisé, ni une maison d'édition ni code barre. Rien. Aucun autre indice. Je ne peux même pas espérer chercher du côté de mon grand-père. Il doit être mourant à l'heure qu'il est.

— Tu as trouvé quelque chose ? demande Carl.

— L'histoire que mon père me lisait quand j'étais gamin.

Je lui tends le bouquin et je me dépêche de ranger les feuilles. Lorsque je me redresse, la lettre que j'ai déposée y est toujours, scellée. Je m'en saisis et l'ouvre, me collant contre le dossier de la chaise.

J'ai hâte de rentrer et de serrer Théodore contre moi.

Salut petite terreur,

Je savais que tu allais fouiner un jour ou l'autre et je pense que c'est une bonne chose. Rien ne me prépare à ce qu'il va se passer prochainement et je dois t'avouer que ça m'angoisse. Ne sois pas surpris, ton père peut être paniqué à l'idée même que son petit garçon prendra bientôt le contrôle de la coalition. Je ne le souhaite pas, même si je te rabâche le contraire, c'est la vérité.

Tu dois te demander de quoi je parle et sans aucun doute, tu m'insulteras de sénile malgré mon jeune âge. Les temps changent mon petit et peu importe les décisions que tu prendras, j'espère de tout cœur que tu réfléchiras et que tu seras heureux.

Les chasseurs veulent te voir mort.

Un point que je ne suis pas prêt à révéler à qui que ce soit, même pas à ta mère, car elle voudra sortir de cette pression. Je ne sais pas quoi faire. Je suis complètement perdu et plus tu grandis, plus je me sens obligé de te former pour affronter ce qui t'attend. Nous vivons dans un monde où les métamorphes ne sont pas que des bêtes racontées dans des livres pour enfants. Parfois, on les enjolive, parfois on les caricature, il faut que tu te fasses ta propre opinion là-dessus.

Aujourd'hui, mon petit garçon, tu as reçu ta marque. Le symbole de notre famille, de notre capacité à exercer notre rôle. Celle d'un leader et d'un guide pour nos semblables. Je suis tellement désolé. J'aurais voulu que tu ne souffres pas comme j'ai souffert, comme mon père a souffert. Mais nous le devons. Tu es le dernier, mon fils, le dernier à recevoir cette marque, le dernier à avoir ce gène, cette malédiction. C'est un soulagement avec son lot de conséquences. La boucle est bouclée et je prie tous les Dieux pour que ta progéniture n'ait pas à subir le même sort.

Lorsque ton petit frère s'est révélé être un sorcier avec l'absence de ce gène, j'étais soulagé. Ta mère ne l'aurait pas accepté et une partie de moi avait honte de cette capacité. Cette envie de tuer est viscérale. Tu as toujours eu ce besoin de faire du mal et de blesser ce qui t'entourait. C'est dans tes gènes. Je n'ai pas eu le choix que de te former, de t'apprendre à enfermer tes émotions et les contrôler afin que tu ne deviennes pas comme Silvestrio, le frère jumeau de Silverio. La folie l'a emporté, avec une trentaine d'innocents dans son sillage. C'était primordial de te préserver, de te protéger de ce gène.

Rien de ce que j'ai fait ne me permet d'être pardonné, je ne me pardonne pas à moi-même. Je sais que c'est plus simple de haïr que d'aimer. Vis ta vie comme bon te semble, sois patient et heureux, mon fils.

Je t'aime,

Ugo Nore.

La gorge asséchée, je dépose délicatement les mots de mon père dans ma veste après l'avoir pliée et placée dans l'enveloppe. Carl semble lire avec attention des papiers sans importance, me laissant à mes pensées bousculées. Je me sens vide. Bordel. Théodore, il me faut Théodore. J'essaye de reprendre le contrôle de ma respiration et fais tout pour ne pas pleurer. Aller. Courage, restons maîtres de nous-mêmes. Je range avec difficultés les différents documents sans vraiment regarder leur origine.

— Je vais rentrer au territoire, que fais-tu ?

— Je vais annoncer la nouvelle aux membres que nous avons enfin un leader. On se contacte dans les prochains jours pour mettre en place une chasse ?

— Faisons ça.

Carl hoche la tête et range les documents là où il les a trouvés. Il me dépose devant la lisière des protections et une fois hors de la voiture, je le salue. Lorsque j'arrive devant la maison de mon amant, j'y entre et découvre une louve accroupie d'un blessé.

— Que se passe-t-il ?

Une panoplie de cris viennent de l'étage. Rose arrive à côté de la louve en lui donnant une tasse de thé fumante.

— Charlie a découvert l'existence des loups, Zachary tente de le calmer avec les garçons.

Le visage de maman est soucieux. Je jette un coup d'œil au blessé et elle semble s'illuminer.

— La pleine lune ne se passe pas comme prévu, il s'est fait attaquer par ce qu'il semble être une meute rivale. Je n'en sais pas plus, Louise l'a rafistolée.

Ladite Louise se lève, s'excuse et sort de la pièce. Je fais une moue dubitative et maman sourit. L'image de l'acte de naissance et des photos de l'enfant, je me rembrunis. Comment lui expliquer ?

— J'ai fouillé dans les papiers de papa et j'en ai appris beaucoup sur le gène, murmuré-je.

Elle me fait m'asseoir en face du blessé et je regarde mes pieds. Ce n'est vraiment pas une situation que j'aime.

— J'ai trouvé ça.

Je sors du sac les divers papiers qui prouvent la naissance d'un autre Nore dans la famille. Elle avise les documents, ne laissant transparaître aucune émotion sur son visage. Comment puis-je deviner quoi que ce soit avec cette attitude ? J'inspire et continue.

— Cet enfant est celui de papa. Il l'a fait adopter après la mort de sa maîtresse, c'était un vampire.

Je ne remarque pas les yeux larmoyants de maman et je continue mes explications.

— Les photos sont étonnamment semblables à Charlie, l'ami de Samuel.

Le visage baissé, elle prend la parole, la voix enrouée.

— Ton père n'a jamais su réellement ce qu'il voulait. Ses relations extra-conjugales n'ont pas fait arrêter les sentiments que j'éprouve pour lui. Il a eu un enfant avec cette femme et je l'ai aidé à trouver une famille convenable pour ce garçon. Je m'attendais à ce qu'il revienne, car je l'oblige à revenir.

L'aveu de maman traverse mon corps comme des lames aiguisées. Elle a aidé mon père à l'abandonner.

— Lorsque ton père était vivant, Charlie avait ses capacités vampiriques inhibées, ce n'est qu'une question de temps avant qu'il ne cherche à goûter au sang. Donc oui, Raphaël, Charlie, l'ami de Samuel, est ton demi-frère.

Un sanglot me fait frémir. À peine que je tourne la tête que Charlie, les joues rougies par les pleurs, s'enfuit de la maison.

CHAPITRE 20

CHARLIE

Mon crâne tambourine. La respiration laborieuse, j'évite les troncs d'arbres et j'avance à l'aveugle dans ses bois inconnus. Je ne peux pas le croire.

Théodore est un loup-garou et monsieur Greed aussi.

Je ne comprends pas. Pourquoi ? Il n'a pas moyen que ce soit possible. Je n'ai pas fabulé pourtant. Après le hurlement du loup et le départ de Théodore, je me suis redressé et je l'ai vu. Imposant et menaçant. Il s'est transformé. Monsieur Greed s'est transformé devant mes yeux. Il est passé d'un monstre terrifiant à cet homme qui me fait vibrer. Comment c'est possible ?

Samuel a bien essayé de le cacher, mais sous mes cris terrifiés, il m'a tout avoué. L'existence des loups-garous n'est qu'un exemple. Lui et Rose sont des sorciers. C'est là que Théodore est entré. Ses explications folkloriques se sont montrées vraies lorsque Zachary a transformé ses yeux et ses oreilles devant moi. Avec le besoin de respirer, je suis descendu et j'ai entendu la conversation du frère de Samuel.

C'était la goutte de trop. Je me suis enfui.

Même si la possible existence des loups et des sorciers me fait trembler, ce n'est rien comparé aux insinuations hasardeuses de cette famille. Je sais que j'ai été adopté par mes parents. Il y avait combien de chance pour que ça tombe sur cette famille ? Je ne peux pas l'imaginer.

Alors que je m'enfonce dans la forêt angoissante, je ne fais pas attention aux grondements qui m'entourent, trop préoccupé par ce que je viens de découvrir. À peine que j'avance de trois pas, qu'une masse me pousse par l'arrière. Je chute et ventre à terre, le visage dans la neige, je ne peux pas voir ce qui m'est tombé dessus. Les bruits hachés et laborieux, les cris et les plaintes, l'odeur putride et la froideur du poids sur moi, je me sens frémir. Le cœur battant, je n'ai pas le temps de tourner la tête qu'un puissant rire me fait sursauter.

— Humain fougueux…

Des claquements de dents près de mon oreille me font lâcher un cri de peur. Une brûlure sur le bas de mon dos coupe ma respiration et je perçois du coin de l'œil une main griffue éraflée ma joue. Sans réfléchir, je me redresse, fait tomber mon agresseur et je cours aussi vite que je peux. Un profond beuglement me motive à ne pas regarder derrière moi.

Le tapage de la course de mes agresseurs forme une boule dans mon ventre. Le front perlé de sueur, j'ignore les branches qui me fouettent les jambes. J'ai tronqué mon jeans contre un short. La neige qui couvre le sol de la forêt brûle mes pieds et mord mes jambes. Après plusieurs minutes sans entendre mes agresseurs derrière moi, je ralentis. Mon corps tremblant, je regarde tout autour de moi. Les larmes se sont taries depuis plusieurs minutes, frottant mes poings sur mes yeux. Je renifle et pose une main sur ma joue blessée, transi de froid.

L'adrénaline redescend.

J'ignore à quelle heure il est et avec la nuit qui m'angoisse, je n'arrive pas à réfléchir. Heureusement, j'arrive sur une grande route. Par chance, après ce qui me paraît être des heures, je suis en ville. Ma respiration laborieuse la boule au ventre, j'atteins enfin la maison. Maman et papa sont partis à Kamloops, ils ont profité d'un week-end de jeu-concours. Je me retrouve donc seul. Je laisse un sanglot m'échapper. J'écarte la plante à côté de la porte et je me saisis de la clef cachée en dessous de la latte cassée du perron.

À l'intérieur, je ferme les yeux une fois la porte fermée à double tour. Je me laisse glisser contre elle et je tente de reprendre une respiration, en vain. Les mains moites, je replie mes jambes contre mon torse et je rassemble mes idées en me berçant.

Nous venons de déménager de Detroit pour Clearwater. Mes parents pensent que cette ville est idéale pour être au calme et en sécurité. Papa a réussi à être recruté dans le poste de police alors que maman n'a pas hésité une seule seconde à travailler dans l'école élémentaire. Nous avons tout fait pour nous intégrer dans ce train-train quotidien, parlant aux voisins qui nous ont accueillis d'une manière chaleureuse. J'ai même réussi à me faire quelques amis. Maintenant, je… Qu'est-ce que je vais faire ?

Les yeux exorbités, je mords sur ma lèvre pour éviter un sanglot, essayant de ne pas y penser. J'agrippe avec force mes cheveux de feu, tirant, secouant ma tête, griffant mes joues. Je sursaute lorsque la plaie séchée s'ouvre à nouveau. Je l'ignore et laisse échapper mes plaintes et sanglots à la volée, frappant avec mes poings le sol verni du hall. Soudain, du sang sur mes mains me donne envie de vomir. La bile monte, j'ai juste eu le temps de détaler dans les toilettes pour vider mon estomac. La sueur perle mon front, m'obligeant à me rincer le visage et me gargariser la bouche.

Je monte les escaliers et entre dans la salle de bain.

Les mains tremblantes, je les pose sur l'évier, ne voulant pas regarder mon visage dans le reflet. Comme un automate, j'allume l'eau bouillante et la laisse couler pendant un moment avant de jeter mes loques à terre. J'entre dans la cabine de douche et je glapis lorsque l'eau me brûle les épaules et mes blessures dans le dos. Je m'écarte du jet, j'inspire et je régule l'eau pour me détendre sous le jet. Je ferme les yeux et lève mon visage. Soudain, je me crispe et pose ma main tremblante sur ma joue pour la retirer.

Je suis blessé.

Je me lave avec maladresse. Le sang coule dans le bac de la douche et je finis par pleurer. Misérable, je sors de la cabine. Qu'est-ce que je vais faire ? J'inspire et je pose une main sur mes yeux, les larmes recommencent à couler. Rageur, j'agrippe mes cheveux et les tire. Je sursaute lorsque la sonnerie de son téléphone retentit. Je renifle, sèche mes mains et le saisis avant de décrocher. C'est Samuel.

— Allô ? Charlie ? Tout va bien ?

Je garde la bouche fermée. Bon sang… Je pince les lèvres, ferme les yeux et tente de ne pas pleurer encore. Trop tard. Je laisse échapper un sanglot faisant paniquer Samuel qui me demande à nouveau si ça va.

— Sam… éclaté-je, je ne sais pas quoi faire…

— On arrive Charlie, je te promets, tout ira bien.

Ma respiration s'accélère et sans faire attention, je laisse mon téléphone tomber sur le sol. Malgré les appels incessants de Samuel, je me dirige dans ma chambre en utilisant les murs pour supporter mon poids. Je passe une main sur mes yeux et les frottes pour effacer toutes traces de larmes. Je renifle. Dans ma chambre, je prends des vêtements et je me reprends à plusieurs fois pour les enfiler. Je m'effondre au sol et j'inspire. J'ai mal à la tête.

Les douleurs arrivent.

Tout d'abord, mon dos. Le frottement du tissu de ma chemise brûle à l'endroit de mes blessures. J'ai mis un t-shirt et le frottement du tissu ne m'a pas dérangé au premier abord, puis le lancement s'est réveillé. Ensuite, mes pieds.

Je n'ai pas fais attention à ce détail, mais les écorchures ont ouvert à plusieurs endroits la plante de mes pieds, me faisant grincer lorsque je retire certaines épines encore implantées à l'intérieur, l'esprit complètement ailleurs.

Un, deux, trois, quatre, cinq… c'est trop long de compter les lignes sur le sol. Je soupire, me mets sur le dos et regarde le plafond. Soudain, mon thorax sursaute, puis le battement de mon cœur coincé dans ma gorge, je laisse éclater un sanglot. À nouveau, j'essaye de contrôler, en vain.

J'inspire, j'expire.

Mon nez pique. Non, mes joues, mes yeux, même jusqu'à ma gorge. Qu'est-ce qui m'arrive bon sang ? Je ferme les yeux, mes poings contre mes paupières, je sens de l'humidité. Lorsque j'ouvre les yeux, je vois trouble.

Merde.

Quand est-ce que je vais arrêter de pleurer ? Un nouveau spasme finit par me faire craquer. Sans pouvoir me contrôler, je pleure à me noyer les joues. Mes cris ne s'arrêtent pas, même lorsque j'entends des bruits de pas arriver vers moi et des voix que je ne reconnais pas.

Une paire de bras, une odeur fine et délicate, de la chaleur et la vibration d'une voix rauque me calment. Je renifle, fermant mes yeux, gardant mon visage contre ce torse dur. Le sommeil m'emporte, guidé par la respiration calme et apaisante de cet inconnu qui vient me sauver de cet enfer.

Une caresse sur ma joue me fait soupirer de bonheur. Je ne veux pas que cette chaleur s'en aille. Une douleur dans mes yeux me fait grogner, je passe une main sur mon front et j'ouvre avec difficulté mes yeux. Devant moi, monsieur Greed, l'air soucieux, me scrute du regard. Il est magnifique. Le souffle coupé, je n'ai pas le temps de le détailler davantage qu'il fuit.

La chaleur de sa main disparaît. Non… Je ne veux pas, ne me quitte pas… Les larmes reviennent, je me redresse, mais je m'emmêle dans les couvertures. Il est déjà parti. À genoux sur le matelas, je baisse la tête. Mes mains serrées sur la couverture à fourrure, je fronce les sourcils.

Je n'ai plus mal dans mon dos.

L'immense lit dans lequel je me trouve ne me dit absolument rien. Je pousse les couvertures sur le côté et mes pieds touchent enfin le sol. Je jette un coup d'œil à la fenêtre et mon cœur loupe un battement.

Un immense loup a traversé la propriété comme une balle, s'enfonçant dans la forêt. Je passe mes mains sur mon visage. Tiens, un pansement. On m'a soigné ? Je soupire et je m'assieds sur le lit. Je ne comprends absolument rien. Mon regard fait le tour de la chambre, je fronce les sourcils.

C'est chaleureux.

Le bois est omniprésent, j'ai remarqué ça dans la chambre de Théodore. Si monsieur Greed était ici et que ce n'est pas la chambre de son fils, ça veut dire… Ma respiration se bloque. Les poutres sortent des murs, embellissant l'endroit composé d'un grand lit de chêne, deux petites tables de chevet et une commode. C'est la chambre d'un homme, celle de Zachary.

Je me tourne vers les coussins et je plonge mon visage tout contre. Son odeur imprégnée dans les tissus me fait frissonner. Après quelques instants, je jette un coup d'œil à la commode.

La curiosité, c'est mal.

J'ai envie de fouiller. C'est malpoli. Comment puis-je espérer connaître cet homme ? Puis, ne dit-on pas que la vie d'un homme se résume aux choix de ses sous-vêtements ? Tenté, je mordille l'ongle de mon pouce, puis je me décide. Sur les tables de chevet, il y a seulement un réveil et une montre. Pas quelque chose de bien affolant en somme. Il est dix heures du matin. Parfait. Je fais le tour du lit et ouvre le premier tiroir de la commode et effectivement, il y a des vêtements.

Il a un style plutôt simple.

Entre les pantalons, les diverses chemises et chemisiers bûcheron, il n'y a rien qui puisse me dire autre chose. Comme Hercule Poirot, je tâte la planche du dessous, tapant dessus, mais rien qui ne me convainc qu'il y a un espace pour cacher quelque chose. Je ferme le tiroir et ouvre le deuxième, mais là, même chose. C'est plutôt des pulls d'hiver et une autre couverture.

Pas folichon.

J'ouvre le dernier tiroir et le feu me monte aux joues. Des boxers. Les sous-vêtements de monsieur Greed sont dans ce tiroir. Je mordille l'intérieur de ma joue. Peut-être qu'il cache quelque chose là-dedans.

Je serre mes doigts entre elles, puis je me lance. Je plonge mes mains à l'intérieur et je détourne le regard. Abruti ! Personne ne te regarde. Je pouffe de rire et ose enfin poser mon regard sur les vêtements lorsque mes doigts percutent quelque chose de dur. Je sors ma trouvaille, le visage illuminé.

Enfin !

Ce n'est pas une bonne idée de croire que je ne vais pas fouiller dans les sous-vêtements. Je suis un inspecteur de qualité !

D'un rire machiavélique, je m'assieds par terre, le coffre noir aux bordures dorées devant moi. Il n'y a rien pour l'ouvrir. Même pas une serrure. Je le tourne dans tous les sens. Il n'y a rien qui ressemble à une ouverture. Alors que je le pose à terre, elle s'ouvre. Surpris, je reste quelques instants à la regarder.

Punaise. C'est quoi ce bordel ?

Pourquoi il y a toujours des trucs bizarres qui m'arrivent depuis que je suis ici ? Je soupire et décide de l'ouvrir entièrement. Je n'ai rien à perdre de toute façon. Tout d'abord, une photo.

C'est une femme.

Elle ressemble à Théodore. Un ange, voilà. Ses cheveux noirs bouclés, son sourire éclatant qui fait plisser ses yeux bruns. Elle tient dans sa main une feuille d'érable, c'est la même qui se trouve dans la boîte, bien qu'elle soit fanée. Je tourne la photo et un nom y est griffonné. Sarah. Comme un goût amer dans l'arrière gorge, je délaisse la photo pour me concentrer sur la bague, je n'y touche pas. Je n'ose pas. Je risque d'aller trop loin en touchant à ce bijou, d'ailleurs, fouiller ainsi dans la vie d'autrui me met soudainement mal à l'aise.

Je ne suis pas stupide, monsieur Greed a eu une femme et celle-ci semble ne plus être ici. C'est à en juger par le manque de vêtements féminins et cette bague trop fine pour être celle d'un homme. Ont-ils divorcé ?

Je soupire, repose les choses dans la boîte et la range. Lorsque la commode est fermée, je me pose sur le lit et passe une main sur ma nuque. Qu'est-ce que je suis censé faire ? Ces dernières vingt-quatre heures ont été fortes en émotion.

Je ne sais pas ce que je suis.

Je retiens ma respiration lorsqu'une fissure barre mon cœur. Ça fait mal. Je pose ma main sur mon torse, la tête ailleurs. Je ne sais pas combien de temps je suis resté dans cette position, mais je sursaute lorsqu'une main se pose sur mon épaule. Je me tourne et le visage de Théodore apparaît devant moi.

— Est-ce que tout va bien ?

CHAPITRE 21

THÉODORE

Charlie est parti.

Raphaël et Zachary ont tout de suite remué ciel et terre pour le retrouver. Avec l'interdiction de bouger de la maison, Samuel et moi avons tenté de l'appeler, sans réponse. Ça a eu le don d'amplifier notre inquiétude.

En me rongeant les ongles, assis en tailleurs dans mon lit, nous guettons le moindre signe de vie de nos téléphones. Plusieurs minutes s'écoulent et Samuel se jette en arrière, rebondissant sur le coussin de Raphaël.

— L'attente ne m'a jamais semblé aussi éprouvante, geint-il.

Et comment.

Je peine à garder mon sang-froid. La pleine lune ne

m'aide pas à calmer mon loup qui me hurle de sortir et de porter secours à son ami. J'aurais ri, tant la situation est adorable, mais ce n'est pas le moment d'y penser. Ça ne m'apaise pas. Cette soirée tourne au cauchemar, entre Eji qui est blessé et la fuite de Charlie, je ne peux qu'espérer que l'avenir serait clément. Samuel n'a pas l'air d'être mort de trouille, comme souvent, lorsqu'il a des visions épouvantables, il est dans un état catatonique. Ce n'est pas le cas et c'est bon signe. Il ne manquerait plus qu'il me fasse une crise, annonçant la mort de Charlie.

Pas de panique.

Je lance une œillade vers Samuel qui se redresse, soupire et dégage ses longs cheveux de ses yeux. Je fais une mine dégoûtée quand je vois l'ongle de Samuel être mâchouillé puis cracher à terre. Je n'ai pas le temps de le réprimander qu'il saute sur ses pieds, attrape son téléphone et pianote dessus.

— J'en ai marre, je recommence !

Je suis de son avis. Moi non plus, je n'en peux plus. Campé sur mon lit, dans la même position, je craque mes doigts un à un. Lorsque j'entends la tonalité s'arrêter, signe qu'on décroche, mes sens sont en alerte.

— Allô ? Charlie ? Tout va bien ? s'écrie Samuel.

Rien. Il n'y a aucun son, hormis une respiration laborieuse qui sursaute mon cœur. A-t-il des ennuis ? A-t-il mal quelque part ? À mon tour, je me redresse, prêt à intervenir. Soudain, une crise de larmes se déclenche.

— Charlie, est-ce que tu vas bien ?

La voix cassée de Charlie me retourne l'estomac.

— Sam… je ne sais pas quoi faire…

Alors que Samuel essaye de le rassurer, j'enfile mes chaussettes. Sa voix devient plus aiguë.

— Charlie ! Bordel, il faut le trouver !

Je ferme les yeux et me force à chercher la présence des voix de ma famille. Hormis les plus âgés et Archibald, je ne trouve pas l'alpha. Je porte mon attention sur mon oncle.

— J'ai besoin de toi, gronde mon loup avec panique, on a Charlie par téléphone, mais il ne répond plus.

— Tends l'oreille, il y a bien des bruits qui pourraient nous mettre sur la piste, comme du vent ou l'eau d'une rivière.

Je porte mon attention sur le téléphone, mais Samuel crie comme un hystérique.

— Tais-toi putain !

La voix déformée par mon loup qui menace de prendre possession de mes moyens, je vois Samuel se tendre, mais je l'ignore. Soudain, tout devient plus clair, jusqu'à ce qu'un bruit sourd me fasse sursauter. Il est tombé. De l'eau. Comme de la pluie. J'essaye d'entendre davantage, mais les sanglots de Charlie étouffent les bruits environnants. La pluie continue.

Je jette un œil par la fenêtre, je fronce les sourcils. Il ne pleut pas.

— Il est chez lui, Charlie est dans sa maison, Sam.

Un soulagement traverse ses yeux, jusqu'à ce que je lui murmure qu'il est tombé.

— Il faut prévenir mon frère, souffle le sorcier.

Je prends mon téléphone à la hâte, tremblant, et compose son numéro. Je n'ai même pas le temps d'entendre la première sonnerie qu'il décroche.

—Alors ?

— Chez lui, il est chez lui Raph', dépêche, il est sûrement en état de détresse, supplié-je.

La voix rocailleuse et chaude de Raphaël me demande de respirer, que tout ira bien, que Charlie reviendra en sécurité, à la maison. Une douce sensation s'installe à travers mon ventre. Je m'écroule dans le lit et sans que je ne puisse y faire quoi que ce soit, je m'effondre. Les larmes coulent et même avec la main de Samuel sur mon épaule, je ne peux empêcher les violents sanglots de m'abattre.

— Tout va bien mon amour, nous y arrivons.

Alors que je me concentre sur sa voix, j'entends que l'on déboule dans la chambre et la voix d'Archibald claque dans l'air. Soudain, ses bras entourent mon corps et je me laisse aller à ses balancements. La protection du bêta a un effet significatif sur moi, je reprends une respiration plus maîtrisée et je peux enfin entendre que non seulement Raphaël me parle, mais aussi papa, Samuel et Archibald. C'est à ce moment-là que j'entends que Charlie est dans la voiture et que l'alpha lui prodigue les premiers soins.

Il m'a fallu encore attendre cinq minutes avant de voir Raphaël. Archibald s'est instantanément écarté et à peine le temps d'une respiration que j'étais dans les bras de mon compagnon. Les cris de mon père, vociférant contre les deltas, me font tressaillir. Les anciens, plus sages et expérimentés, ont tenté de jouer leur rôle de soigneurs et de conseillers. L'alpha a vite fait d'emporter Charlie dans sa chambre sous l'ébahissement de certains, peu habitués aux crises de possessions de mon père.

Je ne peux plus le nier. Mon père s'est attaché à Charlie comme une moule à son rocher. Cette pensée me fait sourire. La joue toujours collée contre le torse de Raphaël, je sens ses doigts me caresser partout où il peut me toucher. Groggy, je ferme les yeux et soupire.

Je déteste perdre mes moyens.

Nous avons attendu une bonne semaine avant de pouvoir sortir. Bien que réticent, Zachary a accepté que Charlie mette le nez dehors. Nous n'avons pas reparlé de ce qu'il s'est passé, ce soir-là. Le voir aussi vivant me rassure et me permet de souffler. Eji est sur pieds, mais en comparaison de Charlie, il ne peut pas sortir. Un sourire fleurit sur mes lèvres en repassant le visage boudeur d'Eji lorsque son compagnon lui a interdit de quitter la zone protégée.

Le rire de Charlie et de Samuel me sort de mes pensées. Nous sommes toujours ensemble depuis. Personne ne parle de nos capacités et j'ai le sentiment que Charlie est rassuré. Il n'est pas prêt à discuter et nous lui laisserons du temps pour digérer. Charlie est entré si vite de ma vie que je ne m'imagine pas le perdre maintenant. Le voir aussi fragile et brisé m'a foutu un coup. Il s'est fait attaquer par la même bête qu'Eji et Archi ont dû affronter.

Je soupçonne Zachary et Raphaël de discuter de cette situation loin de nous. J'ai tellement envie d'aider, mais je sais que je vais être un poids pour tout le monde. Je n'ai pas les talents d'un traqueur, comme Eji ou Archi. Mon père est balaise en tant que loup et Raphaël… Je ne veux même pas y penser. Ses confidences sur sa vie vibrent encore en moi, comme un frisbee toujours en mouvement. L'imaginer petit, subir ces tortures quotidiennes assombrit mon visage. Plus jamais il ne souffrira. Je m'en fais la promesse. Mon cœur est gonflé d'amour pour lui, si bien que son visage flotte dans ma tête et l'envie de pleurer à chaudes larmes me prend aux tripes.

— Tout va bien ? murmure Charlie, posant sa main sur mon bras.

Je lui souris avec sincérité, chassant les larmes qui perlent.

— Oui, je pensais à Raphaël, tout va bien.

La moue inquiète de Charlie amplifie mon sourire. Samuel nous regarde avec tendresse lorsque j'encercle mes bras autour de mon ami.

— On peut rentrer, si c'est trop dur, murmure-t-il.

Son attention me fait trembler. Il est si prévenant que je peux réellement verser une larme. Bordel.

— Allons plutôt boire ce nouveau café dont tu me rabâches les oreilles depuis trois jours.

Samuel pouffe de rire alors que Charlie cache ses rougeurs à l'aide de ses mains. Wild Flour est ouvert. Nous entrons sous les salutations accueillantes des serveuses et nous tapons nos bottes sur le paillasson pour retirer la neige accrochée. Les écharpes et les manteaux ôtés, nous commandons les cafés.

— Comment ça va, avec monsieur Greed ? lance distraitement Samuel.

Je me tends. Il n'y a que Charlie pour appeler mon père ainsi. Samuel ne fait aucun effort pour faire semblant de rien, haussant les sourcils avec une rapidité déconcertante. Voilà un sujet de conversation que je veux éviter. Mon père n'a pas voulu qu'il quitte sa chambre et je peine à réaliser que mon ami dort avec mon père. Le visage cramoisi de Charlie me fait sourire. J'ai peut-être du mal à comprendre, mais en le voyant aussi démuni et perdu m'attendrissent.

— O…. Oui.

Charlie n'a jamais regardé personne d'une manière amoureuse, comme je le fais avec Raphaël ou comme Eji le fait pour Archi. Seul mon père a le droit à ce regard aussi intime. C'est peut-être là, le problème. La différence d'âge me fait un coup.

— Allons, tu dors avec Zachary, dis-m'en plus !

Une semaine. Il n'est là que depuis une semaine et il a mon père dans le creux de sa main. Je n'ai jamais connu maman et je n'ai pas l'habitude de ses sourires et de ses regards. Je jette un œil à Charlie qui a baissé la tête. Il a l'air sacrément embarrassé. Serait-il honteux de mon père ? À peine j'ouvre la bouche qu'il prend la parole.

— Non, désoler Sam… Je veux garder ça secret.

Je n'écoute pas les plaintes de Samuel. Je regarde simplement Charlie qui se tortille sur sa chaise. Samuel semble comprendre, il lâche un rire tonitruant qui me fait froncer les sourcils.

— Quoi ? dis-je agacé.

— Raphaël, sors de ce corps !

Sa réplique me fait soupirer, amplifiant son rire gras. C'est vrai que j'ai bien changé. Je pense que j'avais le même comportement de Charlie, avant toute cette histoire. Le caractère de Raphaël déteint sur moi, tandis que lui… Son visage rouge, ses paroles chaudes et sa voix douce me font penser qu'il a pris de mon côté. Un sourire tendre barre mon visage. L'une des serveuses s'approche et dépose les tasses devant nous, nous souhaitant une bonne dégustation.

— Où on en était, demande Samuel en buvant une lapée.

Les yeux écarquillés de Charlie me décrochent un autre sourire. Que j'aime ces sorties. Elles me font oublier mes tracas.

— Comment tu… Comment tu peux boire ça ?

L'air étonné de Samuel me fait rire. Il ne se rend même pas compte qu'il utilise sa magie. C'est inconscient, bien sûr, mais la lueur bleue qui illumine ses doigts, réglant la chaleur du liquide, est anodine pour lui.

— Et bien, je le bois, tente-t-il en mimant le geste.

— Non, la lumière.

Le souffle imperceptible est capté par Samuel qui lui sourit patiemment. Il avance sa main, sans recul de la part de Charlie, et la dépose sur sa tasse et baisse la température.

— Tu peux boire sans risquer de te brûler la langue.

Charlie le remercie avec reconnaissance et saisit la tasse avec deux mains, buvant avec précaution le breuvage nappé de chantilly. Me concernant, je n'apprécie toujours pas le café. Bien qu'un carré de chocolat noir pur y est ajouté, je n'y touche pas. Une gorgée me suffit à ne pas l'aimer. Barbouillé d'un nuage de crème autour des lèvres, Charlie lâche un profond soupir de bonheur. D'un regard de la part de Samuel et il n'a plus aucune trace de crème. C'est la première fois qu'il fait autant de magie devant moi. Charlie pose ses doigts sur sa bouche et lui sourit en guise de merci.

— Tu n'es pas fatigué ? demandé-je soucieux.

— J'apprends à en faire avec l'aide de maman.

Charlie a l'air intrigué. Bon point. Peut-être que c'est la clef pour qu'il se fasse à l'idée de notre existence. Je suis davantage surpris par l'intervention de Charlie.

— Tu te fatigues lorsque tu… fais de la magie ?

— Il peut m'arriver que je doive me reposer pendant plusieurs heures, oui.

L'air concentré de Charlie me détend.

— Pose tes questions Charlie, je peux sentir que tu combats ça, mais tu n'as pas à avoir peur, rassure Samuel. Nous prendrons le temps qu'il faut pour t'aider à y voir plus clair.

J'ai un ami en or. Charlie semble le penser aussi, car ses épaules se détendent. Soudain, je stresse. Mon comportement est semblable à celui de Raphaël. Les paroles de Samuel me viennent en tête. Il a compris bien avant moi que tous les pores de ma peau transpirent son frère.

— Est-ce que… ça fait mal ?

Samuel, ignorant mon combat interne, lui explique alors bon nombre de choses qui m'étaient encore inconnues jusqu'alors.

— La magie, c'est tout simplement de la concentration et de l'intention. Mes capacités se limitent à des tâches aussi simples que refroidir un liquide, mais avec l'entraînement, je réussis à ouvrir mon cercle de protection sur dix mètres.

La fierté se lit sur son visage et je peine à garder mon sérieux. J'aime le voir comme ça, si passionné et entier.

— Il peut aussi lire l'avenir, dis-je.

— Sérieux ? Tu vois quoi pour moi ?

Samuel ricane et se vante qu'il ne peut pas le faire comme ça. Pompeux, il montre la paume de ses mains et demande à Charlie de poser les siennes, peau contre peau. Soudain, un dôme invisible bouscule mes sens, comme une décharge électrique.

— Tu sens, ça ?

À l'instant même où Samuel a dégagé une infime partie de sa magie, les poils de Charlie se sont redressés. Son hochement de tête incertain me fait sourire. Il ne veut pas admettre que ce qu'il a ressenti, c'est la présence de Samuel.

— Un cercle de protection est autour de nous, je peux faire autant de magie que je veux, personne ne détournera le regard pour nous regarder.

La respiration bloquée de Charlie et son air impressionné n'arrête pas Samuel qui ferme les yeux. La terre tremble, prête à nous accueillir en son sein. Mon loup se rebiffe et sent le danger poindre, malgré ça, j'inspire profondément, les mains tremblantes. C'est juste l'inconnu. Les sorciers ont le don de mettre toutes les créatures surnaturelles en alerte lorsqu'ils utilisent leur magie. Ils sont le commencement de toute chose étrange dans ce monde et le loup-garou en fait partie.

— Tu auras du mal à l'accepter et il te faudra beaucoup de cran pour te sortir de là, mais tu seras entouré des personnes qui n'ont pas su être là. Suit ton instinct, un jour tout s'arrangera et tes nuages disparaîtront avec la nouvelle lune.

Le regard hypnotique de Samuel agrippe celui de Charlie durant toute sa tirade. Les non-dits sont déroutants et je peine à fermer la bouche scellée. La prédiction de Samuel est en somme toute banale, c'est le combat de la vie de tout un chacun et je suis dubitatif quant à sa manière de l'annoncer. Lorsqu'il voit l'avenir, il est toujours en proie à des soubresauts et la panique chez lui est le maître mot.

Ici, il est serein.

A-t-il réussi à voir au-delà de ses craintes ? Soupirant, je regarde mon café froid et, un goût amer au fond de la gorge, je soupire. La bulle s'éclate au moment où Samuel papillote des yeux, un sourire contrit sur les lèvres.

— C'est… incroyable, souffle Charlie.

Badin, Samuel frotte l'arrière de sa tête avec un sourire adorable. Les deux garçons terminent leurs cafés et à peine levé que je prends la parole.

— Je règle la note, attendez-moi devant.

Les manteaux et écharpes enfilés, j'observe Samuel et Charlie surtout, tous deux enjoués. Je sors mon portefeuille, mais un colosse me bouscule si fort que je tombe les fesses à terre. Un grondement venant de l'individu me fait tressaillir, soudain en alerte. L'homme encapuchonné ne s'excuse pas et sort de l'établissement en ouvrant la porte avec force. L'odeur de pourri qui se dégage de lui tord mon estomac et j'ai du mal à trouver des senteurs qui ne me donnent pas envie de vomir. Après plusieurs essais, mon regard se pose sur mon écharpe et d'un geste, j'enfonce mon nez dans le tissu chaud.

— Est-ce que tout va bien, monsieur ?

— Oui… Oui. Je suis tombé.

Je me redresse, paye la note sous le regard soucieux des consommateurs et je sors du restaurant. Peu importe qui était cet homme, ça ne me dit rien qui vaille. Je n'ai jamais rien senti de tel de ma vie. L'odeur de décomposition redescend dans ma gorge. Dehors, je prends plusieurs goulées l'air, heureux d'avoir enfin des senteurs que je connais autour de moi.

— Tu as l'air de revivre, se moque Samuel.

— C'est peut-être le cas.

J'ignore son air surpris et je fais un clin d'œil à Charlie qui ricane.

CHAPITRE 22

RAPHAËL

La discussion avec maman sur la naissance de Charlie s'est mal déroulée.

Moi qui pensais naïvement qu'elle n'avait rien à voir avec toute cette histoire, je me suis trompé. C'est dans ce genre de situation que je sais à quel point nous risquons de nous détruire. Ses mots marquent mon esprit comme un fer rouge. Nous étions dans le salon, en compagnie de Zachary qui voulait en savoir plus sur Charlie et…

— Il faut que tu m'expliques maman, je ne comprends pas comment tu as pu laisser faire ça.

L'air agacé sur son visage coupe ma respiration. Voilà un comportement qui ne m'avait pas manqué. Les yeux rivés vers le ciel pour ne pas affronter mon regard, elle soupire. Elle agit comme une enfant, comme-ci ça ne la concernait pas.

— Crois-tu réellement que j'ai voulu que ton père aille voir ailleurs ?

— Non, évidemment, mais tu aurais pu accepter l'enfant.

Elle se tourne brusquement vers moi, l'air outré. Qu'ai-je dit pour qu'elle réagisse aussi excessivement ? Ses paroles, pourtant, me bloquent la respiration.

— Accepter le bâtard d'un vampire ? Et puis quoi encore ? Cette garce aurait dû emporter cette vermine dans sa tombe. Tu es comme ton père de toute façon, tu ne réfléchis jamais avant de parler.

Mon regard se fait plus sombre. Je peux sentir Zachary se crisper par cette scène.

— J'ai appris à accepter tes sacrifices me concernant, mais Charlie, lui, n'a rien demandé.

— Mais moi non plus, Raphaël.

Zachary se fait violence pour ne pas intervenir. Avec ce que j'ai constaté, il est très attaché à mon demi-frère, je peux comprendre ses réactions. J'ai moi-même décidé de laisser faire et d'accepter des choses que je n'étais pas prêt à faire il y a plusieurs mois. J'ai changé, en bien, et je compte le prouver. S'il faut en vouloir maman d'avoir abandonné et privé un enfant de ses capacités vampiriques, alors oui, je suis prêt à hurler à qui veut l'entendre que Charlie est mon petit frère au même titre que Samuel.

— Tu te rends compte que tu as condamné un bébé ? Un enfant, Rose !

L'emploi de son prénom la fait sursauter. S'il n'y a que ça pour la faire réagir, je n'hésiterais pas. Qu'est-ce qui lui arrive ? Je ne l'ai jamais vue comme ça. Non. Je mens. Elle était comme ça, avec moi. Pourquoi ça serait différent avec Charlie ? Ajouté à cela qu'il n'est pas de son sang, elle ne va pas se gêner à être odieuse avec lui.

— Je n'ai aucun compte à te rendre.

Un sourire fend mes lèvres.

— Vraiment ?

— Parfaitement.

Son regard fuyard, par contre, parle pour elle. Tant pis. Je vais le regretter, mais je ne peux plus l'accepter. La pression d'avoir cette femme sur son dos met insupportable et je refuse que Charlie en pâtisse.

— Hors de ma vue, Rose.

— Mais je…

— Ne m'oblige pas à faire intervenir le code des chasseurs.

Blanche comme un linge, elle se lève et quitte la pièce, tel un automate. Un poignard s'enfonce dans ma poitrine, mais je l'ignore. Les minutes s'écoulent d'une lenteur affligeante. Le relâche mon souffle lorsqu'elle passe la porte, un sac de vêtements sur son épaule.

— Tu ne penses pas que tu as été…

— Quoi ? je crache, ne me dis pas que tu n'es pas d'accord avec moi.

— Il y aurait pu y avoir une autre solution.

Je soupire. Je n'ai pas envie de m'excuser ni de m'expliquer. Je frotte mes yeux et je tente de remettre de l'ordre dans ce qu'il vient de se passer. Maman a manipulé mon père pour qu'il se débarrasse de Charlie, en commençant par restreindre la créature qu'il est. Elle a inhibé ses pouvoirs et à ignorer à quel point ça peut faire mal. Elle a élevé Samuel en sachant qu'il y avait un entre enfants du même âge que lui qu'elle avait torturé. J'ai le droit de lui en vouloir, car en parallèle, elle acquiesce le comportement qu'elle m'a fait endurer toute ma vie.

Je suis atterré.

Je ne devrais pas, pourtant. Qui suis-je pour espérer un changement ? Nous avons tenté de passer outre nos divergences passées, mais ça ne sert à rien. Ses actes prouvent le contraire, alors je ne vois pas pourquoi je devrais changer mes agissements avec elle. Dans le bureau de Zachary, j'ai rassemblé tous les documents de mon père et nous épluchons toutes les informations relatives à Charlie.

— J'ai… Non, rien, gronde Zachary.

Je lève les yeux vers lui et je fronce les sourcils par ce

que je vois. Les yeux troublés, l'alpha est collé contre le dossier de sa chaise, regardant je-ne-sais-quoi.

— Accouche.

— Je crois que j'apprécie Charlie.

Je me retiens de me moquer. Je sais par où il passe et je suis bien placé pour comprendre sa bataille interne. Aimer un homme d'une autre espèce, sans même savoir quoi faire avec la déferlante de bonheur qui t'étouffe. L'image de Théodore me fait sourire. Oui, je sais ce que ça fait maintenant.

— Je veux dire… C'est la première fois depuis… Depuis Sarah.

— Sarah, c'est ta femme, c'est ça ?

Il se crispe et hoche sèchement la tête.

— Je ne sais pas ce que tu veux entendre, mais si c'est ce que tu souhaites, alors ne te prends pas la tête.

En mon for intérieur, je me tape la tête contre le bureau. Je n'ai pas suivi mon propre conseil, alors pourquoi le loup le ferait ? Je me sens stupide, mais à mon plus grand étonnement, Zachary ne relève pas. Il est trop absorbé par ses pensées. Je souris cruellement.

— Tu sais, ton fils et moi on…

— N'essaye même pas, chasseur.

Je dois mordre sur ma langue pour ne pas rire. C'est beaucoup trop facile de l'emmerder. La simple mention de Théodore à mes côtés le fait grogner. Pour autant, il ne se met pas en travers et je sais l'apprécier. Je pose mon regard sur les documents posés sur mes cuisses et je soupire.

— Comment allons-nous faire à propos de Charlie ?

Il se tourne vers moi, surpris. Ne me suis-je pas fait comprendre ? J'allais répéter ma question que Zachary me coupe.

— Le clan des vampires est assez vaste et il n'y a aucun moyen de les contacter sans passer par le conseil.

Je me masse les yeux, soupirant. Le conseil des créatures surnaturelles est une bande de guignols, prêts à tout pour prendre l'ascendant sur les différentes sociétés mineures. Les loups-garous sont à plaindre, mais aussi les succubes et les banshees. Si nous invoquons le conseil, des représailles seront trop lourdes à supporter. Ils vont en faire une affaire personnelle et ils ne vont pas nous lâcher.

— La seule solution est alors d'inverser les choses, demander à un sorcier de lui déclencher sa nature.

— Es-tu fou ? Lui rendre ses capacités reviendrait à le transformer en une bête bien plus dangereuse encore, gronde Zachary. Il ne sera pas capable de se contrôler et dans le pire des cas, il n'y aura plus d'habitant d'ici la fin de la semaine.

Et nous sommes vendredi en fin d'après-midi. Parfait. Serait-il capable de tuer autant de personnes en peu de temps ? Si ce que Zachary me dit est vrai, il n'y a aucun autre moyen.

— Il lui faudrait un mentor, un vampire capable de l'aider à faire ses premiers pas dans la vie de l'ombre et des ténèbres.

Le murmure brisé du loup me fait soupirer. Nous savons tous les deux que nous ne pouvons pas nous taire quant à cette découverte. Pourtant, je peux deviner que Zachary souhaite garder Charlie ici. La vie d'un vampire et celle d'un loup-garou sont très différentes et je crains que ça ne puisse fonctionner entre eux si Charlie accepte ses origines vampiriques. Bien sûr, je suis persuadé que Zachary le sait.

— Pour l'instant, laisse-le profiter de cette journée.

L'alpha hoche la tête, indécis. Je lève les yeux au ciel et me redresse pour m'étirer. D'un coup d'œil à l'horloge, je sors du bureau sans un mot pour le loup.

La neige recouvre la totalité de la ville, comme une couverture blanche faite de soie. Bien que la température frôle les -10, je sors de la maison avec seulement un pull léger. Les durs entraînements de mon père me facilitent la vie, mon corps peut supporter jusqu'à -20 degrés, bien que ma peau rechigne à certains endroits, ce qui me vaut de belles coupures. L'image du congélateur et des nuits passées dans la neige me traverse l'esprit.

Pas de pensées négatives.

Je vais voir Théodore. Rien que son prénom me fait sourire, j'ai vraiment un problème avec cet homme. Je suis accro. Nous n'avons pas l'occasion de nous voir souvent ces temps-ci et je veux absolument que cette soirée lui fasse plaisir.

Je le perçois au loin, il sort de la forêt. N'était-il pas avec Samuel et Charlie ? Ses vêtements ont aussi changé, s'est-il battu avec un ours avant de venir ? Mes pensées sont écartées à l'instant même où ses lèvres s'écrasent contre les miennes. Je retiens ma respiration par sa maladresse. Il n'arrive pas à bouger ses lèvres, comme d'habitude. Pour le rassurer, je glisse mes mains autour de lui, mais je fronce les sourcils. Ce n'est pas la même sensation.

Mon instinct me hurle… Ça ne se peut pas. Non. Je ne peux pas avoir l'envie terrible de le tuer. Mes mains se serrent contre son dos et il se crispe. Je tente d'ignorer les avertissements qui me tordent le ventre.

— Prêt ?

— Quoi ?

Ma vision est troublante. Sa voix est plus rocailleuse que d'habitude. S'il n'y a que ça, je peux le mettre sur le compte de la fraîcheur, mais l'oubli de cette soirée me blesse. Il y a quelque chose qui cloche.

— On passe la soirée ensemble, dis-je d'un murmure.

— La meute.

Il se décolle de moi et se dirige vers la maison, clopin-clopant. Ça aussi, c'est nouveau. Je l'attrape par le bras, soucieux.

— Tu as mal quelque part ?

Il se tourne vers moi, les sourcils froncés et les dents vertes de pourriture. Je dégaine mon revolver et la chose en face de moi bondit en arrière.

— Qu'as-tu fait à Théodore ?

Cette phrase fait éclater de rire sinistrement la bête qui penche davantage sur le côté. Une grimace dégoûtante sur le visage, la forme qu'est Théodore me tétanise. Est-ce une hallucination ? Non. Je l'ai touché, il est bien réel. Je ne vois pas la chose se retourner, j'ai à peine le temps de m'élancer dans sa direction qu'elle court, obsédée par quelque chose. Soudain, Théodore débouche d'un sentier, accompagné de Charlie et de Samuel.

Putain.

La bête se dirige vers les trois garçons, comme dévorée par la vue de mes êtres chers. Je ne peux pas tirer à l'aveuglette, je risque de toucher l'un d'eux. À la hauteur des garçons, la bête s'apprête à bondir, mais je l'empoigne par l'arrière. Collée contre moi, la bête hurle comme un dément, les mains griffues battent dans les airs pour atteindre les trois qui sont mortifiés. Je colle le canon de mon revolver et je tire.

Le sang explose et le corps mou de la bête s'effondre sur le sol. Redevenu le monstre qu'il est, sa transformation n'a fait qu'un demi second. Je me tourne vers Théodore qui, tremblant, passe ses yeux de la bête vers moi.

— Bienvenue à la maison, dis-je.

Les bras de Théodore se referment autour de moi et j'inspire son odeur. Je m'apaise. C'est bien lui. Un regard pour Charlie qui est blanc, je fais un signe à Samuel de s'en occuper. La main de Samuel sur son épaule, Charlie reprend contenance. Il se tourne vers moi, évitant très clairement le cadavre à nos pieds.

— Il faut qu'on parle de cette histoire de famille, j'ai besoin de savoir.

Il n'y a pas que de ça qu'il faut parler. Cette bête est aussi importante que cette histoire de famille. Si ces métamorphes se baladent dans les rues de Clearwater, je n'imagine pas les ravages que ça peut engendrer. Même moi, je ne suis visiblement pas à l'abri de ces choses.

Théodore a été la première cible, mais qui me dit qu'Eji et même Charlie n'ont pas affronté ces abominations ? Une mise au point s'impose et je doute que ça soit joyeux.

CHAPITRE 23

THÉODORE

Nous avons repoussé notre sortie. J'ai envie de pleurer. Cette merde a gâché ma soirée avec l'amour de ma vie. Soupirant, je jette un regard à Raphaël en face de moi qui écoute religieusement ce que Louise raconte. Autour de cette table de diagnostic, elle nous explique les nombreuses particularités du monstre en touchant avec un bâton en fer certains endroits.

La pourriture qui s'en dégage est si forte que nous devons ouvrir grand la fenêtre.

J'ignore Louise. J'admire plutôt les larges épaules de Raphaël, son cou, et ses poils blonds dévoilés par sa chemise en col V. Je sens son odeur d'ici. Une chaleur au fond de mes reins me suffit à comprendre que je le veux dans mon lit immédiatement.

— C'est horrible, murmure Charlie.

Je me tourne vers lui pour lui sourire, mais la main de mon père sur sa hanche me coupe la respiration.

Je me rembrunis. Merde. C'est une chose de savoir que Charlie a des vues sur mon père, s'en est une autre de le voir.

Mon père n'a pas l'air d'avoir conscience de ce qu'il fait, mais ça a le mérite de détendre Charlie qui se colle contre lui. Que s'est-il passé ? J'ai raté un épisode ? Le coude pointu de Samuel me descend sur terre.

— Tu sais pourquoi maman n'est pas là ?

Je hausse les épaules. Je n'ai même pas remarqué. Raphaël entend Samuel et lui fait un signe de tête qui veut dire : "plus tard". Samuel fronce les sourcils. Il n'a pas compris. Je soupire et lui répète. Éclairé, Samuel me remercie. Je l'ignore et capte l'attention de Raphaël qui me fixe du regard. Un frisson me traverse de la plante des pieds jusqu'au sommet de mon crâne. Bordel.

— Sa capacité de métamorphose dépasse l'entendement et…

Les œillades de Raphaël m'ébranlent. Il passe sa langue sur ses lèvres avec lenteur. Je me retiens à Samuel pour ne pas tomber, il me demande si ça va. Je hoche distraitement la tête, les yeux rivés sur mon compagnon. Essoufflés, nous sommes interrompus par Rose qui entre avec brusquerie dans la pièce.

— Excusez-moi pour le retard.

Raphaël ne me regarde plus. Les bras croisés contre son torse, il ignore sa mère. Je peux sentir d'ici qu'il est en colère. Qu'est-ce qu'il s'est passé ? Papa éloigne Charlie d'elle, grognant. Louise reprend ses explications et ignore l'alpha.

— J'ai justement besoin de toi, Rose. Nous n'avons jamais eu affaire à ce genre de créature.

Elle hoche la tête et se positionne à côté de Louise. Une main sur le visage du monstre, elle libéra sa magie. Comme un crépitement de feu bataillant avec une odeur forte de lavande, de la fumée violette en ressort par vague. Les épaules tendues et le front plissé par la concentration, Rose déploient toutes ces connaissances. Puis soudain, sa tête est rejetée en arrière, les yeux révulsés, la bouche ouverte.

— Maman !

D'un seul corps, Raphaël et Samuel s'avancent vers Rose, mais ils sont bloqués par un cercle qui les empêche de la toucher. Quand a-t-elle réalisé ce dôme ? Son comportement étrange s'arrête aussi vite que ça a commencé. Le visage troublé, elle se tourne vers Raphaël et murmure.

— Cette créature, c'est un doppelgänger.

Ses paroles ont jeté un froid. Chacun retient leurs respirations, conscient de ce qu'est ce monstre. Le silence de plomb fait tortiller Charlie qui ne comprend pas.

— C'est quoi… un doppelgänger ?

— C'est une créature venant du diable, crache Archibald.

Eji pose sa main contre son torse pour le calmer.

— Lorsque nous étions enfants et que nous faisions des bêtises, on nous racontait les histoires de ces monstres. Ce sont des abominations créées pour massacrer des villes entières.

— Si nous devons affronter des doppelgängers, je veux que les deltas les plus fragiles, Théodore et Charlie se cachent dans la cave.

— Certainement pas, dis-je. Hors de question, je ne veux pas.

Le regard dardé de mon père me fait sursauter. Raphaël intervient.

— Avant que nous fassions quoi que ce soit, il faut renforcer les protections.

— Qu'est-ce que tu proposes ? demande Zachary

— Les garçons n'auront plus le droit de quitter le territoire sans deux bêtas pas tête de pipe, par la même occasion, je vais faire venir les chasseurs ici.

Je n'ai pas le temps d'émettre mon opinion que mon père acquiesce. Rose prend alors la parole.

— Je ne peux pas rajouter des attaques dans le dôme

de protection, ça risque de m'épuiser de trop, surtout si on doit se battre.

Raphaël se tourne vers sa mère le visage crispé, mais il hoche la tête sèchement. Elle baisse la tête. Samuel, agacé par cette froideur, prend la parole.

— Je peux savoir ce qu'il se passe bon sang ?

— Demande à ta mère, je dois parler à Charlie, rejoins-nous une fois terminé.

— Raphaël, souffle Rose.

Il l'ignore et sort de la pièce, Charlie et Zachary à ses talons. Samuel explose lorsque les trois autres loups nous laissent seuls.

— Je ne vais pas répéter.

Rose tord ses doigts, les yeux rivés vers ses chaussures, elle inspire et relève la tête. Enfin décidée à assumer, elle prend la parole.

— Charlie est ton demi-frère et un vampire.

Je n'ai jamais vu Samuel aussi choqué de sa vie. Il y a pas mal de choses qu'il a traversées ces derniers temps, mais ça, c'est le plus dingue. Je regarde Rose qui n'a pas l'air d'avoir besoin de s'attarder sur ce sujet, elle croise les bras.

— Je vais te l'annoncer comme je l'ai fait à ton frère, j'ai aidé ton père à adopter Charlie et à lui inhiber ses capacités vampiriques.

La gorge sèche, je comprends le comportement de Raphaël maintenant. Samuel garde la bouche fermée, de la sueur perle sur son front. Pour me changer les idées, je ferme la fenêtre, frissonnant par une brise glacée qui chasse dans la pièce. Par la même occasion, Rose parle.

— Je n'ai pas accepté cet enfant, je l'ai trouvé ignoble à peine mes yeux posés sur lui. Je devais m'en débarrasser alors j'ai poussé Ugo à s'en défaire après la mort de cette garce de vampire.

— Tais-toi…

Rose tente à nouveau de prendre la parole, mais Samuel lève la main.

— Je ne veux rien savoir, j'en parlerais avec Raphaël.

Rien de plus n'a été ajouté, Samuel sort de la pièce, tandis que Rose frotte sa nuque. Alors que je veux le suivre, Rose interrompt mon geste.

— Je ne voulais pas de cet enfant, c'est mon droit le plus...

— Excuse-moi Rose, mais peut-être que tu n'as pas compris que je ne suis pas Samuel ou Raphaël ne m'incite pas à donner mon avis.

—Tu es le compagnon de Raphaël, tu en as le droit.

— Charlie est mon ami et je refuse qu'une personne le dénigre. Il en va de même pour toi, Rose. Tu n'avais aucun droit sur cet enfant, alors ne tente pas de chercher des excuses, car je ne marcherais pas.

— Mais...

Je guide mes pas à travers la maison par mon ouïe fine et je retrouve Samuel, Raphaël, Charlie et papa dans son bureau. Charlie pleure dans les bras de mon père, Samuel est dans ses songes à côté de la porte tandis que Raphaël, assis sur l'une des chaises, a le visage baissé. Je me glisse derrière lui et pose mes mains sur ses épaules noueuses pour les masser. Il se détend.

— Tu as donc le choix.

Raphaël laisse le temps à Charlie d'assimiler ce qu'il vient de savoir. C'est un vampire.

Ça a été dur.

Nous avons remarqué que Charlie a du mal à y croire. Il n'a pas arrêté de pleurer dans les bras de mon père et celui-ci nous a assuré que ça irait. Lorsque nous sommes en tête à tête dans la chambre, Raphaël s'écroule sur le lit. J'ôte mes vêtements sous ses yeux appréciateurs. Je souris, fier comme un coq d'avoir ce regard posé sur moi. Je feins l'ignorance et j'enfile un bas de pyjama.

— Tu en veux à ta mère de réagir ainsi ?

Ce n'est pas une bonne idée d'aborder le sujet de Rose, mais il faut que je sache s'il compte lui en vouloir encore longtemps.

— Oui, gronde-t-il, je n'ai pas la patience de lui inculquer des valeurs.

Je peine à cacher mon rire. Outré, il se redresse d'un bond, un doigt pointé vers moi.

— C'est quoi ce rire ?

— Il faut avouer que ton père ne t'a pas offert des valeurs qui ont le mérite d'être suivies.

Les yeux écarquillés, il reste bloqué à me contempler.

— Qu'ai-je fait ?

Son murmure me fait à nouveau rire. Je m'approche de lui, dépose un genou sur le matelas et embrasse ses lèvres chastement.

— Tu as créé un monstre mon amour, il va falloir t'y faire.

Ses yeux pétillants gonflent dans mon thorax. Sa large paume chaude se dépose avec délicatesse dans le creux de mon cou, caressant ma joue avec son pouce. Je me laisse aller dans ses bras, inspirant son odeur entêtante. L'une de ses mains se pose sur mon ventre, puis se glisse sur ma hanche jusqu'à mes reins.

— Tu ne peux pas espérer que j'abandonne cette conversation, mon cœur, dis-je d'un souffle. J'ai besoin de savoir.

Il n'arrête pas les caresses qu'il a commencées, il me positionne de sorte que je sois assis sur ses jambes. Les bras encerclés autour de son buste, je me laisse aller dans ses balancements apaisants.

— Je pense que tu le sais, Rose a tout fait pour éloigner Charlie de mon père, narre-t-il. Un vampire, du nom de Miranda Knight, s'est aguiché d'Ugo alors que ma mère était enceinte de Samuel. Il s'est passé ce qu'il devait être fait et Charlie est né. Miranda est morte peu de temps après, je suppose qu'en tant que vampire, avoir un enfant consume ta vie. Après des heures de recherches, nous avons découvert que Charlie a été adopté par des humains, sous la pression de Rose. Elle a même enlevé ses capacités, tu te rends compte ?

La voix de Raphaël gronde contre mon oreille. Je peux comprendre sa colère, mais je peux comprendre la réaction de Rose. Rien n'est plus douloureux que de voir l'homme qu'on aime fricoter avec une autre personne, alors qu'on est enceinte de lui. Du point de vue de Raphaël, il ne comprend pas comment on peut abandonner un enfant et lui arracher ses origines. Ils n'ont pas tort, ni même raison. Il y avait d'autres solutions.

— Est-ce que je peux émettre une idée sans avoir à subir ton gourou ?

— Tu me prends pour un tortionnaire ? s'offusque-t-il.

Je souris tendrement et embrasse sa nuque. Il me faut une minute pour respirer son odeur, fermer les yeux et prendre la parole.

— Mets-toi cinq secondes à la place de Rose et imagine que je suis Ugo. Tu attends un bébé de moi, mais je couche avec quelqu'un d'autre dans ton dos.

Il se tend à cette idée.

— Je le tuerais et je te ferais vivre un enfer, je refuse.

— Oui, mais tu n'es pas toi, là. Tu es Rose, une sorcière qui a vu son mari accaparer son fils, puis voilà qu'elle découvre qu'il est infidèle.

Je me contorsionne pour voir son visage. Je peux y voir beaucoup de choses, de la colère, mais aussi de la tristesse et de la résignation.

— Ce que je me tue à te dire, c'est qu'elle était désespérée. Je suis triste pour Charlie, il n'a pas connu sa véritable vie en dehors de celle actuelle, mais il est aimé par ses parents humains. Tu peux toujours l'intégrer au sein de cette famille si l'envie te prend, mais je ne veux pas que tu sois en colère contre ta mère alors qu'elle a vécu cette tristesse par la faute de ton père.

Les caresses se sont arrêtées et un doute s'installe. Et si, par cette divergence d'opinions, il finit par me rejeter ? Je n'ai pas le temps de creuser cette pensée que le visage de Raphaël trouve le bien et plaque ses lèvres contre les miennes. D'instinct, je ferme les yeux et me laisse aller dans sa douceur. Il met fin au baiser et pose son front contre le mien.

— Qu'est-ce que je ferais sans toi ?

Sa voix tremblante m'essouffle. Un sourire fleurit sur nos lèvres. Cette nuit, nous la passons à redécouvrir nos corps, à apprécier notre humidité et notre chaleur enivrante.

CHAPITRE 24

CHARLIE

J'ai essayé de ne pas me mettre la pression, mais après cette conversation, la nuit a été un calvaire. Les bras de Zachary m'entourent comme une forteresse infranchissable, il m'aide à ne pas flancher, à ne pas renier ce qui vient d'être dit. Nous n'avons pas pipé mot. Il m'a juste enroulé dans ses couvertures et m'a laissé m'endormir dans sa chaleur. Son souffle m'a apaisé. J'ai bien cru à une phantosmie, son odeur de bois, de terre humide et de transpiration se combine bien. J'en veux encore et me noyer dans cet anesthésiant pour le restant de mes jours.

À l'instant même où j'ai ouvert un œil, une masse de poil entretenue contre ma joue m'accueille. C'est si agréable que je m›y frotte quelques instants, jusqu'à ce que je prenne conscience qu'une respiration me soulève. C'est Zachary, la tête jetée en arrière, la bouche entrouverte. Il dort du sommeil du juste. Il respire fort et parfois, un ronflement gronde et me fait trembler. Il ressemble à un ours. Je souris et passe mes mains sur son torse, entrelaçant les boucles foncées entre mes doigts.

Je suis un vampire.

Enfin… Non. Je ne le suis pas. Je l'étais lorsque j'étais enfant. Pourtant, j'ai le choix. Celui de vivre ma vie d'humain sans chercher mes origines ou bien de contacter un vampire et demeurer dans les ténèbres. Ça signifierait que je ne pourrais plus côtoyer les loups-garous. Dans quoi je me suis fourré ?

J'ai une vie d'adolescent banale, j'ai deux parents soucieux de mon avenir, deux amis incroyables et des notes satisfaisantes. Je n'ai pas voulu avoir de problèmes, mais il a fallu que je déménage ici pour que tout éclate. Je ne veux pas que ça change, mais maintenant que je connais la vérité sur ce que je suis, je veux savoir. Est-ce que ça vaut le coup de laisser tomber ce que j'ai construit ici ? Je ne veux pas être différent, je veux être moi, juste moi.

À nouveau, l'envie de pleurer agrippe ma gorge.

Comment puis-je l'être maintenant ? La normalité est relative ici, à Clearwater. Les habitants ont un voile entre ce qui est réel et irréel. Mon père, comme ses collègues, est persuadé d'être confronté à des ours ou d'autres gros prédateurs. Maintenant que je suis dans la confidence, j'ai peur pour lui. Comment je vais faire ? Garder le secret sans en parler à mes parents, c'est comme si je mentais.

Un mal de crâne commence à me scier la tête. Je glisse mon visage dans le cou de l'endormi et je me laisse aller contre lui, glissant mes jambes entre les siennes. Je reste dans cette position durant une trentaine de minutes. Le soleil entame son ascension et Zachary ouvre ses yeux, groggy. Je le laisse émerger en silence et je découvre son visage du matin. Les yeux dans le vague, il les papillote et les frotte en s'étirant comme un chat. Il pousse un grondement qui me fait frissonner, bloquant ma respiration.

Je veux que tous les matins ressemblent à ça.

Je suis trop fleur bleue pour ne pas y penser. Avoir un homme qui m'aime et me soutienne, qui comprenne ce que je ressens. Un égal qui n'accède pas à tous mes caprices, qui me dit non et qui m'explique les choses. Un compagnon qui me couvre d'amour et de réconfort. Je sursaute lorsque je me rends compte que les yeux de Zachary sont posés sur moi.

— Tu as bien dormi ? murmuré-je.

Il ne répond pas. Il se contente d'observer mes traits. Je peux sentir son regard brûlant jongler entre mes yeux et mes lèvres. Ses mains glissent sur la longueur de ma colonne vertébrale, mon souffle se coupe.

— Oui, j'ai bien dormi.

Sa voix vibrante et éraillée me fait sourire. Ses yeux à demi clos et sa bouche pâteuse ne me repoussent pas, j'ai envie de l'embrasser et de profiter d'un câlin sous les couvertures chaudes. Je suis idiot. C'est le père de mon ami. Peut-être qu'il m'a accueilli dans sa maison, m'a rassuré et m'a permis de dormir à ses côtés, mais ça ne fait pas de moi une personne spéciale à ses yeux.

Il faut que je me reprenne.

Je m'extirpe de son étreinte qui, je suis sûr, est involontaire et je sors du lit. Sans attendre, j'enfile mon jeans de la veille ainsi que mon pull. La voix de Zachary m'arrête dans mon mouvement.

— Qu'est-ce que tu fais ?

— Je vais déjeuner.

— Reviens te coucher.

Dos à lui, je me permets de mordre avec violence mes lèvres. Je ne peux pas. Je n'ai pas le droit. Une goutte de sueur perle sur mon front et je serre mon poing que je ramène contre mon torse.

— Non, merci.

Je ne lui laisse pas l'occasion de dire que je pars de la chambre, dévalant les escaliers. J'atteins le salon et je découvre Eji contre Archibald discuter à voix basse. Je ne les connais pas, comment puis-je prendre la parole ? Ce n'est vraiment pas facile de rencontrer de nouvelles personnes, qui sont des loups-garous par-dessus le marché. Dans mes songes, je suis interrompu par l'Asiatique qui est planté devant moi, tout sourire. On peut croire qu'il se moque de moi ou qu'il se force à étirer ses lèvres. Ses yeux noirs accentuent cette impression, car elles sont cachées par ses origines orientales par deux fentes qui peuvent te faire douter.

— Tu as passé tellement de temps avec Samuel et Théodore que nous n'avons pas eu l'occasion de nous présenter formellement.

Sa voix aussi. Elle accroche à certains mots, mais cet accent le rend adorable. Archibald, les bras croisés contre sa poitrine, s'approche et glisse une main sur la hanche de son compagnon, le collant à lui.

— J'espère que tu n'es pas trop dépaysé, ça doit être bizarre pour toi.

Le ton d'Archibald a suffi par me détendre. Sa voix est rythmée d'un fond taquin qui me fait sourire inconsciemment.

— Non… Enfin, je veux dire… Ce n'est pas la même chose que la maison, mais… merde, la maison !

Archibald lâche un rire et ignore les remontrances d'Eji qui lui tape l'épaule.

— Tu devrais téléphoner à tes parents, ils vont s'inquiéter.

Archibald sort mon téléphone de sa poche et me le tend. Je ne lui demande pas pourquoi il l'avait en sa possession, trop occupé à composer le numéro de maman. Après deux tonalités, elle répond.

— CHARLIE PEETERS !

Un tympan en moins, j'éloigne le téléphone de mon oreille. Je souris par l'éclat de rire d'Archibald. Je patiente, le temps que maman se calme, et je me dirige vers la cuisine. Théodore et Samuel discutent. Je leur souhaite un bonjour muet, gardant une oreille attentive à ma mère.

— … pas élevé comme ça ! Je veux que tu rentres immédiatement !

— Bonjour, maman, je suis désolé de ne pas avoir su rentrer.

Elle reste muette et seule sa respiration me permet de savoir qu'elle n'a pas raccroché. Je sors une tasse et prends le chocolat en poudre.

— Qu'est-ce qu'il s'est passé, dit-elle finalement.

— C'est… Bien trop long à t'expliquer, je n'aurais pas agi ainsi si ce n'était pas important.

Maman soupire et je peux entendre papa lui demander si je vais bien. Je me sens honteux de mon comportement. J'ai inquiété les deux seules personnes qui ont toujours été là, je m'en veux.

— D'accord, Charles.

Je lui demande si elle va bien, elle me répond par monosyllabes. Notre conversation s'arrête après une longue négociation. J'ai le droit de rester, à condition de téléphoner deux fois par jour. Ça n'a pas été simple de lui dire que je devais rester sur place, mais elle a cédé. Je suis heureux que mes parents aient confiance en moi. Un gonflement s'installe. Je bois une gorgée de mon chocolat, mais je suis arrêté par Théodore qui prend la parole.

— J'aimerais avoir un enfant avec Raphaël.

— Un enfant ? Comme une toute petite chose qui gazouille et qui pue ? demande Samuel.

— Tu crois que je vais trop vite ?

— Je n'en sais rien.

Théodore semble se décomposer. Je ne suis peut-être pas devin, mais ça semble être important pour lui. Il aime tellement Raphaël que porter ses enfants est plus important que jamais.

— Néanmoins se précipite Samuel, Raphaël a besoin d'un héritier, son avorton devra prendre la relève de l'affaire familiale.

— Et si c'est une fille ? dis-je.

— Il n'y aura pas de fille.

Théodore et moi nous nous tournons vers notre ami qui baisse la tête. Je n'ai pas eu le temps d'ouvrir la bouche qu'il prend la parole.

— C'est ainsi, nous n'avons jamais eu de naissance féminine. Raphaël m'a montré l'arbre généalogique de notre famille et seules les compagnes de nos ancêtres sont des femmes. Il n'y a aucun enfant féminin, nulle part.

— C'est étrange, vous n'avez pas essayé de trouver pourquoi c'est ainsi ? demande Théodore.

— Comme il me l'a expliqué, une sorte de malédiction est tombée sur nous, une histoire ridicule, mais ça a fini par rendre les gens de notre famille cinglée.

Je jette un coup d'œil à Théodore qui est impliqué. On parle de son compagnon et de sa famille, avec ce que j'ai constaté, Raphaël n'est pas du genre à s'étaler sur son intimité.

— … ne veux plus nous voir.

— Mais si votre grand-père est toujours en vie, il doit vous aider ! éclate Théodore.

— Avec ce qu'il en a fait voir à mon père, je ne pense pas que Raphaël prendra contact avec lui.

Je me lève et me saisis d'un fruit posé sur le plan de travail.

— Je m'imagine déjà, être assailli par de petits bébés Rapha-Théo. C'est beaucoup trop adorable, s'émerveille Samuel.

— Par contre, suis-je le seul à trouver ça dingue qu'un homme puisse enfanter ? dis-je.

Mon ignorance m'agace. Je veux tout connaître, avoir toutes les informations liées aux loups-garous. Zachary fait partie de ce monde et rien que pour ça, je veux comprendre comment ça fonctionne. Théodore pouffe de rire, saisissant d'un stylo et d'une serviette en papier.

— Je suis un oméga, ce qui me donne la possibilité d'avoir des enfants. Le problème est que c'est assez dangereux, explique-t-il.

— Comment… ça peut se faire ?

— Pendant les chaleurs, qui arrivent une fois par an au printemps, une poche se forme à l'intérieur de mon ventre. C'est similaire aux femmes, le fœtus se développe dans la poche et il arrive à terme au bout de cinq mois. À ce niveau-là, il faut pratiquer une césarienne pour le faire sortir.

— Il n'y a aucun moyen de faire sortir le bébé autrement ? dis-je.

— Non, c'est en grande partie pour ça que c'est dangereux, mais aussi par rapport à la croissance de l'enfant. Mon corps risque de changer très vite et il y a un danger pour le bébé. Parfois le cordon ombilical ne se crée pas ce qui fait mourir le bébé, dit-il en dessinant un bébé dans une poche.

— Et donc, s'il n'y a pas de cordon, tu risques de donner naissance à un bébé mort.

Théodore hoche la tête, le visage sombre. Je mordille ma lèvre inférieure, soudain mal à l'aise. Je ne veux pas que ça arrive à Théo, c'est un ami très cher, le seul, avec Samuel, qui m'a accepté au lycée. De plus, leurs familles respectives m'ont fait confiance pour garder le secret le plus dingue que je n'ai eu à taire. Je me demande à présent si c'est une bonne idée de parler de ce que je ressens aux garçons. Et bien que la réaction de Théodore me fasse peur, je ne me fais pas d'illusion quant à son point de vue sur ce problème. Une profonde angoisse serre mon thorax, rendant ma respiration difficile. J'attends encore quelques minutes, puis d'un coup, je me lance.

— Il faut que je vous parle de quelque chose.

L'attention de Samuel et de Théodore sur moi suffit à me dégonfler. Tremblant, j'inspire, ferme les yeux et je prends quelques instants pour souffler, les yeux rivés vers mon fruit, fuyant leurs regards.

— Je...

Pourquoi c'est aussi compliqué ? J'ai tenté de me donner du courage, mais l'attente me perturbe plus qu'elle ne m'aide. Je grommelle, frotte ma nuque et je jette un regard vers Samuel qui me regarde intriguer. Je ne me tourne pas vers Théodore. J'ai honte, bon sang.

— Prends ton temps Charlie, murmure-t-il avec un petit sourire.

C'est justement parce que c'est lui que ça m'angoisse. Qu'on replace tout dans l'ordre, j'apprécie son père, je suis attiré par lui ! Le sketch. Ça me désespère. Je bois une gorgée, inspire et je me jette à l'eau.

— Je suis attiré par Zachary.

C'est étrange. Dit à voix haute, ce n'est pas la même chose qu'en pensée. Ça a l'air bien plus concret maintenant que je l'ai dit. Je n'ose même pas jeter un coup d'œil vers Théodore.

Putain.

Je suis vraiment le plus cruel des amis. Alors que mon angoisse s'intensifie, un rire me fait sursauter. Samuel a sa main sur sa bouche, feignant une toux qui se conclut par un rire bourru. Théodore suit son meilleur ami en gloussant. Je doute. Est-il en colère ? Il rit parce qu'il ne sait pas comment réagir. Je me saisis à nouveau de mon mug, Théodore se tourne vers moi, frottant son œil.

— Tu as pris tout ce temps pour me dire ça ?

Ma respiration coupée, je me sens intimidé par ce qu'il vient de me dire. Un immense sourire barre de visage illuminé de Théodore, je peine à retrouver un souffle normal. Il ressemble tellement à son père. Les mêmes cheveux noirs bouclés, des yeux d'argents, un sourire éclatant.

— J'avais remarqué, ne sois pas mal à l'aise par rapport à moi, papa mérite d'être heureux.

Ouah.

Le petit déjeuner s'est bien passé. Zachary n'est pas venu. Moi qui me suis préparé à le voir… Je soupire et, entourés d'Archibald et d'Eji sur le canapé, nous regardons une série télévisée stupide. Je n'arrive pas à me concentrer.

Entre ce matin et maintenant, le fossé est énorme. Je n'arrive pas à le comprendre. Le flash de la bague de mariage et de la photo dans la boîte me rend morose. Il a eu une femme. C'est logique qu'il ne me porte pas davantage d'attention.

J'ai envie de fuir, de sortir d'ici et d'oublier.

Je frotte mon visage et soupire encore une fois. Je ne sais faire que ça, de toute façon. Fuir loin de mes problèmes et pleurer comme une madeleine. Ça me désespère. Je suis un lâche. Ma tête en arrière, j'observe le plafond et je lâche une faible plainte désespérée. Archibald se tourne vers moi, prêt à prendre la parole, mais il s'arrête brusquement.

Soudain, la porte s'ouvre à la volée sur Raphaël, portant un vieil homme au visage tuméfié.

— Je te jure Raph, ils sont plus forts que la dernière fois.

— Plus fort ? Ils étaient enragés, tu veux dire, gronde Zachary.

— Le fait est que si Carl a été torturé par ces abominations, je crains qu'ils n'aillent faire qu'une bouchée de nous, commente Raphaël.

Je fronce les sourcils et je m'éloigne de toute cette agitation. Zachary est sorti ? Je passe une main dans mes cheveux et jette un coup d'œil à Zachary qui, les bras croisés contre son torse, regarde le chasseur d'un regard mauvais. Ses muscles contractés, sa peau tannée naturellement et son regard sombre tordent mon ventre d'une manière violente et inexpliquée. Je rougis. Il est là, dans la même pièce que moi.

— Ce n'est pas tout Raph', ils savent se transformer, murmure Carl.

— C'est le but d'un doppelgänger.

— Non, tu ne comprends pas. Ils peuvent changer de forme et aspirer les pouvoirs d'une créature surnaturelle.

Un silence de mort s'abat sur la pièce. Je tressaillis. Bon sang. Non, non ! Ça ne peut pas être eux. Voilà qu'un débat commence. Les loups rejetant l'idée que les doppelgängers puissent faire une pareille chose, Raphaël gardant le silence, les sourcils froncés.

— Je l'ai vu, dis-je, enfin… je crois.

Toutes les têtes se tournent vers moi et je fuis leurs regards.

— Oui, quand tu étais avec Samuel et Théodore, c'est normal que tu l'aies vu, dit Raphaël.

— Non, j'en ai vu un quand j'ai fui de la maison.

Les mains tremblantes, je ne veux plus y penser. Je baisse la tête et je ferme les yeux par les hallucinations auditives qui me filent des frissons. Les bruits insupportables de ces monstres sont ancrés dans ma tête.

— Tu nous expliques ? gronde Zachary.

Le ton de sa voix me fait sursauter. Bordel. J'ai envie de m'excuser, de pleurer et de m'enfermer dans une pièce pour être loin des foudres de l'alpha. Je sens une main se poser sur mon épaule, c'est Rose. Elle me sourit et je sens à l'intérieur de moi une chaleur bienfaisante. Mes épaules se détendent et je prends mon courage à deux mains.

— Vous avez remarqué mes blessures non ? J'ai été attaqué, mais je n'avais pas vu la forme de cette créature. Pourtant, quand il a pris la forme de Théodore, l'odeur était la même.

— Je suis d'accord avec lui, intervient Eji, les doppelgängers rendent les personnes qu'ils attaquent confus. Je n'ai pas voulu parler de ce qu'il met à arriver avant l'aveu de Charlie.

Un grand soupir sort de la bouche de Zachary. Mes épaules se détendent. Je sais que je ne vais pas me faire engueuler. Il frotte l'arête de son nez, les yeux fermés. L'homme blessé prend la parole.

— Le plus important, à l'heure actuelle, c'est de buter cette fourmilière.

— Ne nous précipitons pas, demande Raphaël, il y a beaucoup de choses à savoir avant de faire une connerie pareille.

Je regarde les personnes présentes dans la pièce. Louise verse du thé à Eji qui la remercie. Carl s'est assis en face de nous, tandis que Raphaël, une main posée sur son épaule, jette des coups d'œil à Rose qui le fuit du regard. Samuel observe la scène à côté de Théodore qui est dans ses songes. Plus ça avance et plus je remarque les similitudes entre lui et Zachary. Ils ont la même tête froncée quand ils cogitent.

— Le bestiaire ne nous apprendra rien, dit Rose. Les doppelgängers ont toujours eu ce titre de créature imaginaire. Dans tous les clans, nous racontons cette histoire, d'un groupe de métamorphe, qui dévore toutes les personnes qu'elles croisent.

— Il n'y a pas un moyen pour les dégommer ? gronde Carl en bougeant.

— À part la lumière du soleil lorsqu'ils sont dans leur enveloppe primale ? Il n'y a rien. La décapitation ne fonctionne pas, car ils ont toujours le moyen de se transformer en une autre créature. L'argent et toutes autres plantes non plus, ils ne craignent rien.

Les explications de Rose jettent un froid. Aucun moyen de s'en débarrasser ? Je soupire. On est dans la merde si nous n'arrivons pas à nous dépêtrer de cet enfer.

— Et les vampires, ils sont puissants, leur sang est une solution, dit Raphaël.

Rose frotte sa joue, les yeux dans le vague, puis elle prend la parole.

— C'est une idée, à voir s'ils acceptent de nous aider.

— Nous ne pouvons pas écarter cette possibilité, soupire Zachary. Faire valoir une audience avec le clan des vampires prend plusieurs jours et le temps du voyage, il faut se préparer à d'autres attaques. Raphaël, tu es le plus habilité à sortir du territoire, je ne peux plus me permettre de m'éloigner, tu prendras Théodore avec toi.

Je me tends. Quoi ?

— Pourquoi je ne peux pas y aller ?

— Carl, il faut réunir les autres chasseurs, vous avez mon autorisation de fouler ses terres le temps que la menace des doppelgängers soit écartée.

— Zachary, je veux y aller.

Il ne m'écoute pas, il donne des instructions et il m'ignore. Démuni, je l'observe en silence. Qu'est-ce qui ne va pas avec lui ? Raphaël et Théodore sont partis, tandis que Samuel s'approche de moi et frotte mon dos en signe de soutien.

— J'ai le droit d'y aller, de découvrir qui sont ces gens, murmuré-je.

D'une vitesse phénoménale, Zachary se tourne, le visage déformé par la colère. Sa voix claque comme une gifle puissante, asséchant ma gorge.

— Tu as le choix Charlie, mais une fois présenté devant ce clan, ils ne te laisseront pas partir. C'est ce que tu veux ?

Il ne me laisse pas le temps de répondre qu'il sort du salon. Je me retrouve seul avec les deux sorciers qui n'ont pas pipé mot.

CHAPITRE 25

ZACHARY

Je regarde ma tasse de café à la cannelle d'un œil distrait. Touillant, j'écoute les jérémiades de ma famille. Je n'ose pas jeter un coup d'œil sur Charlie. Voilà plus d'une semaine que je l'ignore. Raphaël et Théodore viennent de partir pour l'Italie et la tension qui règne dans la maison par les ruminations de Charlie ne m'aide pas à me concentrer.

Pourtant, avec toute la volonté du monde, je ne peux pas. Je n'y arrive pas. Je ne veux pas me séparer de lui. Ce n'est pas faute d'avoir essayé, car à peine Charlie entre dans une pièce que je fais tout pour en sortir et l'oublier. Il l'a remarqué, j'en suis sûr. Il n'est pas bête. Surtout que je peux sentir comme une espèce d'alchimie entre nous qui me retourne l'estomac à chaque fois.

Je trahis Sarah.

C'est ce que je me dis à chaque fois que mes yeux se posent sur lui. Je ne le regarde plus. Je m'éloigne et j'essaye un maximum de rester dans mon bureau. Mais, comment rester de marbre alors que son odeur est partout ?

Je termine ma boisson et dépose ma tasse sur la table. Rose au fourneau, elle prépare une montagne de gâteaux et de cookies. Elle a sans aucun doute donné le goût de la cuisine à son fils. Raphaël a vraiment un problème avec la nourriture. Théodore apprécie, il aime butiner d'un plat à l'autre, les yeux émerveillés, en redemandent encore accompagné de son fidèle lait chaud.

L'image de mon fils me fait sourire.

Il ressemble tellement à sa mère. Aussi doux, pleins de vie et gourmand qu'elle. Bien que la vie n'ait pas été clémente avec lui, je suis certain qu'il va être heureux, même si c'est dans les bras d'un chasseur. Ils se complètent bien, je dois bien l'avouer. Même si c'est notre ennemi, il n'a jamais tenté de tuer ou torturer l'un de mes loups.

Mon fils, la seule preuve de mon amour pour Sarah est protégée par mon ennemi. Un homme de vingt-six ans, amoureux de mon fils de dix-huit ans. N'est-il pas trop vieux ? J'ai essayé de chercher des excuses pour qu'ils se séparent, mais lorsque j'ai remarqué que Théodore l'a marqué, je n'ai rien pu faire.

Je sens Archibald arriver avec Eji dans la cuisine. Charlie ne descend pas manger. Il n'a rien dans le ventre depuis hier midi. Je m'inquiète. Archibald prend un plat dans les mains, il embrasse le front d'Eji avec un sourire taquin. Un sourire qu'il donne avec tant de dévotion.

Je délaisse ma tasse et pars sans un mot dans ma chambre, sous les yeux curieux de mes deux loups les plus fidèles. C'est la première fois que je suis aussi distant avec eux, malgré que ce soit ma famille, c'est avant tout une hiérarchie très structurée. Ils se doutent que je ne me sens pas bien. En cet instant, plus rien ne compte. Seul mon objectif c'est de me sortir de la tête Charlie. C'est primordial.

Je m'assis sur mon lit, ferme les yeux et je me couche de

tout mon long. Peut-être est-ce trop prématuré ? Je n'ai rien eu à voir avec lui, je l'ai juste sauvé et il a dormi dans mon lit. Oublier… Oublier son visage, son odeur, sa chaleur et sa présence. L'oublier.

La respiration laborieuse, je masse mes tempes.

J'ouvre les yeux, le plafond se dessine devant moi. Que puis-je faire, à part ignorer Charlie ? Sarah reste la seule femme que je n'ai jamais aimée et je n'arrive pas à me la sortir de la tête. Je l'ai tellement aimé cette femme que porter mon attention sur quelqu'un d'autre est comme trahir sa mémoire. Je grommelle, me redresse et fouille dans ma commode. Je sors la boîte, mon trésor. Je ne l'ouvre pas souvent, mais quand je le fais, ce n'est jamais anodin. J'ai besoin de la voir.

Pourtant, quelque chose cloche.

L'odeur de Charlie l'infeste. Je reste figé. Les objets qui ont bougé. Pourquoi ? Pourquoi il y a cet effluve parmi toutes les autres ? Je prends la photo, la bague et je les inspecte. Je serre la mâchoire. Il a fouillé dans mes affaires. Ces émanations sont très subtiles, ça remonte donc à plusieurs semaines. Je suis persuadé que c'est le jour où il a dormi dans ma chambre, seul. J'ai dû attendre plusieurs jours avant de pouvoir respirer sans me boucher le nez, ça ne m'étonne pas que je n'aie rien vu. Son parfum sort du coffre, comme si elle ne voulait pas le libérer.

Je me laisse glisser sur le sol, les yeux rivés sur la photo de ma douce Sarah.

Charlie a violé une partie de mon intimité. J'essaye de ne pas être en colère, mais il n'a pas pu se retenir de venir fouiner. Il a vu son visage, il a vu mes trésors. Ma respiration devient difficile, mais je n'y prête pas la moindre attention. Je caresse le visage de mon amour pendant plusieurs secondes avant de cacher mes objets précieux au fond de mon armoire. Je dois régler cette histoire au plus vite. Si Charlie a fouillé dans cette boîte, il a très bien pu fouiller autre part. C'est inconcevable qu'il soit aussi… Aussi curieux ! Une simple fouine qui ne peut pas se mêler de ses propres affaires.

Que ce soit par frustration de ses dernières semaines ou par une simple fatigue, je me redresse comme une pile électrique, bien décidé à parler avec Charlie. Son odeur me monte à la tête et me fait réagir au quart de tour. Je sors de la maison après avoir fait le tour des pièces, puis je perçois sa silhouette aux côtés de Samuel.

— Tu as cru que je serais aveugle ?!

Ma voix hurlante a porté bien plus loin que je ne l'avais pensé. Ce n'est pas grave. Cela ne m'empêche pas de m'approcher de Charlie, prêt à bondir sur lui pour le bouffer. C'est ma proie et rien ne peut me faire changer d'avis. Il me regarde benêt, un brin surpris. Son visage, son regard, même ses lèvres me met hors de moi. Ça fait des semaines que je l'évite et sa présence suffit à elle seule à me gifler. Ouais, je suis attiré par ce mec et bordel, après autant de temps sans le regarder, c'est comme une claque.

— Euh… Quoi ? murmure-t-il.

— Mes affaires, tu as touché à mes affaires !

Peu importe le nombre de fois que je me le répète dans ma tête, ça sonne comme une adolescente niaise, outré qu'un garçon, celui qu'elle aime, ait touché à ses affaires. Je suis ridicule. Son visage semble pourtant s'illuminer. Il ne nie pas. Charlie y a bien touché.

— Que voulais-tu que je fasse ? J'étais dans un endroit que je ne connaissais pas.

Ses bras croisés, son visage boudeur, il pense que c'est une bonne excuse.

— Et tu crois que c'est correct ?

Soudain, il rigole. Est-il en train de se foutre de moi ? Bordel, son rire me fout des frissons. Je ferme les yeux, pince l'arête de mon nez et prends une profonde inspiration. Ta colère est légitime, je me répète, depuis qu'il a commencé à ouvrir la bouche. Je me sens stupide.

— Zachary, je recommencerai si c'est à refaire.

J'ouvre les yeux et recule lorsque son visage est à quelques centimètres du mien. Je ne l'ai pas entendu s'approcher. Depuis quand, il ne m'appelle plus Monsieur Greed ? Je gronde et passe une main sur ma nuque. Pourquoi je ne suis plus en colère, tout à coup ? Je me tétanise par la main de Charlie qui m'effleure le bras. Je l'écoute d'une oreille distraite.

— Je suis désolé.

Je me tourne d'un geste brusque et rentre à la maison. Putain. Je touche mon visage et me colle à la porte d'entrée. Qu'ai-je fait ? J'ai craqué. J'ai laissé ma colère prendre le dessus. Nous avons parlé, nous avons eu un contact. J'avale difficilement ma salive, massant l'endroit qu'il a touché.

— Tu sembles soucieux mon frère, se moque Archibald.

Je soupire et me tourne vers lui. Qu'est-ce qu'il veut ? Je le connais, il va vouloir me titiller et me foutre les boules. C'est un casse-pied depuis que nous sommes gosses.

— Alice m'a téléphoné ce matin, elle souhaite revenir.

— Tu n'es pas sérieux ? dis-je.

— Je lui ai dit qu'elle pouvait aller se faire mettre, elle ne l'a pas bien pris.

Je regarde mon petit frère d'un drôle d'œil et je saisis la bière décapsulée qu'il me tend. Alice a été bannie et jamais, moi vivant, elle ne mettra un pied ici. Cette garce s'est bien foutue de nous, de Théodore. Nous avons eu de la chance que Raphaël soit attiré par mon fils, car nous n'aurions même pas pu espérer une descendance. C'est une vicieuse et avec son tempérament je suis certain qu'elle n'en restera pas là. Archibald a senti mon trouble. Il pose sa main sur mon épaule et serre ses doigts.

— Théodore est mon filleul et je peux te jurer que sa sécurité passe avant la mienne, alpha.

Je ne doute pas de sa fidélité, il a toujours été comme ça. Taquin, un brin moqueur et sarcastique, mais jamais il ne nous l'a fait à l'envers. Pas comme Alice. C'est sans doute de la manipulation, car il est manipulateur, mais pas pour son propre profit. Pour la meute, la famille. Il est loyal et dévoué, c'est le meilleur bêta de la meute.

— Merci pour tout, Archi, je sais que tu prendras soin de lui.

Je bois au goulot et j'ignore le sourire illuminé de mon frère. Un compliment et il est niais.

— Parlons de tout autre chose, que se passe-t-il avec Charlie ?

J'avale de travers, toussant avec violence. Il frappe mon dos. Après plusieurs minutes, je reprends une respiration plus calme. Mon frère siffle, colle ses fesses contre la table et se moque allègrement de moi.

— Ta réaction parle pour toi. Il te fait de l'effet, tout le monde l'a remarqué.

— Dis pas de conneries, c'est un gamin.

Mes joues chauffent, je frotte mes lèvres. Impossible d'avoir cette conversation avec lui. Il aime trop m'embêter et ce sujet n'est pas le bon. Il a l'art et la manière de toucher le sujet qui fait mal au mauvais moment.

— Sérieusement, tu avais l'air remonté.

— Tu recommences à l'ennuyer Archi ? intervient Eji.

Mon sauveur. Eji enroule ses bras autour de mon frère, embrassant sa joue avec un sourire tendre sur les lèvres. Ses yeux en adoration, Archibald m'oublie. Je profite de cette occasion pour terminer ma bière et disparaître. Je franchis la porte de mon bureau et je lâche un soupir. Je m'installe sur ma chaise, me masse les tempes et grommelle contre ma malchance.

Finalement, j'ai fini par regarder Charlie, lui parler et même le toucher.

Une mauvaise journée en somme. Lors de la mort de Sarah, je me suis promis de n'aimer qu'elle. De lui dévouer tout mon amour, même dans la mort. Elle a bien tenté de me persuader que ce n'est pas la chose à faire, qu'il y a tant d'autres personnes qui méritent l'amour que je peux donner, mais je n'ai pas la force de le faire.

Seule Sarah compte.

Elle a été un pilier pour moi lorsque papa est mort. Un soutien à toute épreuve. Maintenant qu'elle n'est plus là, je suis perdu. Je guide avec maladresse cette meute, je prends des risques avec des décisions bancales. J'ai dû mal depuis dix-huit ans. Je patauge dans une espèce d'errance interminable.

Mais je l'aime.

CHAPITRE 26

La conversation que nous avons eue, Théodore et moi, au sujet de maman m'a remué. Une profonde honte saisit mon ventre. Mon comportement reflète celui de mon père.

Maman avait raison.

Je ne peux pas la juger, elle a certes, bon nombre de défauts, mais je suis pire qu'elle. Je tue, je torture et je fais du mal à des créatures qui tente de vivre leur vie avec leurs anormalités.

Je suis comme mon père et ça me tue de le dire. J'ai peur d'avoir ce comportement avec mon enfant, de le traiter comme un moins que rien, d'ignorer ses appels à l'aide, d'appliquer le renforcement du corps par des températures négatives. Faire de mon mieux pour ne pas reproduire ne sert à rien, ça n'aide pas. C'est dans mon éducation. Je vais pouvoir compter sur Théodore, pour cette partie.

Il est merveilleux. Il m'a ouvert les yeux sur mes jugements intolérables. J'ai encore des progrès à faire, mais c'est sur la bonne voie. Théodore n'est pas seulement un simple compagnon, il m'aide à travers mes choix et mes actions, il est là et il s'implique dans ma vie. En pensant à lui, je me contorsionne vers la banquette arrière et découvre Théodore endormi. Ça fait plus de cinq heures que nous roulons et le stress de l'avion ne l'a pas quitté. C'est sa première fois et il n'a pas arrêté de tourner en rond toute la nuit.

J'étais persuadé qu'il allait dormir d'épuisement.

Sur la route de Vancouver, maman n'a toujours pas ouvert la bouche. Assis du côté passager, je la regarde avec discrétion. Elle est concentrée sur la route, mais je suis certain qu'elle sent mes yeux posés sur elle. Nous n'avons pas eu une conversation civilisée et depuis notre dispute, nous sommes tendus. Je n'ai aucune idée de comment aborder le sujet sans qu'elle s'énerve.

Je peux tenter de parler de la pluie et du beau temps ?

— Au fait ...

Nos voix font échos à l'unisson dans l'habitacle, brisant le silence pesant. Nous arrêtons simultanément de parler, gênés par cette interruption commune.

— Vas-y, dis-je.

— Fais attention à toi lorsque tu seras en face des vampires. Ils ont cette facilité déconcertante de faire délier les langues. Tes secrets ne seront pas longtemps gardés avec eux, ils sont magnétiques.

Je souris. Cette prévention est touchante. Je me tourne vers elle et je reste bloqué par ses cheveux blonds ébouriffés par le vent qui s'engouffre dans la voiture. Même avec l'âge, ses yeux fatigués et ses fines rides qui commencent à apparaître, elle est toujours aussi époustouflante. J'ai toujours eu cette image de maman, autoritaire, mais belle, avec cet envoûtement qui s'émane d'elle.

— Je ferais attention.

— Théodore va être la cible de nombreuses critiques

avec son statut. Louise m'a dit de te mettre en garde. Les vampires sont envieux, ils voudront Théodore et je ne te dis pas ça sur le compte de mon expérience personnelle, ajoute-t-elle. Les sorciers se partagent de nombreuses informations et c'est très important pour toi de savoir à quoi tu as affaire.

Théodore est un loup spécial, j'en suis conscient. En tant qu'humain également. Il a de l'empathie, il est bienveillant et il tente de faire de son mieux chaque jour pour rendre les gens qu'il aime heureux. C'est un homme doux et agréable. Il ne se passe pas un jour sans que je ne pense à lui. Je l'aime.

Des rougeurs brûlent mes joues et amplifient les battements de mon cœur. Je passe une main distraite sur mes lèvres et je l'observe à travers les rétroviseurs. La bouche à demi ouverte, il respire fort. Sa tête tournée d'une drôle de façon l'amplifie et je crains qu'il se réveille avec un méchant torticolis. Avant d'entrer dans la ville de Vancouver, je demande à Rose de s'arrêter sur le bas-côté. Les sourcils froncés, elle remarque la position de Théodore.

La voiture stationnée, je sors et ouvre la portière arrière. Théodore manque de tomber et il se réveille brusquement. Les mains sur son visage, je prends la parole d'un murmure.

— Tout va bien, mon ange.

— On est arrivés ?

— Pas encore.

Les yeux ensommeillés, il se laisse faire. J'abaisse son siège vers l'arrière pour qu'il puisse s'étendre correctement et j'embrasse son front avant de revenir du côté passager. Rose reprend la route, un sourire tendre aux lèvres.

— Ton amour pour lui m'a surprise, lors d'un rêve.

Elle garde ses yeux vers l'horizon.

— Tu l'as vu en rêve ?

— Il y a deux ans, je n'y croyais pas, mais lorsque tu es revenu à Clearwater et que toi et Théodore vous êtes devenus inséparables, j'ai fini par le croire. C'est la personne pour qui te donnerait ta vie sans concession, c'est beau, mais aussi très dangereux.

Je ne sais pas ce qui est le plus troublant, le fait que maman a vu mon avenir, ou le fait qu'elle a compris que je l'aime à en mourir. Finalement, ce n'est pas étonnant. C'est une sorcière douée et elle a toujours eu ce troisième œil que Samuel commence à développer à mesure de ces échanges sociaux.

— Je suis désolé, murmuré-je.

Elle ne répond pas. Attend-elle que je continue ? Je passe une main sur ma nuque et je souffle.

— J'ai été trop brusque avec toi la dernière fois, je n'avais pas le droit de te parler de cette façon.

Elle garde les lèvres pincées. Je peux remarquer qu'elle fronce les sourcils, songeuse.

— Malgré tout, je peux comprendre ta réaction, mais il faut que tu saches que je suis prêt à accueillir Charlie.

— J'ai saisi que tu n'as pas apprécié mes agissements envers cet enfant et le temps de notre éloignement, j'ai réalisé pourquoi tu as réagi aussi excessivement. Je suis une maman, Raphaël. Charlie m'a prouvé qu'il n'était pas comme sa mère et j'ai l'intime conviction que, même s'il lui faudra beaucoup de cran pour s'en sortir, il réussira à trouver les personnes qui l'aideront dans ses choix diffi-ciles.

J'ai l'impression qu'elle veut me dire quelque chose, mais qu'elle en a fait une sorte de prédiction. Je ne relève pas. Est-ce sa façon de dire "je te pardonne, mon fils" ?

— Notre mésentente n'a pas enlevé l'amour que je te porte, Raphaël. Je t'aime, même si tes valeurs ne sont pas les miennes.

Théodore devant moi, nous montons dans l'avion sous l'accueille des hôtesses de l'air. Nous avons plus de dix heures de vol et je sens Théodore, silencieux, terrifié. Nous trouvons nos places et directement, son corps se colle contre moi. Les épaules tendues et tremblantes, ses yeux fermés et ses lèvres palpitantes, je lui murmure quelques paroles réconfortantes.

Je me demande comment ça va se passer durant le voyage. Il n'est pas du tout rassuré et les premiers vols sont toujours impressionnants.

— Je ne veux pas…

Son visage coincé dans mon cou, je le berce.

— Je sais bébé, mais il le faut.

Une plainte sort de sa bouche lorsque l'une des hôtesses annonce les instructions relatives au voyage. Le décollage est imminent et il m'a fallu de la patience pour que Théodore s'installe sur son propre siège et s'attache. Sa main broie la mienne au moment où l'avion commence à bouger.

Les sursauts de Théodore me font de la peine. Je glisse une main sur sa nuque et le caresse avec tendresse. Un léger couinement sort de la bouche de Théodore une fois que nous prenons de la vitesse et que les roues décollent du sol. L'avion stabilisé, je l'embrasse sur le front.

— Tu as réussi.

Son visage blanc, sa lèvre inférieure retroussée et son regard inquiet bloquent ma respiration. Il est magnifique. J'embrasse ses lèvres, poussé par une tendresse intense au fond de ma poitrine. Sa douce respiration se calme et il se détend, attrapant mes mains tandis que nous nous éloignons de l'autre.

— Je t'aime, dis-je.

Ses yeux brillants, il sourit avec émerveillement. Le voir aussi vivant me donne envie de pleurer de bonheur. Cette boule qui me brûle le corps s'enflamme pour lui. Mon cœur vibre à son rythme. Mes pensées cherchent la cohésion parfaite pour le compléter.

— Je suis fou de toi et je ne veux pas te perdre Théodore.

— Raphaël…

— Je suis désolé d'être si différent.

Je tente de retenir mes larmes, mais elles montent et

restent coincées. Les mains fines de Théodore se déposent sur mes joues et m'embrassent d'un chaste baiser.

— Ne t'excuse pas d'être celui que tu es, je t'aime aussi, si fort que ça me fait mal à la poitrine. Merci de m'aimer, de me protéger et de me rassurer. Tu es la meilleure chose qui me soit arrivée et je suis certain maintenant, je veux construire une famille avec toi.

Ses mots percutent mon crâne et grillent mes sens. Je n'entends pas le pilote souhaiter la bienvenue aux passagers, trop occupé à détailler le visage de mon amour.

— Une famille ? je murmure.

— J'aimerais un bébé de toi.

La gorge sèche, je la racle et je tente de ne pas être troublé. C'est raté, car Théodore embrasse mon front et me murmure que tout va bien, qu'il ne faut pas que je me presse et que nous avons le temps. Un bébé avec Théodore ? Un petit amour tendre et qui gazouille ?

— Oui.

— Quoi ?

— Je veux un bébé avec toi Théodore.

Je pose ma main sur son ventre à ces paroles. Imaginer, ne serait-ce que son ventre, changer et devenir rond me plaît. J'en ai envie.

— C'est vrai ?

Sa petite voix me fait sourire.

— Oui, je t'aime, je veux faire ma vie avec toi. Ses bras s'enroulent autour de moi et ses lèvres se déposent sur mon cou. Sa respiration et ses légères caresses me font trembler. Oui, j'ai fait le bon choix.

CHAPITRE 27

Le voyage a été dur.

Mes muscles endoloris et le décalage horaire me rattrapent à peine les pieds posés dans le canton du Valais, en Suisse. Nous n'avons pas pu avoir un avion pour l'Italie, nous avons donc dû improviser.

Cette ville, si belle et recouverte de neige, est similaire à Clearwater. Je sens pourtant dans l'air que je ne suis pas chez moi. Ses montagnes, ses grandes étendues d'arbre, ses vallées et cette station de ski ne sont pas celles que je connais. La main de Raphaël sur ma hanche, il me guide à travers les routes glissantes.

— Nous allons dormir dans la maison que mon père m'a léguée. C'est une maison de vacances, il n'y a rien d'exceptionnel là-dedans.

Ce n'est qu'une fois que nous empruntons un chemin bordé d'arbre blanc que nous débouchons sur une maison énorme. Un manoir fait de pierre grise, à l'aspect médiéval, détonne comparé aux maisons environnantes. Je n'ai rien vu de tel. Elle est imposante, de deux étages, pourvus de grandes fenêtres en bois brun foncé. Cette maison se situe au pied de cette étonnante montagne en forme de triangle. Hormis son imposante structure, il n'y a pas un chat.

— Ça peut faire peur, mais cet endroit fera l'affaire le temps que nous nous remettions du voyage.

Raphaël passe devant moi et ouvre la porte d'entrée au bois noir à l'aide d'une grosse clef en argent. Il se tourne et me tend la main une fois sa clef rangée dans sa poche.

— Cette maison, c'est celle de ta famille depuis le commencement, n'est-ce pas ?

— Oui, je n'ai pas de très bon souvenir ici, mais j'espère qu'elle te plaît quand même.

Cette maison est magnifique, c'est certain, mais si elle renferme des mauvais souvenirs qui affectent Raphaël alors non, elle ne me plaît pas. Je ne tiens pas à ce qu'il subisse du stress le temps de notre arrêt. Je m'approche donc et je pose une main sur son visage.

— La maison est belle, oui, mais maintenant que je sais que de mauvais souvenirs se cachent entre ses murs, nous partirons très vite.

Ses épaules se détendent. Il m'encercle de ses bras chauds et il embrasse mon front. La buée qui sort de sa bouche caresse mon visage. Je souris et inspire son odeur. Elle m'est si familière, elle accapare mes sens comme une drogue innocente.

— Allons-y dans ce cas, trouvons une chambre.

Il me fait entrer et l'odeur de renfermé agresse mes poumons. Une main sur mon nez et les yeux plissés, nous sommes devant un escalier qui ouvre sur l'étage du dessus. Le balcon permet de faire pendre un lustre d'or et de pierre précieuse, ficelée de toiles d'araignées. Sur les côtés du hall, des bancs en dessous des fenêtres et des colonnes autrefois blanches meublent la vaste pièce. Juste à mes pieds, un tapis sale et rêche m'accompagne lors de ma marche. Je prends la parole, ma voix se transporte au loin par les échos.

— L'architecture, de quand est-ce qu'elle date ?

— Je ne sais pas vraiment, elle doit sûrement avoir été construite à l'époque de Clovis, il-

— Tu n'y es pas.

Je sursaute. Raphaël est tétanisé, prêt à dégainer son arme qu'il n'a pas. La voix bourrue et tremblante vient de cet homme, qui descend les escaliers, tel un prince. La tête haute et le regard suffisant, il me fout la chocotte. La main de Raphaël se pose sur mon épaule et il me tire vers lui.

— Je te croyais mort, ricane l'inconnu.

— Il y a un bon Dieu pour les ordures, à ce que je vois.

— Pas toutes.

La joute verbale entre les deux hommes me fait suer. Qui peut-il bien être pour que Raphaël place ce masque de froideur ?

— Tu dois partir, je n'ai pas la patience de t'expliquer ce qu'il se passe.

— Il n'y a rien à expliquer, cette merde qui foule ce sol ne mérite-

— Ferme-la, tu n'as aucun droit.

Le vieillard éclate de rire et sort de sa veste un glock qu'il pointe sur moi. Le corps tendu de Raphaël se met en travers. L'angoisse s'intensifie, mon cœur bat et avec ça, je ne peux plus rien voir.

— Tire Elvio. Nous savons tous les deux que tu n'auras pas les couilles de le faire.

Elvio ? Mes sourcils froncés, je me penche au-dessus de l'épaule de Théodore, mais mon corps vibre par la détonation. Mon crâne siffle et je peux à peine entendre ma voix crier après Raphaël. Les bras autour de lui, je ne le sens pas se raidir. Il reste droit, imposant face à l'homme qui a tiré. Elvio a son arme toujours visée vers nous et je peux entendre un claquement devant de sa bouche.

— Ton père t'a bien entraîné, mais ça n'explique pas ce

que fait cette bête à tes côtés.

Je sens du sang me titiller le nez. Il est blessé, Raphaël est blessé. Sa main touche son biceps.

— Je n'ai pas de compte à te rendre, grand-père.

Il est en vie ? Raphaël sent ma détresse. Il glisse son bras autour de moi et me colle à lui d'un geste possessif.

— Tu t'es entiché d'un loup, crache-t-il avec dégoût.

— Oui, un enfant est même en route vois-tu.

Les yeux de Raphaël se mettent à pétiller. Ce n'est pas vrai, mais le voir dans cet état me fait sourire comme un débile.

— Un enfant ? dit il surprit, comment est-ce même possible ?

Son ton soupçonneux me fait frissonner. Il y a sur son visage, semblable à celui de Raphaël, un air de dédain et de mystère qui me cloue sur place. Ajouté à ça cette espèce d'atmosphère malsaine, j'ai l'envie de fuir loin de lui. Les jambes flageolantes, je m'accroche à mon amour qui me soutient d'une poigne de fer.

— C'est tout simplement possible, souffle Raphaël, si tu veux bien, nous allons trouver un endroit pour nous reposer, demain matin, nous serons partis.

Elvio, le visage songeur, se décale pour nous laisser passer. Arrivé à sa hauteur, je tourne le visage pour ne pas le percevoir du coin de l'œil. Lorsque nous sommes enfin à l'étage, Raphaël me pousse un peu plus rapidement vers une aile du manoir sombre. Le cœur qui s'affole, je me laisse guider quand nous entrons dans une pièce.

— Ouvre les fenêtres, cette porte la mène dans une salle de bain, alors ne t'inquiète pas.

Il pointe du doigt une porte que je n'ai pas remarquée dans la pénombre. Je hoche la tête et je tire sur les lourdes tentures poussiéreuses. J'éternue plus de trois fois et j'entends le rire moqueur de Raphaël. Je souris malgré moi et je découvre par la même occasion cette grande chambre.

— Pourquoi Elvio était-il là ?

Raphaël prend du temps à me répondre, mais quand il le fait, j'ai déjà ouvert en grand les fenêtres qui engouffrent de l'air glacial à l'intérieur.

— Je suppose qu'il est ici depuis longtemps, explique-t-il d'une voix vibrante, Elvio n'aime pas Clearwater et il a toujours apprécié cet endroit. Lorsque moi et mon père sommes venus ici pour chasser, il disparaissait.

J'observe la pièce, une moue contrite. Nous allons devoir dormir ici une nuit et savoir que ce chasseur rôde dans la maison durant mon sommeil me fait frissonner. Je n'aime pas me sentir menacé et mon loup se sent agressé par cet homme, il va falloir que je reste vigilant. Je me penche et me saisis des sacs que nous avons transportés jusqu'ici.

— Ta blessure n'est pas trop grave ?

— À peine, la balle juste m'a effleuré la peau.

— Elle l'a juste fait ? Bon sang, Raphaël, tu es suicidaire ?

Je trouve la boîte en argent que Rose a glissé dans mon sac et je la prends avec un de mes boxers. Tant pis pour le glamour. J'entre dans la salle de bain et Raphaël est assis sur le bord de la baignoire, torse nu, usant sa chemise comme gaze. Mon ventre se tord et une douleur inexpliquée au niveau de mon coccyx me raidit.

— T'es bête ou tu le fais exprès ? je ronchonne.

Je lui arrache des mains la chemise et j'ignore ses cris.

— Il faut retirer le sang, il n'y a aucune serviette propre ici pour le faire.

J'ouvre d'un mouvement rageur la boîte, mais je sursaute lorsque ma peau entre en contact avec l'argent. Ces mains délicates, couvertes de cicatrices, la prennent.

— Je suis désolé de t'inquiéter, il murmure.

Je pose mon front contre le sien en soupirant.

— Tu as des mauvaises habitudes, ce n'est pas normal d'être insensible à la douleur.

— Ça l'est, pour moi.

Sa voix dure vibre dans tout mon corps.

— Raphaël…

— Je vais nettoyer ça, nous sommes fatigués.

La gorge nouée, je le laisse seul, la tête baissée. Putain. La connerie que je viens de dire me met en colère. J'ai parfois l'art et la manière de faire tout foirer. Je m'assis sur le lit dépourvu de literie. Je sursaute par la porte qui s'ouvre après que quelqu'un ait toqué.

— Bonsoir, monsieur Elvio a pensé que ceci serait approprié pour vous.

Une femme d'âge mûr s'approche de moi, les mains encombrées d'un panier de nourriture et de boisson, un sac en tissu derrière elle.

— Vous pouvez laisser les restes sur le bureau, je reprendrai tout une fois que vous serez parti.

Elle me tend la corbeille. Je m'apprête à le prendre, que Raphaël nous interrompt.

— Croyez-vous malin d'offrir un présent à votre invité, alors que ce même cadeau est infesté de laurier ?

Tétanisé, je replie mes bras contre mon torse alors que cette dame blanchit.

— Monsieur, ce n'est pas…

— Ce que je crois ? complète Raphaël, disparaissez de ma vue.

Défaite, elle s'éloigne et ferme la porte, emportant avec elle ses affaires. Je n'ai rien vu, rien senti. Cette légère prise de tête avec Raphaël m'a déconnecté. Je ne l'ai pas senti. Les mains de Raphaël font sursauter mon cœur, je me colle d'instinct à lui.

— Je suis désolé, d'avoir mal réagi.

Ses lèvres débloquent en moi la pression qui bloque mon être. Les larmes dévalent mes larmes et je peine à comprendre Raphaël. Il est doux et patient, m'encercle de sa chaleur et de son odeur.

— Il ne te fera rien mon ange, pas tant que je serais là.

Sa voix le me répète encore et encore. J'essaye de me retenir. Mes soupirs et mes tremblements transportent mon corps loin de tous ces problèmes. Le corps de Raphaël penché sur moi, je remarque après de longues minutes à être caressé qu'une fine pellicule de sueur le recouvre. Lorsque son pénis chaud et palpitant me pilonne, je sais que plus rien ne peut me faire de mal. Avec la chaleur de nos corps réunis, je sais que notre avenir est tout tracé.

Nous nous aimons et rien ne peut faire changer ça.

Nous avons fait l'amour, puis nous nous sommes endormis, toujours imbriqués l'un dans l'autre. Cette courte nuit a été plus épuisante que je ne le pensais. À l'aube, nous sommes partis en direction de l'Italie, plus précisément, dans la ville d'Alexandrie. Les cinq heures de route en voiture ont été rapides, Raphaël a volé plusieurs armes et la voiture qui appartient à Elvio. Tant pis pour lui.

À mesure que nous avançons dans le pays des pâtes et de la pizza, mon regard change et s'illumine. L'architecture est magnifique, les façades en pierres beiges, parfois jaunes, accompagnent à merveille ces toits en tuiles rouges. Alors que nous entrons dans la ville d'Alexandrie, les maisons sont disposées sur une montagne. La plus grande maison et sans doute la plus coûteuse sont au sommet de cette grande colline. Cette localité a du charme et une apparence prospère.

Le soleil haut dans le ciel, les vieux partent, un petit panier au bras, faire quelques achats au marché de la grande place. Raphaël réussit à trouver une place pour se garer et il me demande de sortir. Intrigué, je fais ce qu'il me dit. Il fait chaud. C'est bien différent de Clearwater ou bien de la Suisse. Certes, un petit vent froid souffle, mais il n'y a pas de neige.

La main de mon compagnon glisse sur ma fesse, me faisant rougir. Fier, il me guide à travers les rues d'Alexandrie. Nous nous arrêtons à plusieurs boutiques, achetant des bêtises, découvrant des saveurs que nous ne connaissions pas jusque-là.

— Tu as faim ?

— Qu'est-ce que tu proposes, demandé-je.

— Que dirais-tu de quelques petits krumiri autour d'un

verre de lait ?

Mon air benêt le fait rire. Il me tire vers un petit restaurant à l'abri des regards et nous entrons. Une vieille Italienne se présente devant nous, chaleureuse. Elle tente de parler italien, mais je ne comprends pas. Raphaël se moque et lui demande dans sa langue les supposés krumiri. Après plusieurs "sì", la gentille dame nous fait prendre place. Je ne peux pas m'empêcher de le lui demander ;

— Tu parles italien ?

— Ma famille, du côté de mon père, a des souches italiennes. Il est arrivé que nous ayons remonté le pays, jusqu'en Suisse. Puis nous sommes venus à Clearwater.

— Pourquoi ? C'est très joli ici, même au Valais.

— Mes ancêtres ont voulu chasser les loups-garous et le Canada est l'endroit idéal pour le faire.

Je reste silencieux quelques instants, les sourcils froncés.

— C'est dommage.

Raphaël me regarde avec ses yeux attendris. Nous sommes coupés par la vieille dame qui s'approche de nous, un plateau fourni dans les bras. Raphaël se lève et tente de l'aider, mais il est vite remis à sa place. La dame, du nom de Carla inscrit sur son badge, râle contre mon compagnon. Dandinante et tremblante, elle pose un verre de lait chaud devant moi et quelques biscuits appétissants.

— Buon appetito[1], s'exclame-t-elle.

— Grazie[2], répond Raphaël.

Je tente de répéter ce qu'a dit Raphaël sous ses encouragements, mais je me trompe complètement. Carla rit de bon cœur tandis que Raphaël m'adresse un sourire à couper le souffle. Le visage rouge d'embarras, je regarde la table.

— Mange, mio amore[3]

Je ne contrôle pas mes gestes, mais je fais ce qu'il me demande. À la moitié de mon verre, je l'observe boire son café. Comment peut-on apprécier un café dans une si petite

---

1   Bon appétit

2   Merci

3   Mon amour

tasse ? Elle est ridicule. Les paluches de Raphaël peuvent aisément la broyer.

— Pourquoi tu ne m'as jamais dit que tu parlais italien ?

— Parce que tu ne me l'as jamais demandé.

Je mordille ma lèvre et je rougis par son regard tendre.

— Il y a d'autres choses que tu sais dire ? dis-je en mordant dans un krumiri.

— Voglio fare l'amore con te[4], baby.

Sa voix vibrante me fait trembler. Tétanisé par la bouffée de désir qui assèche ma bouche, je me réveille par une exclamation de la dame qui, les poings sur les hanches, semble engueuler Raphaël. Celui-ci rigole et s'excuse.

— Qu'est-ce que tu as dit ?

— Tu le sauras bien assez tôt.

Il me fait un clin d'œil et termine d'une gorgée son café. La frustration se dissipe par le visage plus tendu de Raphaël. Je sais que quelque chose le chiffonne à l'instant où il pose ses yeux sur moi.

— Bébé…

Les surnoms qu'il me donne ont toujours un effet dévastateur sur moi. À l'intérieur de moi, ça remue. Je l'aime.

— Oui ?

— Lorsque nous rencontrerons les vampires, je ne serais plus moi-même.

Le regard fuyant de Raphaël bloque ma respiration.

— Que veux-tu dire ?

— Est-ce que tu me fais confiance ?

Je hoche la tête. Il saisit ma main et l'embrasse avec délicatesse. Nous restons quelques instants dans la même position, nous dévorant des yeux. C'est uniquement lorsque Clara qui, les doigts tordus par l'inconfort, racle sa gorge et nous présente un homme à l'accoutrement étrange. Son corps est recouvert de tissu et il porte un masque de corbeau, comme celui que les médecins portaient durant la grande peste. Raphaël et la dame échangent un instant, puis il se lève.

— Viens avec moi Théodore, les vampires nous ont

---

4   Je veux faire l'amour avec toi, bébé.

trouvés on dirait.

Je me lève et reste à proximité de Raphaël. Un œil pour la dame tremblante, je fronce les sourcils lorsque je remarque qu'elle est terrifiée par ce curieux personnage. Je lui fais un signe de salut, mais elle ne me répond pas, fuyant très clairement un contact avec moi. Le cœur lourd, je garde une main posée sur le bras de Raphaël, suivant l'homme.

— Reste toujours près de moi, ne me quitte pas d'une semelle.

— Votre compagnon a raison, prononce l'inconnu, nous les vampires, avons une fâcheuse tendance à briser des petites créatures insignifiantes, telles que vous.

Je ne réplique rien. Je ne suis pas certain que si j'ouvre la bouche, ma voix sera stable. Pendant ce qu'il me semble être une éternité, le vampire nous fait gravir la montagne à pied. Il prend des détours, des ruelles qui ne servent à rien et je suis persuadé qu'il teste notre endurance. Au bout de ce périple, une immense villa se dresse devant nous. De la même couleur crème que ses semblables, elle a un air plus angoissant que les autres.

— Lorsque nous entrerons dans le couloir qui vous mènera aux plus grands, vous patienterez.

Nous entamons notre entrée dans une grande cour qui fait tendre mon loup intérieur. Tout en cet endroit transpire la peur et le désespoir. Est-ce par ses murs décrépis ou ses vampires qui nous observent dans des endroits sombres, loin de la lumière, qui me fait trembler ? Je ne sais pas. Nous nous avançons dans un couloir et d'un signe de main, le vampire nous arrête. Il n'y a aucune autre parole échangée. Cette maison est baignée dans un noir quasi complet. Une question me taraude.

— Comment peut-on reconnaître un vampire ?

— Celui qui nous a accompagnés est un Umpire. Ce sont ceux qui se positionnent dans le bas de la pyramide, ils sont la déclinaison d'un humain et d'un vampire. C'est quand le sang subit des mélanges trop importants et garde les particularités humaines. Bien sûr, ils ont des caractéristiques vampiriques, mais ce sont les seuls capables de se promener à la lumière du soleil et vivre parmi les mortels.

— Donc, ce sont ceux qui ont été transformés ?

— Oui, ils sont une minorité cependant.

Un autre hurlement fait hérisser les poils de mes bras, mais le corps chaud de Raphaël me rassure. Je commence à douter de cette entrevue.

— Ensuite, au-dessus des Umpires il y a les vampires dits "normaux". Ceux qui sont nés de deux parents vampires. Ils n'ont aucune particularité spécifique, hormis le développement accru des sensations olfactives, ainsi que la vitesse et la force. Puis, se trouvent les deux catégories les plus protégées. Celle des aristocrates. Ils sont issus des familles les plus riches. Leurs pouvoirs sont avancés et ils ont la possibilité, s'ils le jugent nécessaire, de te tuer sans passer par leurs maîtres.

Je fronce les sourcils par ces informations capitales. Je ne me suis jamais rendu compte à quel point les clans des différentes créatures qui habitent ce monde peuvent avoir une hiérarchie aussi complète. Celle des loups n'a rien en commun avec celle des vampires, c'est flagrant.

— Pour finir, il y a les sangs purs. Ils sont bien moins que les Umpires, mais ils ont des pouvoirs effroyables. Les sangs purs sont sept et chacun possède un clan propre à chacun. L'un des sept, appelé "monarque", gouverne tout ce beau monde. Seuls sa garde et les autres sangs purs ont eu la chance de le voir en chair et en os. Si ce n'est pas assez pompeux, la rumeur raconte qu'il reste en Transylvanie. Sans aucun doute pour cueillir des roses à la tombée de la nuit, se moque Raphaël.

Je n'ai aucune idée de comment il peut rire en pareille situation. Le vampire dont nous venons de parler est déjà bien effrayant. Je ne compte pas voir des sangs purs sitôt.

— Comme tu t'en doutes, les aristocrates ne sont rien comparés à leurs maîtres. Ils obéissent au doigt et à l'œil et ils ne font pas de vagues.

— On peut donc compter sur les aristocrates ?

— J'ai dit qu'ils ne font pas de vagues, pas qu'ils sont

généreux.

Je ferme la bouche. Je me sens bête d'un coup. Je pose mon front contre la clavicule de Raphaël et je me laisse bercer. Nous sommes interrompus par le ricanement de cet Umpire qui me fait sursauter. Je ne l'ai pas entendu arriver.

— Ils attendent.

D'un mouvement sec, il nous ouvre la voie avec sa main, signe que nous devons le suivre. Raphaël me tire en arrière et m'éloigne pour me protéger de ce mort-vivant. Nous traversons la suite du couloir dans un silence glacial et lorsque la lourde porte s'ouvre d'un cri strident, j'aperçois les vampires assis en demi-lune, en parfaite harmonie sur des chaises à dossier haut. Il fait noir et seules les bougies nous permettent d'avancer sans nous emmêler les pieds.

Aussi, je peux apercevoir leurs silhouettes qui se détachent de la noirceur. Cireux et ternes, ils n'ont rien à voir avec notre accompagnateur qui s'éclipse d'une courbette. Ils sont quatre. Fier et droit, je sens mon loup se replier face à cette puissance. Mon corps ne me répond plus. La tête bourdonnante, je me réveille par la voix forte de Raphaël qui est, lui, bien conscient de la bataille qui se prépare.

— C'est une journée parfaite, pour se promener sous ce soleil de plomb.

Pour cette fois, je n'apprécie pas le sarcasme de Raphaël. Le ton mordant qu'il a employé risque de nous mettre en mauvaise posture. Soufflé, je ne bouge pas d'un poil, laissant le pouce de Raphaël faire des ronds sur ma hanche.

— Cesse ton impertinence, chasseur. Soit heureux que nous, nobles vampires, ayons accepté ton insulte en présence au sein de notre cour.

Rien ne me fait plus peur qu'un vampire, désormais. Je sais, depuis que je suis enfant, que les créatures des ténèbres représentent de nombreux dangers. À Clearwater, nous n'avons pas de vampires. Encore heureux. La seule chose dont mon père m'a clairement dit de me méfier c'est des chasseurs et en définitive de tout, je sors avec l'un d'entre eux.

— Mon impertinence n'a d'égale que votre orgueil, se moque Raphaël.

L'un des quatre, celui qui a pris la parole, se lève. Ses cheveux blancs de soie, attachés par une simple cordelette rouge, descendent en cascade sur son épaule, atteignant son ventre. Je n'ai jamais vu une personne aussi propre et classe de ma vie. Raphaël est magnifique, il a une force brute et un charisme qui me fait trembler tout entier, mais ce vampire… Il est hypnotique. Cette prestance et cette douceur qui émane de sa gestuelle me clouent au sol. Je peine à détacher mon regard de lui.

— Tu as demandé une audience, alors parle, avant que nous te coupions la tête.

Les traces de sang au pied du vampire tordent ma gorge. Je suis la traînée du regard, jusqu'à ce que mes yeux tombent sur une masse qui se détache de la pénombre de la pièce. C'est un cadavre. Baignés de son sang, ils n'ont même pas pris le temps de le cacher correctement. La bile me monte et il me faut beaucoup de self-contrôle pour ne pas rendre le dîner que nous venons de manger.

— Clearwater est attaquée par des doppelgängers, vous savez donc ce que cela signifie.

— Le clan de la Morta n'accède pas à ta demande, dit le vampire du tac au tac.

Raphaël fronce les sourcils. Je le sens se crisper.

— Nous ne serons pas assez pour les vaincre, une fiole de votre sang nous…

— Comment ?! hurle l'assemblée.

Si je me réfère à ce qu'a dit Raphaël plutôt, leurs statuts sanguins sont bien plus importants que tout le reste. Pourquoi sommes-nous là, surtout s'il sait que c'est couru d'avance ? Les quatre sont à présent debout, sur leurs estrades, prêts à faire une bouchée de nous.

— Tu oses extorquer notre plasma ?! Vocifère le beau vampire.

Le rire de Raphaël me fait froid dans le dos. On va mourir. Je lui agrippe son bras, prêt à l'arrêter. Il ne change pas, il reste le même, mais pour une fois, je souhaite qu'il fasse preuve de discernement. Je le sens m'observer. J'inspire profondément et je m'avance devant Raphaël pour prendre la parole.

— Nous ne voulons pas faire ça, dis-je.

— Qui es-tu ?

Le regard des vampires sur moi me fait vaciller. Le torse de Raphaël se colle contre mon dos et je me détends par ce contact. Le vampire aux cheveux d'argent me fait signe de me présenter. Ses yeux posés sur moi me mettent mal à l'aise. D'accord, il est attirant, mais ses œillades appréciatrices me dérangent.

— Théodore Greed, je suis le compagnon de Raphaël et nous-

— Compagnon ?

Le visage du vampire change. Sa douceur se raffermit et je peine à garder mon sang-froid.

— C'est exact, ce loup-garou est mon compagnon, clame Raphaël.

La pointe de jalousie dans sa voix me fait sourire.

— Et comment un chasseur de loups-garous peut-il s'enticher de son ennemi ?

Le vampire crache ces derniers mots, fusillant Raphaël du regard. C'est imperceptible, mais je peux voir ces canines lorsqu'il parle. Aiguisées et blanches, elles me filent des frissons.

— Je l'aime, c'est tout ce qu'il y a à savoir, gronde Raphaël.

— Et ce jeune loup est-il aussi sincère que vous ?

Je peine à garder mon regard sur le vampire qui me défie. Que croit-il faire en essayant de me faire douter ? Mon loup intérieur me hurle de me rebeller et de défigurer la gueule de cet aristocrate pompeux.

— Vous vous trompez en essayant vainement de m'attirer à vos bras, vampire. Je suis lié à Raphaël et il n'y a rien qui me fera flancher.

Cette réplique ne lui plaît pas. Je n'ai pas le temps de cligner des yeux que le vampire se trouve à quelques millimètres devant moi, sa puissante main agrippée à ma gorge.

Le souffle coupé, je ne peux qu'entendre la menace que le vampire gravite autour de ma tête.

— Je n'apprécie pas ce ton.

— Et moi, je n'apprécie pas ton audace, murmure Raphaël.

Le vampire relève la tête. Je peux voir du coin de l'œil l'arme de Raphaël à quelques millimètres de ma joue, braquée sur la créature. La tension est palpable. Les canines du vampire poussent d'une vitesse hallucinante. Comme une lame de boucher aiguisée, elles tranchent ses lèvres sans aucune difficulté. Je peux apercevoir une coulée jaunâtre intense, signe que son venin est prêt à être injecté. Ses griffes râpent la peau de mon cou, si bien que je grimace lorsque l'une d'entre elles me fait saigner.

— Vous venez de perdre la chance de voir votre requête se réaliser.

— Touche-le et tu-

— À moins que… songe le vampire.

Il laisse en suspens sa phrase, sa main toujours autour de mon cou. L'un des trois autres vampires, resté en arrière, prend la parole.

— Narciso, choisis quelque chose qui nous sera profitable à tous.

Le visage de mon vis-à-vis s'irrite, prêt à sauter à la gorge de son ami.

— Bien, qu'avez-vous en tête, mon frère ?

— Cette ville de miséreux… Clearwater, si c'est cela son nom, nous la voulons.

— C'est impossible, dis-je paniquer, Clearwater appartient à mon père, l'alpha de la meute Greed.

— Dans ce cas… Voyez ce qui adviendra de vous et de votre bourgade.

Une pression dans ma tête me fait crier. Impuissant, Raphaël tente de m'aider. La main du vampire se desserre et je m'effondre au sol. La respiration sifflante, les mains sur ma tête, je ferme les yeux tant la douleur est insoutenable. Soudain, le visage livide de Raphaël apparaît, chuchotant d'une voix éraillée de m'enfuir. Une forêt nous entoure, un loup court vers ma direction. C'est papa. Un vampire attrape ses pattes arrière et le soulève comme une brindille. L'alpha réussit à se débattre, mais la créature des ténèbres agrippe ses mâchoires et tire d'un coup sec. Tenant en deux parties le crâne de mon père, un sourire macabre s'étire sur les lèvres du vampire sadique. Je reviens à moi lorsque j'entends Narciso prendre la parole d'une voix autoritaire.

— Aldo, ça suffit !

— Si nous n'avons pas Clearwater, dit-il en l'ignorant, tu sais ce que nous ferons de ta meute.

Une cloche est sonnée et un serviteur arrive, un plateau en argent dans ses mains. Aldo prend la poche vide, assemble les tuyaux entre eux et fait passer une aiguille dans l'une de ses nombreuses veines visibles de son bras. Lorsque la poche est remplie, il enlève tout et s'avance. Ses cheveux courts et noirs sont complétés par des lunettes sur le sommet de sa tête, comme s'il a besoin de cette paire pour lire. Un sourire satisfait rayonne son visage à mesure où il s'approche et prononce ces quelques mots qui nous tétanisent, Raphaël et moi.

— Si votre promesse n'est pas tenue, Théodore sera à Narciso et Raphaël sera décapité.

Il dépose la poche de sang dans mes mains et fait signe au serviteur de nous accompagner dehors. C'est l'esprit voilé par cette scène que nous quittons l'immense pièce sombre.

CHAPITRE 28

Je papillote des yeux lorsque des doigts chaud glissent le long de mon dos, jusqu'à un endroit plus sensible. La chair de poule s'empare de moi. J'entends le rire taquin de Théodore qui s'installe sur le bas de mon dos. Je sens son pénis durci frétiller contre ma peau, cherchant davantage de frottements. Je lâche un soupir en cachant mon visage dans les cousins aux odeurs de savon, celle de l'hôtel que nous avons loué le temps d'une nuit.

Les mains errantes de Théodore taquinent mes hanches et remontent jusqu'à mes omoplates. Il me prodigue un massage qui me fait souffler de bonheur. Ses lèvres se déposent contre mon cou et explorent chaque centimètre de ma peau. Il inspire mon odeur musquée tandis qu'il passe une main dans mes cheveux et les tirs avec douceur.

Je me tourne rudement, soulevant les hanches de Théodore, ignorant son cri de surprise. Je pose mes lèvres sur les siennes. Les paumes de mon compagnon se posent sur mon torse pourvu de poils.

— Théo…

Son prénom susurré par ma voix endormie l'émoustille. Je joue avec mes boucles noires, ses ongles ratissant légèrement mon cuir chevelu. Il me sourit, joueur. Je pousse des gémissements incontrôlables lorsque les fesses de Théodore glissent contre mon pénis érigé. Je lui lève la tête et me penche pour embrasser son cou, le suçant avec dureté, faisant courir mes dents sur sa peau sensible. L'électricité danse à travers nos corps.

J'ai besoin de le lier à moi.

Conscient que Théodore maudit mes promesses obscènes de me fondre en lui, je reste quelques instants face à lui. Nos regards s'accrochant l'un à l'autre, plus rien n'a d'importance. Le souffle coupé par mon regard lorgné sur lui, je sens Théodore se détendre et frotter son membre contre mon ventre. D'une dévotion pour cet homme, je me place de sorte que nos verges se collent l'une contre l'autre. Nous nous emboîtons parfaitement. Théodore ferme les yeux lorsque je pose mes lèvres contre la jonction de son épaule et de son cou, les bras enroulés autour de lui afin de parcourir le bout de mes doigts de haut en bas de son dos.

— Allons-nous laver…, je murmure.

Théodore me regarde et cligne des yeux à travers son excitation grisante, hochant avec difficulté la tête sous mes rires. Je le porte, les mains sur ses fesses. Accroché tout contre moi, il s'apaise. Théodore ne fait pas attention lorsque je fais couler l'eau du bain, trop absorbée par mon visage. Je jette un coup d'œil au miroir et je souris aux yeux pétillants de Théodore. Ma barbe entretenue amplifie la chaleur entre ses cuisses. Bordel, ne peut-il pas être plus sexy en cet instant ? Accroché à moi, ses yeux bleus suppliants, ses cheveux ébouriffés. C'est vraiment un supplice. Quand je glisse dans l'eau chaude, Théodore sursaute. Je pouffe de rire et je pose une main sur sa joue, me penche plus près de son visage de manière frustrante.

Nos lèvres se touchent.

J'ai l'impression que ma tête est faite de liquide, comme si chaque pensée cohérente sort de mes oreilles. La seule chose que je veux ressentir ou penser, c'est lui. Théodore. Sa peau, sa senteur, sa bouche. Sa chaleur, sa douceur et sa dureté simultanée. Tout à la fois, ça me fait tourner la tête. La manière dont nos lèvres se pressent ensemble, avec tant de confiance, sans effort. Nous avons passé le cap de la nervosité des premières découvertes, nous nous connaissons et nous profitons de chaque sensation que nos corps percutants peuvent assimiler.

Son nez frôle le mien alors qu'il bouge doucement, inclinant la tête pour un meilleur accès, m'envoyant des frissons le long de ma colonne vertébrale. Mon cœur martèle ma poitrine, prêt à sortir pour rejoindre celui de Théodore. Le besoin de le toucher de goûter son étroitesse autour de moi éveille chaque sensation. Ça me rend plus vivant et avide de lui. La fraîcheur extérieure me fait trembler, détachant à contrecœur nos lèvres gonflées. Elles se frôlent, prêtes à une autre rencontre, mais je garde mes distances, essayant vainement de reprendre une respiration raisonnable. J'appuie mon front contre le sien, un sourire léger sur mes lèvres. Chamboulé, j'essaye de stabiliser les battements frénétiques de mon cœur.

— Je crois que nous devons nous laver, avant de faire des bêtises, dis-je.

Il lâche un soupire frustrer, tandis que je lui souris. Je prends un gant de toilette et frotte son dos avec du savon.

— Comment peux-tu rester aussi maître de toi-même alors que tu es aussi monté qu'un cheval ?!

Je ris.

— J'ai du self-control, mon ange.

Un sourire taquin se dessine sur ses lèvres alors que je m'applique à lui frotter le corps. Sa main tombe avec délicatesse sur mon membre. Je gronde mon plaisir. Théodore prend un air innocent et colle son pénis contre le mien et entame de langoureux vas et viens. Il effleure mon gland qui tressaute avec son pouce et il s'applique à me faire gémir. Je jette ma tête en arrière, lui laissant de l'espace. Il agrippe mes hanches avec ses jambes, pressant son corps contre moi. Ma respiration bloquée, il se frotte et grommelle mon entêtement à le rendre dingue. Je pouffe de rire et mets mon visage dans son cou, ma main parcourant ses fesses bombées. Lorsque vient notre apothéose, nous restons plusieurs minutes l'un contre l'autre, dans cette douceur et cette chaleur.

Pour éviter que Théodore prenne froid, je lui termine sa toilette. Son esprit hagard par l'après-sexe me fait sourire. Il est magnifique. Je le contemple quelques instants, cependant je me décide à le sortir en voyant la chair de poule qui parcourt son corps. Je l'emmitoufle dans un peignoir et je le dépose délicatement dans le lit de deux personnes de l'hôtel.

Théodore dévie son regard sur mon corps nu, appréciant la vue. Je le taquine en me penchant et en embrassant avec légèreté sa clavicule. Je ne l'embête plus et lui frictionne le dos avec une serviette. Je profite pour me coller à lui, mon visage dans son cou. J'aime nos moments, c'est agréable et silencieux, en proie à une montagne de sentiments d'adoration. Nos instants à nous. Nous finissons par nous habiller, nous lançant par moment des regards ambigus.

— Tu as faim avant de reprendre la route ?

— Oui, j'ai envie de toasts avec de la confiture dessus et aussi des saucisses et des crêpes avec du sirop d'érable et des œufs avec du fromage Oka. Oh, et aussi un lait chaud avec du miel dedans.

Je regarde Théodore, tétanisé par toute la quantité de nourriture qu'il veut ingurgiter. Il a une faim insatiable ce matin.

— On prendra un croissant avant de partir à l'aéroport.

L'air boudeur de Théodore me fait rire, j'agrippe ses hanches et embrasse son front.

— Tu pourras manger toute la nourriture de l'avion si ça te fait plaisir.

Il me tire la langue et je ris de bon cœur.

Je n'ai jamais autant apprécié de revenir en Colombie-Britannique. C'est stupide, mais ses derniers jours m'ont appris une chose, je veux mon coin de tranquillité avec Théodore, loin des dangers. J'observe quelques instants mon amour qui dort comme un loir depuis plusieurs heures. Je vais le payer, le décalage horaire.

Impossible de dormir.

Le visage de ce vampire dégoûtant me revient en mémoire à chaque fois que je ferme les yeux. Et dire qu'il a osé toucher Théodore. Ça m'en rend malade. Bien que j'y ai déposé mes marques d'amour au-dessus de celles du vampire, je ne peux pas m'empêcher de les voir. La nuit est présente en Italie maintenant, mais pas ici, à Vancouver. La voix du pilote annonce qu'il faut s'attacher et relever les sièges, il amorce la descente dans quelques minutes.

Je pose une main sur l'épaule de Théodore. Il ne se réveille pas. Un baiser dans son cou lui suffit à se réveiller. Son corps se tend vers moi et encore ensommeillé, il cherche après mes lèvres. Je pouffe de rire et lui embrasse son front.

— On est bientôt arrivé à la maison, mon ange, je murmure.

Il soupire, dépité.

— Tu n'aurais pas pu me laisser dormir ? Je n'aime pas l'atterrissage.

— C'est pour éviter que tu meures bêtement.

Boudeur, il se place correctement dans son siège, ignorant l'hôtesse de l'air qui lui demande de se redresser et de s'attacher. Il attend qu'elle parte pour qu'il crache un commentaire.

— C'est pas juste, j'avais pas envie de le bouger, ce foutu siège.

— Oula, tu es mal réveillé on dirait.

Il m'ignore aussi. Je fixe cette tête de mule, troublé. Il n'est vraiment pas dans son état normal. Est-il irrité par quelque chose qui m'a échappé ?

— J'ai oublié quelque chose ?

— Non, pourquoi ? soupire-t-il en croisant les bras contre son torse.

— Tu as l'air énervé.

Il ne lui faut qu'un demi second pour exploser.

— Tu vois, c'est ÇA ton problème !

Merde. J'ai aggravé les choses. Les secousses de l'avion n'ont plus d'effet sur Théodore qui garde son air contrarié. Les roues de l'engin heurtent le sol par à-coups. Nous sommes secoués, mais tout se passe bien.

Le temps de la sortie, de la réception de nos bagages et de la rencontre avec maman, nous restons silencieux. Théodore est toujours dans son mutisme qui me tue. Je n'arrive pas à comprendre ce que j'ai fait pour lui taper sur les nerfs. Je n'ai pas le temps d'y réfléchir que le visage grave de maman me fait trembler.

— Qu'est-ce qu'il se passe ?

— Clearwater… souffle-t-elle. Clearwater va être envahie…

Son teint blafard me bouleverse. Je délaisse Théodore qui est toujours dans son silence et je soutiens maman qui s'effondre dans mes bras.

— Il faut partir, vite…

Sans aucune hésitation, je prends ses clefs et nous nous dirigeons vers sa voiture. Nous avons cinq heures de trajet. En roulant un peu plus vite, je peux facilement arriver là-bas en trois heures. Avoir Théodore et maman avec moi me freine un peu. Et si c'est déjà trop tard ? Si ma modération mène toutes les personnes que j'apprécie à la mort ? Le Raphaël d'avant n'aurait pas réfléchi.

La respiration coincée dans mes poumons, je n'hésite pas.

Nous arrivons dans la maison en trois heures et étrangement, tout est calme. Je sens pourtant que l'atmosphère est tendue. Soudain, des cris me font souffler. Prêt à intervenir, je me dirige vers les exclamations. C'est Charlie et Zachary. Ils arrivent dans le salon, Charlie jette son manteau sur le fauteuil, sous les grondements de l'Alpha.

— Tu dois te cacher merde ! Ils vont arriver d'un instant à l'autre !

— Je ne suis pas ton chien, Zachary, articule dangereusement Charlie.

— Qu'est-ce qu'il se passe ?

La voix tremblante de Théodore me brise. Il a été silencieux tout le long du chemin du retour et là, il se réveille enfin.

— Ils ont réussi à briser les protections par, je ne sais quel moyen.

Les épaules tendues, je jette un œil à Théodore qui recule d'un pas, les larmes aux yeux. Son front est perlé de sueur.

— Samuel et Rose essayez de les retenir, les arbres et les animaux environnants devraient ralentir leurs courses, dis-je.

— Nous ne pouvons pas compter sur Sofia, Adam et Louise, continue Zachary, ils sont déjà au sous-sol.

— Carl est à l'étage, il ne peut pas nous aider dans l'état où il est, complète Rose.

— Clara va prendre une plombe à rassembler les autres et les convaincre de venir ici.

Je jette un coup d'œil à Charlie qui croise ses bras contre son buste, le visage fermé.

— Théodore descend dans la cave avec Charlie, je ne vous veux pas ici, sermonne Zachary.

— Certainement pas ! Je ne suis pas un jouet, bordel.

Charlie a l'air bien remonté. Je m'apprête à prendre la parole, mais Zachary le fait à ma place.

— Putain Sarah, tu descends.

— Je ne suis pas Sarah ! hurle Charlie.

Ça a jeté un froid. Je suis soufflé. Les larmes aux yeux, Charlie baisse la tête et pars de la pièce. Je me concentre sur Théodore. Tant pis si l'alpha ne sait pas s'occuper de la personne qu'il aime. Je passe un bras autour de mon compagnon et je pose mon front contre le sien.

— Je sais que nous sommes en froid et je ne peux pas te convaincre de partir si tu ne le veux pas.

Les yeux pétillants de Théodore remuent quelque chose en moi. Je l'aime putain.

— Je vais chercher mes armes, rejoignez Rose, mais ne commencez pas le combat.

Théodore tourne la tête et observe son père baisser la tête. Il jure et part en vitesse. Les mains tremblantes de Théodore se posent sur mes joues et il m'embrasse à perdre haleine. Tout va bien se passer. Mon oméga se détache de moi.

Je ferme les yeux, la bile au bord des lèvres.

CHAPITRE 29

ROSE

Ils sont là.

Dispersés dans le territoire, grognant contre nous sans la moindre pudeur. Je jette un œil à mes fils qui, l'un dégaine ses armes et l'autre se concentre sur sa magie. Les silhouettes des loups se déplacent sur nos flancs, nous encadrant avec stratégie. Il n'y a aucun moyen de s'échapper. La maison de l'alpha est la seule cible et je soupçonne Zachary d'avoir prévenu par télépathie sa meute de partir. Du moins, les plus faibles tels que Louise et Sofia.

D'ailleurs, où est Charlie ?

Le pauvre, lui qui a été affecté par ses monstres, doit-être terrorisé à l'heure qu'il est. J'espère qu'il va bien et qu'il est en sécurité. Avec le caractère de chien que Zachary possède, il ne doit être qu'en sécurité de toute façon.

Je jette un regard circulaire vers mes amis. Nous ne sommes pas nombreux. Nous avons cependant un avantage qu'ils n'ont pas, le sang du vampire. Ça va nous être utile. Nous l'avons baigné dans toutes les choses susceptibles de trancher. Les dents des loups ont même eu droit à une petite baignade sanguine. Bien que la répulsion de ce sang leur fasse retrousser leurs babines, ils se sentent revigorés.

D'un œil circulaire, je ne peux pas m'empêcher de compter le nombre de loups géants que nous avons.

Je soupire.

Nous n'en avons que cinq. Clara n'est pas là, ainsi que Carl qui est en convalescence dans sa chambre. Je n'ai aucune nouvelle des autres chasseurs et Raphaël ne cesse de jeter des regards derrière lui. Les loups du territoire sont transformés et je peux facilement deviner qui est l'oméga. Plus petit que les autres, Théodore est tremblant, collé contre Raphaël. Je sens d'ici sa peur. Impossible cependant de savoir ce que ressent mon fils. D'ailleurs, celui-ci me lance un regard, c'est le moment. Je souffle et hoche la tête.

— Que comptez-vous faire ici ? lance Raphaël.

Un long moment passe, tandis que le silence de plomb prédomine dans la clairière. J'observe le corps d'Alice aux pieds du chef, le sang dégouline de sa bouche, morte. Il n'y a aucun doute là-dessus. Sans me concentrer, je peux sentir son esprit errer entre les arbres. Elle semble perdue. Je pousse mon énergie vers elle, l'emportant d'une vibration vers un endroit plus approprié pour elle. Alice n'a fait qu'être une nuisance pour ma famille, cependant elle mérite la paix. Sa disparition n'est pas une perte pour moi et mes fils, par contre, pour Zachary et Archibald, c'est une tout autre histoire. Alice est leur sœur, ce n'est pas rien. La tension grimpe lorsque le plus massif des doppelgängers s'avance, l'air imposant. Il veut qu'on s'agenouille devant lui, chose qu'aucun de nous ne veut faire.

Devant nous, le loup massif se lève, s'appropriant le corps d'Alice. Je ne suis pas surprise par cette transformation spectaculaire. Le craquage sinistre des os de cette créature hérisse mes poils. Je ne vais jamais m'habituer à ça. La voix de la louve s'élève comme une lame de rasoir. Il vole même le son de l'individu qu'il touche. C'est impressionnant.

— N'est-ce pas si évident ?

Un bruit de course retentit, les métamorphes à l'arrière se sont élancées avant même que leur leader ne bouge. Bien qu'Archibal, Eji et Théodore n'ont pas réagi aussi vite, Raphaël a déjà transpercé le crâne d'un loup avec son fusil, tandis que Zachary et Adam ont bondi sur un autre. Avec l'aide de Samuel, nous joignons nos mains afin de libérer notre magie sous forme spectrale, englobant la maison, protégeant les habitants. Bien que Raphaël soit fort, je crains pour sa vie. Il a vécu toute sa vie dans une misère intolérable juste pour cet instant, mais malgré tout, une angoisse profonde me ronge la poitrine.

— Rose protège Archi et Zach', toi Samuel, Adam et Eji, assène Raphaël.

Genou au sol, viseur au niveau des yeux, Raphaël tire plusieurs fois sur l'ennemi, ratant chacun de ses coups, alors que les loups les plus forts tentent de toucher le leader. En vain. L'un des doppelgängers s'approche dangereusement de Raphaël. Je coupe ma respiration, mais relâche mes épaules lorsque Théodore hurle de toutes ses forces, se jetant sur l'individu. En mauvaise posture, l'oméga tente de s'extraire des crocs de son ennemi sans y arriver. Je n'hésite pas et balance une déflagration de magie sur le doppelgänger qui s'écrase à plusieurs mètres de Théodore, s'écrasant contre un tronc d'arbre. Les mains tremblantes, je sens mon corps s'éveiller, mon esprit en symbiose avec tout mon être. Comme une extension de moi-même, je l'étire, le lance, l'étends à travers la clairière. Sans contraintes, sauf la fatigue, je me concentre sur mon objectif : protéger Archibald et Zachary. Je garde tout de même un œil à mes fils, ainsi qu'à Théodore.

Nous avançons stratégiquement, gagnant du terrain. Cinq doppelgängers au sol, nous sommes mécaniques. La sueur coule sur mon front, je balaye les gouttes avec mon avant-bras. Un loup ennemi s'impose, tirant Zachary par la nuque avec sa gueule, voulant le dominer. Je plaque mes mains sur le sol et je souris sinistrement lorsque mes yeux piquent. Ils deviennent verts. La terre se soulève par vagues, surgissant aux pattes du doppelgänger. Les ongles plantés dans la boue, ma magie s'accroche à l'individu et d'un coup d'un seul, je tire avec violence. Dans le même instant, la bête se fait aspirer par la terre, restant bloquée à l'intérieur. Je ferme les yeux et d'une respiration je craque le cou de mon adversaire. Zachary se relève en retroussant les babines, grognant en un hochement de tête.

Un loup hurle à la mort, me décomposant. Un frisson glacial saisit mes tripes, ma respiration coupée. Un autre hurlement, puis deux autres. Je ferme les yeux, mes pieds fondent au sol. L'un des nôtres est mort. Des cris, des pleurs, une voix qui m'appelle. Merde. Non ! Putain, ça ne peut pas. La vision floue, je perçois Raphaël, le visage inquiet, m'appeler.

— Maman, ils vont se faire tuer, protège-le, crie-t-il, Théodore, je t'en supplie, protège-le, protège Théodore !

La voix brisée de Raphaël, ses larmes et sa peur me transpercent d'une lame affutée. Tout son être transpire la terreur, celle de perdre son compagnon. Alerte, je jette une œillade à l'agitation, mes jambes flageolantes. Théodore est tétanisé, Zachary également. Seul Eji se bat comme un fou, cherchant vengeance. Soudain, Raphaël se met en travers de Théodore, un loup l'éjecte à plusieurs mètres au sol. Alors que le loup se tourne vers l'oméga tremblant, je cherche un moyen pour l'aider. L'arme de Raphaël à mes pieds, je m'en saisis et tire là où il y a de la chair. Il n'a pas le temps de toucher un seul cheveu à Théodore qu'il s'effondre avec lourdeur dans la boue. Secouée, je me précipite vers Théodore et le tire par son poil dru vers la bulle de protection. Il semble comprendre ce que je veux faire, car il s'y dirige en courant. Je m'effondre sur le sol, regardant Samuel abattre un loup-garou d'une lame créée à partir de magie sombre.

Je perçois Eji qui, protégeant de son corps Archibald sur le sol, défigure un adversaire puis le finit en lui arrachant la tête. Dans la même manœuvre, il geint, s'effondrant contre le corps mort de son compagnon. Le souffle saccadé, je prends une poignée de mes cheveux, tirant avec violence dessus.

— Faite que ça s'arrête, s'il vous plaît, murmuré-je à travers le bruit.

Fermant les yeux, j'essaye de retrouver une respiration acceptable, écoutant avec honte les cris de Raphaël et de Zachary. J'ouvre les yeux et je deviens blême lorsque le leader a la gueule ouverte si proche du visage de Raphaël.

Les larmes au coin des yeux, je laisse exploser toute ma magie.

Aucune déflagration spectaculaire. Un silence de mort règne dans la clairière, même au-delà de celle-ci, comme le messager des ténèbres. Ma magie déployée à son maximum, j'ouvre cette porte qu'aucun sorcier ne doit ouvrir. Un profond gouffre, invisible à tous sauf aux sorciers, apparaît et s'ouvre en un son guttural. De la fumée sombre virevolte sur son pourtour, la brèche coupante et infranchissable s'élève au-dessus de nos têtes. Menaçant de nous aspirez dans son abîme de tortures et de famines. Subitement, des rires suraigus transpercent le silence, me figeant sur place.

— Maman… murmure Samuel.

Une scission dans l'air me fait tomber à genou, jusqu'à ce qu'un bruit sourd éclate dans mes oreilles. Un esprit sort de la brèche, puis une centaine s'ensuit. Envahissant l'espace, saturant l'air, survolant au-dessus de nos têtes en quête d'âmes fragiles à dévorer. Ils sont là, remplaçant cette bataille par un spectre de désolation.

Portant mon attention sur le doppelgänger, je me rends compte que le temps s'est ralenti. Sans réfléchir, je projette ces esprits incontrôlables sur l'opposant qui hurle à l'agonie lorsque la totalité lui entre par la bouche. Le trou dans le ciel se referme aussi vite que le doppelgänger s'effondre au sol. Raphaël est paralysé par les yeux noirs de son adversaire à la peau cireuse. Dans un dernier souffle, je peux entendre un murmure qui restera gravé dans mon esprit.

— Passe une bonne vie en enfer…

Théodore qui est derrière moi s'élance à travers la clairière, n'écoutant pas les cris de Samuel qui lui demande de rester. S'écroulant sur le sol, Théodore tire Raphaël contre lui, les larmes coulantes.

— Bébé... mon amour, me laisse pas…

Raphaël veut lui répondre, mais sa respiration sifflante l'en empêche. Il manque d'oxygène. Remarquant la difficulté de Raphaël, Théodore l'appelle, hurlant de terreur. Tout s'enchaîne très vite.

— Reste en vie, pour moi, je t'en supplie… assène Théodore.

L'esprit groggy, je m'approche d'eux et me mets à leur hauteur. La meute ennemie défaite, je n'ai aucune raison de m'inquiéter pour mes arrières. Je pose une main sur le front de Raphaël tel un automate, blanchissant à chaque seconde qui passe.

À cet instant, je sais qu'il n'y a plus rien à faire. Je garde la bouche fermée, observant Théodore proche de la crise de nerfs. Zachary ne se concentre pas sur nous, il est plutôt occupé à fermer les yeux des loups morts pendant la bataille. Sans réfléchir, je touche la joue de Théodore qui sombre dans un profond sommeil, aux côtés de Raphaël, inanimé.

— Il est mort… Raphaël est mort.

Ma voix est blanche, dépourvue de sentiment. Trop choquée par cette découverte, je me lève et je rejoins la maison, les larmes qui coulent sans les retenir. Pour l'alpha de la meute Greed, c'est le début d'un calvaire interminable.

CHAPITRE 30

Je me sens bien. C'est la première fois de ma vie, hormis quand je suis dans les bras de Théodore, que je me sens aussi libre. J'ai cette impression de flotter et j'ai le sentiment que je peux tout entreprendre.

Le paradoxe, je ne parviens pas à bouger le moindre cil.

Tout autour de moi n'est que ténèbres. Je ne distingue rien, aucun mouvement, aucun son. Juste le vide. Chose étonnante, je n'ai pas l'impression d'être moi-même, c'est une sensation étrange. Je n'ai jamais rien éprouvé de tel, car tout semble être le contraire de ce que je pense percevoir.

Mon corps semble doux, mais rêche à la fois, les odeurs sont âcres, mais agréables pour moi. Il fait chaud, mais froid. Je ne n'arrive pas à paniquer, je sais que ce n'est pas normal.

Alors que je commence à rétablir le fil de mes pensées dans un ordre correct, je suis pris d'une nausée. Sans contrôle, je me sens partir en arrière, comme tiré par une force irréelle. Instinctivement, je ferme les yeux, ressentant comme un courant d'air froid qui me fait frissonner.

Je peux à nouveau ressentir des choses !

Ouvrant prudemment un œil puis l'autre, je tourne ma tête autour de moi, balayant du regard la pièce, curieux. Je suis dans un endroit étrange, sans le moindre objet. Des milliers d'étoiles, bleue et mauve, pétillent et se déplacent d'une vitesse vertigineuse. Je ne peux pas les suivre du regard. Les yeux pétillants, je contemple le tableau d'un œil neuf.

C'est extraordinaire.

Je tourne à nouveau mon visage, mais un raclement de gorge résonnant dans ma tête me fige. Un léger rire sinistre s'élève à nouveau dans ma tête. Je suis persuadé qu'il n'y a pas le moindre bruit, c'est définitivement dans ma tête.

— Tu es intelligent, pour un humain.

En faisant volte-face, je découvre plus bas une masse immense, dormant à mes pieds. C'est un loup. Fronçant les sourcils, je me penche, mais ne réussit pas à le toucher.

— Ne sois pas si surpris, humain.

La bête relève la tête qui est cachée par son corps, laissant apparaître ces deux yeux rouges. Reculant d'horreur, je comprends. C'est lui, le monstre de mes cauchemars. Red Eyes...

— Tu comprends enfin.

La voix rugueuse de l'animal semble cacher un certain amusement. Tremblant, je veux m'en éloigner, mais à nouveau, je ne peux plus bouger.

— Il est temps pour toi de voir.

Les milliers d'étoiles se changent en un endroit humide, loin de l'atmosphère tendre et chaleureuse dans laquelle ils se trouvent. La bête se redresse, marchant avec lenteur vers un amas de couvertures déchirées et sales. Dans ce nid précaire se trouve une petite boule de peau tremblotante et silencieuse. Un vent glacial s'élève dans la petite cabane, des flocons de neige entrant dans l'une des fenêtres cassées de l'habitat.

— Commençons par le commencement.

La petite boule lève son visage légèrement bleu, sur lequel un nez écarlate et des lèvres gercées craquent. Je tressaillis. Les dents serrées, j'avale ma salive avec difficulté. Je n'arrive pas à ôter mon regard sur l'enfant transi de froid.

C'est silencieux.

Seule la respiration lourde de l'enfant de trois ans fait échos dans le cabanon. La respiration bloquée, je veux prendre la parole, mais des bruits de pas craquant sur la neige épaisse me rendent muet. Les verrous tintent puis s'ouvrent, laissant apparaître Ugo Nore, fier et droit.

— Debout.

De glace, l'adulte fait un geste impatient pour que le gosse se lève. Mince et frêle, il a vite compris, car d'une poussée difficile il se relève. Gardant les yeux au sol, le petit Raphaël attend une réflexion qui ne vient jamais. Il grelotte, mais reste d'un droit parfait, et ce, malgré ces pieds parsemés de cloques dues aux brûlures.

— Il est né.

Un léger accord de tête fait sourire Ugo qui s'approche de l'enfant. Celui-ci mord sa lèvre inférieure, contrôlant avec peine son corps.

— Tu vas devoir être plus fort que ça si tu veux le protéger.

— Oui, père.

L'homme pose une main sur l'épaule de l'enfant qui s'affaisse, serrant légèrement la peau glacée avant de le pousser vers la porte.

— Allons-y, nous avons encore des choses à faire.

Le petit Raphaël suit son père et fait de son mieux pour ne pas pleurer sous les boursouflures de son corps. La neige sous ses pieds violets a eu raison de l'enfant qui commence à pleurer en silence, la tête baissée.

— Ça n'avait pas eu l'air d'être facile pour toi.

Je garde le silence, la respiration bloquée, les yeux rivés sur mon souvenir. Je n'ai pas eu le temps de prendre la parole que la pièce change et cette fois-ci, nous nous retrouvons dans une cave humide. Des hurlements me font trembler. Abrupt, je me tourne vers le congélateur.

— Tu as été enfermé à l'intérieur ?

— C'était… l'entraînement. Je devais m'en délivrer, par n'importe quel moyen.

La voix du monstre ne répond pas, regardant simplement le congélateur d'un œil neutre. Des pleurs et des supplications continuent pendant plusieurs minutes.

— Il me semble à l'évidence que se délivrer d'un congélateur verrouillé n'est pas possible.

— C'est possible, mais mon père ne m'avait pas donné tous les indices pour me sortir de là.

Si un loup peut montrer des émotions par ses expressions, je devine une parfaite incompréhension. Je lui fais un léger sourire, essayant de ne pas fixer le congélateur.

— On peut s'en délivrer à condition d'avoir un simple couteau. Il ne m'en avait jamais donné, jusqu'à ce qu'un jour j'en cache un volontairement.

— Ugo t'a donc appris à ne jamais quitter ton arme, peu importe la situation.

Je hoche la tête. Je me répète inlassablement que ce n'est qu'un souvenir, mais le voir d'un œil extérieur me fait mal. Ça confirme la réalité des choses. Je n'aime pas ça. J'ai cette impression qu'il l'a lu dans mes pensées, il rigole sèchement.

— C'est mon boulot, humain, de montrer des évidences.

Je fronce les sourcils, mais à nouveau, je suis emporté par le changement de pièce qui cette fois me fait sourire. Devant lui se tient un Samuel de six ans, essayant de soulever une bûche afin d'aider Ugo et Raphaël.

— Ze met où ?

La voix fluette et bégayante du petit garçon gonfle mon cœur, appréciant la scène.

— Sur la pile là-bas, continuez les garçons, je reviens.

Samuel, les yeux illuminés par les mots de son père, se

dépêche de déposer le bout de bois dans ladite pile. Le petit garçon souffle lorsqu'un aller et retour plus tard, il doit se reposer. Raphaël, âgé alors de dix ans, regarde du coin de l'œil son petit frère se poser sur une souche, tandis qu'un morceau de bois lévite derrière lui. Alors que Raphaël veut prévenir son frère, un immense loup, du point de vue de l'enfant, s'avance par derrière Samuel.

— Oh non…

Je n'ai pas eu l'occasion de prononcer autre chose que mon moi plus jeune saisit la hache posée à côté de lui. Samuel a le visage illuminé lorsqu'un petit papillon aux ailes rouges vient se poser sur son genou écorché. Raphaël s'avance sans dire un mot, puis sans prévenir, lance la hache en plein dans le crâne du loup qui lâche un grognement de douleur. La masse noire s'écroule sur le sol, Samuel regarde son frère puis le loup. Une seconde interminable se passe et Samuel hurle.

La scène change, les yeux toujours rivés vers maman qui crie des monstruosités à Raphaël, prenant Samuel dans ses bras. Ugo s'approche de l'enfant, posant une main sur son épaule, lui murmurant qu'il est fier de lui. Ils se trouvèrent dans la pièce aux milliers d'étoiles. Silencieux, j'inspire et ferme les yeux, essayant de faire disparaître cette image insoutenable.

— Tu n'avais fait que protéger ton frère, mais elle n'a pas compris.

Red Eyes se positionne devant moi, s'asseyant.

— Comme ton père te l'a appris.

Un goût amer glisse au fond de ma gorge. Je grimace. Je n'aime pas ça, je ne veux plus penser à ça. Les tremblements de mes mains ne semblent pas vouloir cesser. Ça a le don de m'agacer, je ferme mes poings avec force. La pièce prend un autre aspect, celui de la chambre. C'est notre chambre, à moi et Théodore. Les sourcils froncés, je demande au chien ce qu'il se passe.

— Nous assistons à ta mort.

Rose est présente dans la pièce, le visage fermé. Je ne l'ai jamais vue comme ça. Même pas pour la mort de papa.

Dans le lit, là où mon corps repose, Théodore s'y trouve aussi. Je peux entendre ses pleurs. Les soubresauts de ses épaules se forment dans mon thorax comme un coup de poignard. La gorge sèche, je veux toucher mon compagnon que le chien m'interrompt.

— Je ne ferais pas ça, si j'étais toi.

Je me tourne vers le monstre qui se pose à mes pieds. Soudain, la voix de Rose s'élève.

— Je le sens, il est ici.

— Sorcière, crache le chien.

Ma respiration se dérobe lorsque le regard de Rose se pose sur moi. Elle écarquille les yeux, soudain, elle devient inexpressive.

— Il ne peut pas… murmure Théodore avec espoir.

— Reste avec nous Raphaël, ne l'écoute pas, ne le suis pas.

L'esprit embrouillé, j'approche ma main de Théodore, mais je ne réussis pas à l'atteindre. Comme un voile, les gens que j'aime semblent s'éloigner. Maman commence à crier, je panique.

— Tu viens de comprendre on dirait, murmure la voix.

— Je veux partir, les rejoindre.

— Tu ne peux pas.

Je me tourne subitement vers le monstre qui est toujours assis, regardant avec délectation la scène maudite.

— Qui es-tu, bordel ?!

— Ne sois pas aussi brusque, veux-tu ? Je ne suis qu'une âme guidant d'autres âmes dans ce monde.

— La mort, dis-je.

— Tu es tombé juste.

— Ramène-moi.

— Hors de question.

La conversation ressemble à un match de ping-pong et je ne veux pas perdre. Une rage profonde s'installe au plus profond de mon être, s'intensifiant à mesure que les secondes passent. Je veux le tuer.

— Tuer la mort ? Tu es un ambitieux gamin, à voir si ce n'est pas de la stupidité.

La pièce change. Ce n'est que du vide, il n'y a plus la moindre trace d'étoiles ni de chaleur. Cette fois-ci, le froid règne en maître dans ce lieu pourvut de neutralité.

— Tu ne veux pas vouloir partir, semble-t-il, mais tu dois le faire.

La mort change de forme, révélant être un squelette sans chair ni organe. Un être inhumain, un être qui revêt la tenue originelle de l'humain.

— Nous allons faire un petit tour et choisir où tu résideras.

C'est donc vrai.

Je suis mort. Les cris de ma mère résonnent dans ma tête. Je ne vais plus revenir ? Je ne vais plus ressentir la chaleur des bras de mon amour ? La tendresse, l'amour. L'esprit embrumé par cette cruelle vérité, je m'avance avec lenteur vers le squelette. Je suis vidé de toute énergie et la mort dans l'âme, je me laisse emporter par un tourbillon froid qui me donne la plus atroce des douleurs.

La résignation.

À SUIVRE…

ÉPILOGUE

Il n'y a rien qui puisse alléger la douleur émotionnelle d'une personne détruite. Par maladresse, nous pensons que le temps peut guérir le cœur, l'apaiser et le rendre plus fort. Nous avons l'art et la manière de penser que l'individu face à nous amplifie son malheur pour se rendre intéressant face à son public. Peut-être avons-nous cette capacité de rendre les blessures d'autrui insensibles à nos yeux.

C'est bien dommage.

Si nous prenons quelques instants pour observer, sans émettre le moindre jugement, nous y verrons tout de suite beaucoup de choses. Le combat qu'elle mène, sa force de se lever chaque jour et de tenter de rendre son monde meilleur. Parfois, ce n'est pas dans un sourire que l'on constate qu'une personne est heureuse. Derrière des sourires se cachent des peines bien lourdes à porter.

Ça me fait penser au début de cette histoire, la belle et la bête, lorsque l'homme chasse cette pauvre dame sans voir sa détresse. Cet exemple reflète notre monde, tournée dans l'ère de la technologie, nous ne prenons plus la peine de nous assurer du bonheur d'autrui.

Il y a des malheurs que l'on ne contrôle pas, mais certains peuvent être évités.

Je parle dans ce cas de violence. Un homme qui se fait agresser en pleine rue, cette dame qui se fait siffler, ce petit garçon qui se fait bousculer… Nous voyons des injustices partout, mais nous ne faisons rien pour le stopper.

Ouvrez les yeux et prenez soin des uns et des autres.

TOME 2

Rien n'est plus pareil à Clearwater depuis l'ouverture de la brèche. L'impact sur les habitants a été si fulgurant que toutes les familles ont subitement décidé de déménager dans les villes voisines. Un phénomène rare qui a amassé des journalistes, tous curieux de savoir ce qui s'est passé. Aucun d'eux n'a réussi à mettre le doigt dessus, partant bredouille.

Rose se concentre sur l'échangeur de l'autoroute, ralentissant à l'approche d'une ville. À peine est-elle entrée dans cette ville, dont elle ne se souvient pas le nom, qu'elle s'insère à nouveau sur une autre portion d'autoroute. Rose n'a cessé de jongler entre les petites villes et les grandes routes. Ça fait bientôt cinq heures qu'elle roule et la fatigue commence à s'installer.

Soupirante, Rose passe une main dans ses cheveux de blés et éteint le poste radio qui grésille depuis quelques minutes. Un silence lourd dans l'habitacle l'empêche de bien se concentrer, rallumant cette stupide radio. Frappant deux fois dessus, la musique retentit enfin. Elle n'apprécie plus le calme depuis la mort de son fils. Rose voit parfois son corps allongé dans cette clairière lorsqu'elle ferme les yeux.

C'est un cauchemar.

Un mauvais rêve qui va bientôt s'arrêter. Elle a tenté de s'en convaincre un millier de fois. Pourtant, c'est réel. Son fils, son bébé, est mort. Une vague de douleur, partant dans son cœur, se diffusant dans tout son corps, la crispe. Elle retient ses larmes, seule une plainte de lamentation sort de sa bouche accompagnée de spasmes. Elle a besoin de toute urgence d'une pause. Rose inspire profondément, la vue brouillée, et emprunte la route d'une aire de repos.

Le contact éteint, le silence englobe la nuit, coupant sa respiration. Le vide dans sa tête, elle ferme les yeux et se laisse aller dans sa profonde tristesse. Les larmes coulent, les hurlements stridents font écho dans l'habitacle et seuls avec son malheur, elle prie pour que son enfer se finisse. Les oreilles bourdonnantes, elle se laisse aller contre le volant. Soudain, un millier de pensées et d'images négatives crispent son corps. Comme des lames de rasoir, ils trans-percent ses défenses, s'accrochant à son être, lui insufflant de la peur, amplifiant son désarroi.

Un profond malaise s'installe au niveau de son abdo-men, réalisant qu'une froideur morbide congèle ses os. Ni une ni deux, elle ouvre la portière, se penche et vomit sur le goudron. La respiration haletante, le corps tremblant, elle essuie avec force sa bouche.

— Qu'est-ce qui m'arrive ? geint-elle.

L'esprit brouillé, elle tente de réguler sa respiration, s'accrochant à ses jambes pour avoir un point d'ancrage. Mauvaise surprise lorsque ses membres sont incontrô-lables. Des spasmes violents la perturbent. À l'intérieur d'elle, Rose sait que quelque chose dérape.

Trouvant de la force à une concentration sérieuse, elle pulse sa magie à travers elle. Projetée dans son esprit, elle ne contrôle plus rien. Comme un voile, elle n'est que spectatrice de l'instant. Elle veut hurler, mais rien ne sort.

Est-ce réel ?

Elle n'arrive pas à bouger le moindre doigt. Un rire ne venant pas de sa gorge éclate, lui collant des sueurs froides. Tétanisée, elle tente de reprendre le contrôle, mais une voix gutturale, d'outre-tombe, gronde. Ses lèvres bougent, mais ce n'est pas elle.

— Je t'ai enfin, sorcière.

La tête percutant son volant, elle semble s'éveiller, pleurant à chaudes larmes.

Qu'a-t-elle fait ?

REMERCIEMENTS

Je ne remercierais jamais assez ma famille pour toute l'aide qu'elle m'a apportée durant ce périple. Entre les lectures insoutenables et les larmes coulées, je sais que j'ai fait mon travail d'auteur en donnant des sentiments aussi troublés que contradictoires. Je mentirais si je vous disais que moi-même, je n'ai pas voulu abandonner. Cette histoire est si importante pour moi, j'ai du mal à la lâcher. Égoïstement, j'ai pensé qu'il serait préférable de ne pas la publier, de la garder qu'à moi, au chaud.

Mais voilà qu'aujourd'hui, tu es à la fin.

Merci à toi, cher lecteur, d'avoir accompagné cette famille, cette meute et bien d'autres dans cette ville troublée. Sur cette note de deuil, tu as le temps de te remettre de cette triste nouvelle et… un jour prochain, tu auras la suite dans ta bibliothèque.

En attendant…

Prends soin de toi s'il te plaît.

QUE VEUX-TU LIRE ?

Uppercut une romance homo-sexuel

Ou...

Tome 2 : Red Eyes, le supplice du sorcier.

Disponible sur Amazon

Bientôt disponible